COLLECTION JULES VERNE

COLLECTION JULES VERNE
BAND 88

Der Einbruch des Meeres

Pawlak Taschenbuch Verlag, Berlin, Herrsching

Nachdruck mit freundlicher Genehmigung des
Verlages A. Hartleben, Inh. Dr. Walter Rob, Wien I.
Die Vorlagen für die Umschlagillustrationen der
Collection Jules Verne sind Jules Verne Bänden,
erschienen im A. Hartleben's Verlag, Wien, entnommen.
Umschlaggestaltung: Bine Cordes, Weyarn
Die Orthographie wurde der heutigen Schreibweise angeglichen.

Gesamtherstellung: Elsnerdruck GmbH, Berlin
Printed in Germany
ISBN: 3-8224-1088-8

Inhalt

Erstes Kapitel

Die Oase von Gabes

»Ja . . . was weißt du nun?«

»Nur das, was ich am Hafen gehört habe.«

»Dort sprach man von dem Schiffe, das Hadjar aufnehmen . . . das ihn fortführen soll . . . ?«

»Ja, nach Tunis, wo man ihn aburteilen . . .«

»Ihn verurteilen wird . . . ?«

»Leider . . . verurteilen.«

»Allah kann das nicht zulassen, Sohar! . . . Nein, Allah wird es nicht gestatten!«

»Still . . . still!« rief Sohar erregt und lauschte, als ob er ein Geräusch von Schritten auf dem Sande vernähme.

Ohne sich aufzurichten, schlich er nach dem Eingange des verlassenen Marabut, wo diese Worte gewechselt wurden. Noch war es einigermaßen hell, doch mußte die Sonne bald hinter der Dünenkette versinken, die hier die Küste der Kleinen Syrte umrahmte. Anfang März dauert unter dem vierunddreißigsten Grade nördlicher Breite die Dämmerung nicht lange. Das Tagesgestirn folgt dann keiner schrägen Linie nach dem Horizonte, sondern scheint wie ein dem Gesetz der Schwere folgender Körper lotrecht herabzufallen.

Sohar hielt an und machte dann einige Schritte über die vom Sonnenbrande halb zerbröckelte Schwelle hinaus. Sein Blick schweifte einen Augenblick forschend über die benachbarte Ebene.

Im Norden ragten die grünenden Wipfel einer Oase empor, die etwa anderthalt Kilometer von hier entfernt lag. Im Süden verlief über Sehweite hinaus der gelbliche Strand, überspült vom Schaume der Brandung bei der jetzt zunehmenden Flut. Im Westen hob sich der Dünenkranz noch scharf vom Himmel ab, und im Osten glänzte die weite Meeresfläche, die den Golf von Gabes bildet und die tunesische Küste bespült, die sich in der Richtung nach Tripolis tief einbuchtet.

Der leichte Westwind, der am Tage die Luft etwas gekühlt hatte, war am Abend völlig eingeschlafen. Kein Geräusch schlug an Sohars Ohr. Vorher hatte er geglaubt, jemand in der nächsten Umgebung des alten, weißen, von einer Palme überdachten Gemäuerwürfels gehen zu hören, er erkannte jetzt aber seinen Irrtum.

Weder nach den Dünen noch nach dem Strande zu war jemand zu entdecken. Er umkreiste das kleine Bauwerk . . . niemand, und keine Fußspuren im Sande, außer denen von ihm und seiner Mutter, die sie von ihrem Betreten des Marabut zurückgelassen hatten.

Kaum war Sohar eine Minute ins Freie hinausgetreten, als seine Mutter unruhig, ihn nicht wieder zurückkommen zu sehen, schon auf der Schwelle erschien.

Ihr Sohn, der eben um die Ecke des Marabut herumkam, beruhigte sie mit einer Handbewegung.

Djemma, eine Afrikanerin aus dem Stamme der Tuareg, war über sechzig Jahre alt, von großer, kräftiger Gestalt und gerader, Energie verratender Haltung. Aus ihren wie aller Frauen ihrer Herkunft blauen Augen leuchtete ein Blick, worin sich Feuer und Stolz paarten. Eigentlich von weißer Hautfarbe, erschien sie doch gelblich von der Okkerfärbung, die ihre Stirn und Wangen bedeckte. Sie war mit dunklem Stoffe bekleidet, mit einem weiten Haïk aus der Wolle, die die Herden der in der Umgebung der Sebchas oder Schotts von Niedertunis siedelnden Hammama in so reicher Menge liefern. Ein weiter Capuchon bedeckte ihren Kopf, in dessen dichten Haarschmuck sich erst wenige Silberfäden verirrt hatten.

Djemma blieb unbeweglich stehen, bis ihr Sohn an sie herantrat. In der Umgebung hatte er nichts Verdächtiges bemerkt, und die Stille ringsum unterbrach nur der klagende Gesang des Bou-Habibi, des Sperlings von Djerid, von dem einige Paare an der Seite der Dünen umherflatterten.

Djemma und Sohar zogen sich wieder in den Marabut zurück, um hier die Dunkelheit abzuwarten, die es ihnen ermöglichen sollte, unbemerkt nach Gabes zu gelangen.

Flüsternd setzten sie jetzt das unterbrochene Gespräch fort.

»Das Schiff hat La Goletta verlassen?«

»Ja, Mutter, und schon heute morgen hat es das Kap Bon umsegelt. Es ist der Kreuzer ›Chanzy‹.«

»Und der wird noch heute hier eintreffen?«

Noch diese Nacht, wenn er nicht erst noch Sfax angelaufen hat. Wahrscheinlich aber geht er nur vor Gabes vor Anker, wo dein Sohn, mein Bruder, an ihn übergeben werden wird.«

»Hadjar ... Hadjar!« murmelte die alte Targi, zitternd vor Zorn und Schmerz. »Mein Sohn ... mein Sohn!« rief sie dann schluchzend, »diese Rumihs* werden ihn töten, und ich werde ihn nicht wiedersehen ... er wird nicht mehr zur Stelle sein, die Tuareg zum heiligen Kriege zu entflammen! Nein, nein, das kann Allah nicht zulassen!«

Und als ob dieser Ausbruch des Schmerzes ihre Kräfte erschöpft hätte, sank Djemma in einer Ecke des kleinen Raumes auf die Knie nieder und blieb schweigend liegen.

Sohar war wieder auf die Schwelle hinausgetreten und lehnte sich an die Tür ... stumm, als wäre er selbst aus Stein geformt, wie die Statuen, die zuweilen den Eingang zu den Marabuts schmücken. Kein beunruhigendes Geräusch weckte ihn aus seiner regungslosen Haltung. Im Osten wuchs das Schattenbild der Dünen, je tiefer die Sonne am Horizonte niedersank. Im Westen der Kleinen Syrte stiegen die ersten Sterne empor. Die schmale Sichel des Mondes in seinem ersten Viertel leuchtete matt über dem Nebelmeere in der Ferne. Alles deutete auf eine ruhige, aber finstere Nacht, da die aufsteigenden Dunstmassen die Sterne bald zu verhüllen drohten.

Kurz nach sieben Uhr gesellte sich Sohar wieder zu seiner Mutter.

»Es ist nun Zeit«, sagte er leise.

»Ja«, antwortete Djemma, »höchste Zeit, Hadjar den Händen jener Rumihs zu entreißen. Vor Sonnenaufgang muß er aus dem Gefängnisse von Gabes befreit sein ...

*Ruhmis ist die Bezeichnung der Eingebornen für die Christen.

morgen ... morgen wär' es zu spät!«

»Es ist alles vorbereitet, Mutter«, versicherte Sohar. »Unsere Gefährten warten nur auf uns. Die in Gabes haben die Entführung vorbereitet, die vom Djerid werden Hadjar als Geleite dienen, und ehe der Tag graut, werden alle weit draußen in der Wüste sein.«

»Und ich mit ihnen«, erklärte Djemma, »ich werde meinen Sohn nicht verlassen!«

»Und ich mit dir«, rief Sohar, »ich werde mich weder von dir noch von meinem Bruder trennen.«

Djemma erhob sich, zog ihn an sich und preßte ihn in die Arme. Dann schob sie den Capuchon ihres Haïks zurecht und trat über die Schwelle hinaus.

Auf dem Wege nach Gabes ging Sohar einige Schritte vor ihr her. Statt dem Uferrande zu folgen, den weithin reichende Anhäufungen von Seepflanzen bezeichneten, die von der letzten Flut ans Land getragen worden waren, schlichen beide am Fuße der Dünen hin, wo sie auf der etwa anderthalb Kilometer langen Wegstrecke unbemerkter fortzukommen hofften. Kein Lichtschein unterbrach die Dunkelheit ringsum. In die fensterlosen arabischen Häuser dringt das Licht nur von dem Hofe her ein, und wenn es Nacht geworden ist, leuchtet kein Schein nach außen.

Jetzt wurde jedoch über der undeutlichen Silhouette der Stadt ein schimmernder Punkt sichtbar. Ein ziemlich glänzender Strahl war es, der aus den höher gelegenen Teilen von Gabes kommen mußte, entweder von dem Minarett einer Moschee oder von dem Schlosse her, das die Stadt beherrschte.

Sohar erkannte das sofort und wies mit dem Finger darauf hin.

»Der Bordj ...«, sagte er.

»Und dort ist es, Sohar ... ?«

»Ja ... dort haben sie ihn eingekerkert, Mutter!«

Die alte Frau war stehengeblieben. Ihrs war's, als ob dieser Lichtstrahl eine Art Verbindung zwischen Sohn und Mutter bildete. Stahl sich das Licht auch nicht aus der

Zelle, worin jener gefangen saß, so kam er doch aus dem Fort, wohin man Hadjar geschleppt hatte. Seitdem er, der mächtige Führer der Tuareg, den französischen Soldaten in die Hände gefallen war, hatte Djemma ihren Sohn nicht wiedergesehen, und darauf mußte sie jedenfalls für immer verzichten, wenn er nicht diese Nacht durch eine glückliche Flucht dem Schicksale entging, das ihm durch den Spruch des Kriegsgerichtes bevorstand. Sie blieb deshalb wie eingewurzelt auf der Stelle, so daß Sohar sie zweimal durch ein »Komm doch, Mutter, komm!« zum Weitergehen bewegen mußte.

Der Weg führte noch immer am Fuße der Dünen hin, die in einem Bogen bis zur Oase von Gabes reichten, zu der Vereinigung von kleinen Ortschaften und einzelnen Häusern ... übrigens der größten auf dem Festlandsufer der Kleinen Syrte.

Sohar wendete sich jetzt der Häusergruppe zu, die die Soldaten Coquinville (Schelmenstadt) zu nennen pflegen. Eigentlich besteht diese nur aus einem Haufen hölzerner Hütten, worin ausschließlich Kleinkrämer und Straßenhändler wohnen, was dem Ortsteile auch seinen ganz gerechtfertigten Namen verschafft hat. Er liegt nahe der Eintrittsstelle des Oued, eines Baches, der sich unter dem Schatten der Palmen in vielfachen Bogen durch die Oase hinwindet. Dort erhebt sich auch der später Fort Neuf genannte Bordj, den Hadjar nur verlassen sollte, um nach dem Gefängnisse von Tunis übergeführt zu werden. Und aus diesem Bordj hofften ihn seine Gefährten, die alle Vorbereitungen zu seiner Flucht getroffen hatten, noch diese Nacht zu entführen. Das Vorhaben mußte bis zu einem gewissen Punkte erleichtert werden durch den Umstand, daß der bei den umfänglichen Arbeiten in seiner Nachbarschaft umgebaute Bordj jetzt ziemliche verlassen war.

In einer der Hütten von Coquinville erwarteten die Genossen Djemma und deren Sohn. Es galt aber die größte Vorsicht, daß diese sich nicht in der Nähe des Ortes oder Fleckens erblicken ließen.

Mit welch ängstlicher Unruhe richteten sie die suchenden Blicke hinaus nach dem Meere! Wie fürchteten sie die Ankunft des Kreuzers noch an diesem Abend und daß der Gefangene dann auf diesen übergeführt werden könnte, ehe seine Flucht ins Werk gesetzt war. Voll Spannung schauten sie danach aus, ob ein weißes Licht auf dem Golf der Kleinen Syrte auftauchte, ob sie das Zischen von Dampf vernähmen oder die stöhnende Stimme der Sirenen, die die auf den Ankerplatz einlaufenden Schiffe ankündigen. Doch nein, auf dem tunesischen Gewässer schimmerten nur die Laternen der Fischerboote, und kein scharfer Pfiff zerriß hier die Luft.

Es war noch nicht acht Uhr, als Djemma und ihr Sohn das Ufer des Oued erreichten; noch zehn Minuten, und sie mußten am Orte des Stelldicheins sein.

Eben als beide sich dem rechten Ufer näherten, trat ein Mann, der hinter den Kaktuspflanzen am Bachesrande verborgen gewesen war, geräuschlos halb hervor.

»Sohar . . . ?« flüsterte er mit tonloser Stimme.

»Bist du es, Ahmet?«

»Ja . . . und deine Mutter . . . ?«

»Sie folgt mir.«

»Und wir, wir folgen dir«, sagte Djemma.

»Hast du neue Nachrichten?« fragte Sohar.

»Nein . . . keine einzige«, antwortete Ahmet.

»Unsere Genossen sind zur Stelle?«

»Sie warten nur auf euch.«

»Im Bordj hat noch niemand Verdacht geschöpft?«

»Gewiß niemand.«

»Und Hadjar ist bereit?«

»Ja.«

»Doch woher weißt du das?«

»Ich hab's von Harrig gehört, der heute morgen freigelassen wurde und sich jetzt bei unseren Gefährten befindet.«

»Dann also vorwärts«, sagte die alte Frau.

Alle drei folgten dem Ufer des Oued.

Infolge der Richtung, die sie einhielten, war die dunkle Masse des Bordj durch das dichte Laubgewölbe jetzt nicht zu sehen; ein wirklicher Palmenwald ist es ja, der die Oase Gabes bildet.

Ahmet wußte hier genau Bescheid und ging sicheren Schrittes voraus. Zuerst führte der Weg durch das auf beiden Seiten des Oued liegende Djara. In diesem früher befestigten Flecken, der im Laufe der Jahrhunderte karthagisch, römisch, byzantinisch und arabisch gewesen war, wird der größte Markt von Gabes abgehalten. Augenblicklich waren die Leute von diesem voraussichtlich noch nicht heimgekehrt, und Djemma und ihr Sohn mußten einige Mühe haben, hier durchzuschleichen, ohne Aufmerksamkeit zu erregen. Die Straßen der tunesischen Oase sind freilich noch nicht elektrisch, nicht einmal durch das Gas beleuchtet, und außer in der Nähe einiger Kaffeehäuser lagen sie überall in tiefer Finsternis.

Der kluge und umsichtige Ahmet raunte Sohar trotzdem wiederholt zu, daß hier die größte Vorsicht zu beobachten sei. Es war ja nicht ausgeschlossen, daß so mancher in Gabes die Mutter des Gefangenen kannte, und ihre Anwesenheit hier genügte jedenfalls, die Wachsamkeit rund um das Fort zu verdoppeln. Obgleich von langer Hand vorbereitet, bot die Entführung schon allein genug Schwierigkeiten, und es war deshalb wichtig, daß die Aufmerksamkeit der Wachtposten nicht obendrein noch verschärft würde. Ahmet wählte deshalb auch nur die Wege, die nach der Umgebung des Bordj führten.

Übrigens war der mittlere Teil der Oase heute besonders belebt, da eben ein Sonntag zu Ende ging. Der letzte Tag der Woche wird allgemein in allen Städten gefeiert, die, in Afrika wie in Europa, Garnison und vor allem französische Garnison haben. Die ihren Urlaub genießenden Soldaten strömen dann gern in den Cafés zusammen und kehren erst spät nach den Kasernen zurück. Die Eingeborenen mischen sich in den Trubel, vorzüglich in dem Viertel der Kleinkrämer, das Italiener und Juden bunt durcheinander beherbergt, und der fröhliche Lärm dauert hier bis zu später Nachtstunde an.

Wie schon erwähnt, konnte es recht gut der Fall sein,

daß Djemma den Behörden in Gabes einigermaßen bekannt war. Seit der Verhaftung ihres Sohnes hatte sie sich mehrmals in die Nähe des Bordj gewagt, hatte sie ihre Freiheit, vielleicht gar ihr Leben aufs Spiel gesetzt. Wir kennen schon den Einfluß, den sie auf Hadjar hatte, den bei dem Stamme der Tuareg so mächtigen und auch durch deren Auswanderung nicht verminderten Einfluß der leiblichen Mutter. War die Frau, nachdem sie ihren Sohn zur Empörung getrieben hatte, denn nicht imstande, eine neue Revolte anzuzetteln, entweder um den Gefangenen zu befreien oder ihn wenigstens zu rächen, wenn das Kriegsgericht ihn in den Tod schickte? . . . Gewiß war das zu befürchten, denn alle Stämme würden sich auf ihren Ruf erheben und ihr auf dem Wege zum heiligen Kriege folgen. Schon hatte man ja wiederholt fruchtlose Versuche unternommen, sich ihrer zu bemächtigen . . . ergebnislos hatten Soldatenabteilungen das Gebiet der Sebchas und der Schotts durchstreift. Von ihren Stammesgenossen und allen anderen beschützt, war es Djemma bisher stets gelungen, allen Versuchen, nach dem Sohne auch die Mutter einzufangen, glücklich zu entgehen.

Und doch war sie jetzt wieder nach dieser Oase gekommen, wo ihr so viele Gefahren drohten. Sie hatte die Stammesgenossen begleiten wollen, die in Gabes zusammengekommen waren, die Entführung zu bewerkstelligen. Gelang es Hadjar, die Aufmerksamkeit seiner Wächter abzulenken, und konnte er die Mauern des Bordj übersteigen, so wollte sich seine Mutter mit ihm zunächst wieder nach dem Marabut begeben, und einen Kilometer weiter draußen in einem dichten Palmenhaine standen für den Flüchtling Pferde bereit. Das war dann die wiedergewonnene Freiheit, stellte aber auch einen neuen Versuch der Auflehnung gegen die französische Herrschaft in Aussicht.

Weiter . . . weiter führte der Weg . . . Da und dort standen Gruppen von Franzosen und Arabern; keiner ahnte aber unter dem Haïk, der sie bedeckte, die Mutter Hadjars. Zuweilen kam auch von Ahmet ein leiser Warnungsruf, und alle drei verbargen sich dann an einer dunkleren

Stelle, hinter einer vereinzelten Hütte oder unter dem Laubdache von Bäumen und nahmen ihren Weg erst wieder auf, wenn dieser frei war.

Da, als sie nur noch drei bis vier Schritte von dem vereinbarten Treffpunkte entfernt waren, sprang ihnen plötzlich ein Targi entgegen, der sie erwartet zu haben schien.

Die Straße oder der Weg, der schräg nach dem Bordj hinaufführte, war jetzt menschenleer, und wenn sie diesem wenige Minuten folgten, brauchten sie nur ein schmales Seitengäßchen hinaufzugehen, um den Gourbi, das Ziel Djemmas und ihrer Begleiter, zu erreichen.

Der Targi stand dicht vor Ahmet, den er mit einer Handbewegung aufhielt.

»Nicht weiter . . . nicht weiter!« flüsterte er.

»Was gibt es, Horeb?« fragte Ahmet, der in ihm einen Targi von seiner Sippe erkannte.

»Unsere Genossen sind nicht mehr im Gourbi.«

Die alte Mutter war stehengeblieben.

»Sollten die Hunde von Rumihs schon etwas gemerkt haben?« fragte sie Horeb mit ängstlicher, zornerfüllter Stimme.

»Nein, Djemma«, versicherte Horeb. »Auch die Wächter im Bordj haben keinerlei Verdacht . . .«

»Warum sind unsere Genossen dann nicht mehr im Gourbi?«

»Weil dienstfreie Soldaten dahin kamen, die zu trinken verlangten, und wir wollten mit ihnen natürlich nicht zusammenbleiben. Da war auch der Spahi-Unteroffizier Nicol dabei, der euch kennt, Djemma.«

»Ja, murmelte diese. Er hat mich draußen . . . im Douar gesehen, als mein Sohn seinem Kapitän in die Hände fiel. Ha, dieser Kapitän! Wenn der jemals . . .«

Und der Brust der Frau, der Mutter des gefangenen Hadjar, entrang sich's drohend, wie das drohende Murren eines Raubtieres.

»Wo treffen wir nun unsere Genossen?« fragte Ahmet.

»Kommt nur mit mir«, antwortete Horeb.

Vorausgehend betrat er einen kleinen Palmenhain, der

in der Richtung nach dem Fort lag.

Das jetzt verlassene Gehölz war nur an den Tagen mehr belebt, wo in Gabes großer Markt abgehalten wurde. Höchstwahrscheinlich traf man hier niemand bis ganz nahe am Bordj, in den einzudringen übrigens unmöglich war. Genoß die Besatzung heute auch ihren Sonntagsurlaub, so hätte man daraus doch nicht schließen dürfen, daß die Wachtposten unbesetzt wären. Eine besonders strenge Überwachung erschien ja nötig, solange der Rebell Hadjar sich als Gefangener im Fort befand und solange er noch nicht auf den Kreuzer übergeführt war, der ihn ans Kriegsgericht ausliefern sollte.

Die kleine Gruppe zog, von den Bäumen geschützt, weiter und erreichte bald die Grenze des Palmenwäldchens.

Hier lag ein Haufen etwa von zwanzig Hütten, aus denen da und dort ein Lichtschein herausblitzte. Von hier aus war es bis zu dem Orte des Stelldicheins ungefähr noch einen Flintenschuß weit.

Kaum hatte Horeb aber ein gewundenes Gäßchen betreten, als ein Geräusch von Schritten und Stimmen ihn zum Stehenbleiben veranlaßte. Ein Dutzend Soldaten – es waren Spahis – näherten sich singend und lachend von der anderen Seite her. Die Leute mochten in den benachbarten Schenken wohl etwas zu lange beim Glase gesessen haben.

Ahmet hielt es für geraten, der Begegnung mit ihnen auszuweichen, und zog sich mit Djemma, Sohar und Horeb nach einer finsteren Bodensenkung in der Nähe der französisch-arabischen Schule zurück.

Hier unten lag ein Brunnen mit hohem, hölzernem Überbau, der die Welle trug, um die die Kette der Schöpfeimer gewunden war.

Sofort flüchteten sich alle hinter diesen Brunnen, dessen hohe Einfassung sie vollständig verbarg.

Der Soldatentrupp kam näher und hielt sogar an, als einer davon rief:

»Zum Henker ... ich komme um vor Durst!«

»So trink doch, da ist ja ein Brunnen«, antwortete der Wachtmeister Nicol.

»Wasser trinken? Das fehlte mir gerade noch, Marchef!«* erwiderte der Brigadier Pistache.

»So rufe Mohammed an, vielleicht verwandelt er das Wasser in Wein.«

»Ah, wenn ich das wüßte!«

»Da würdest du wohl auf der Stelle Mohammedaner?«

»Nein, Marchef, das doch nicht, und da Allah seinen Gläubigen den Wein verboten hat, würde er für Ungläubige ein solches Wunder wohl kaum zulassen.«

»Gut gebrüllt, Pistache!« rief ihm der Wachtmeister launig zu, »doch dann vorwärts nach unserem Posten!«

Als ihm die Soldaten schon folgen wollten, parierte er aber noch einmal sein Pferd.

Zwei Männer kamen die Straße herauf, und der Wachtmeister erkannte in ihnen einen Kapitän und Leutnant von seinem Regimente.

»Halt!« kommandierte er seinen Leuten, die die Hände stramm an ihre Chechia legten.

»Ah«, rief der Kapitän, »das ist ja der wackre Nicol?«

»Herr Kapitän Hardigan?« antwortete der Marchef mit etwas Überraschung im Tone seiner Stimme.

»Derselbe.«

»Wir sind eben erst von Tunis eingetroffen«, setzte der Leutnant Vilette hinzu.

»Und werden bald zu einer Expedition aufbrechen, der Sie sich auch anzuschließen haben, Nicol.«

»Zu Befehl, Herr Kapitän«, antwortete der Unteroffizier, »stets bereit, Ihnen zu folgen, wohin es auch sei.«

»Jaja ... das weiß ich!« sagte Kapitän Hardigan. »Und Ihr alter Bruder, wie geht's dem?«

»Vortrefflich ... der ist fest auf seinen vier Beinen; ich sorge schon dafür, sie nicht rosten zu lassen.«

»Recht so, Nicol! Und wie steht's mit Coupe-à-Cœur? Immer noch befreundet mit dem alten Bruder?«

»Noch wie seither, Herr Kapitän. Mir kommt's manchmal vor, als ob die beiden Zwillinge wären.«

»Das wäre ja drollig ... ein Pferd und ein Hund!« rief

*Soldatenjargon für maréchal de logis, d. h. Wachtmeister.

der Kapitän lachend. »Na, seien Sie darüber ruhig, Nicol, die sollen auch nicht getrennt werden, wenn wir abmarschieren.«

»Wahrlich, das überlebten sie auch nicht, Herr Kapitän.«

Eben dröhnte jetzt ein dumpfer Knall vom Meere her.

»Was bedeutet das?« fragte der Leutnant Vilette.

»Jedenfalls war es ein Kanonenschuß von dem Kreuzer, der im Golfe ankert.«

»Und der den Schurken Hadjar abholen soll«, setzte der Wachtmeister hinzu. »Ein guter Fang, der Ihnen da gelungen ist, Herr Kapitän.«

»Sie können wohl sagen, daß wir den zusammen gemacht haben«, erwiderte der Offizier.

»Ja, und der alte Bruder und Coupe-à-Cœur hatten auch ihr Teil daran«, erklärte der Marchef.

Die beiden Offiziere setzten darauf ihren Weg nach dem Bordj fort, während Nicol und seine Leute nach den unteren Quartieren von Gabes hinunterritten.

Zweites Kapitel

Hadjar

Die Tuareg (Mehrzahlform von Targi), eine Berberrasse, bewohnten ursprünglich Icham, das Gebiet zwischen Touat, der großen, fünfhundert Kilometer südöstlich von Marokko gelegenen Oase, und Timbuktu im Süden, dem Niger im Westen und Fessan im Osten. Zur Zeit, wo die vorliegende Geschichte spielt, hatten sie sich aber weiter nach dem Osten der Sahara zurückziehen müssen. Ihre zahlreichen, teils seßhaften, teils nomadisierenden Stämme sammelten sich damals in der Mitte der ausgedehnten, sandigen Ebenen, die in arabischer Sprache mit Ontha bezeichnet werden, d. h. in der Gegend, wo die algerische Wüste mit der tunesischen zusammenstößt.

Schon seit einer Reihe von Jahren, nach dem Auflassen der Vorarbeiten für die Schaffung eines Binnenmeeres im Lande Ared, das westlich von Gabes liegt – ein Unternehmen, dessen Schöpfer der Kapitän Roudaire gewesen war –, hatten der Generalresident und der Bey von Tunis die zahlreichen Tuareg aufgefordert, sich in der Oase um die Schotts (Salzsümpfe) anzusiedeln. Im Hinblick auf die kriegerische Natur hatte man sich mit der Hoffnung getragen, daß sie vielleicht die Gendarmen der Wüste werden könnten. Ein Irrtum ... noch mehr: Wenn die Herstellung eines Meeres der Sahara je wieder in Angriff genommen werden sollte, würden sich alle jene Stämme der Überflutung der Schotts entschieden widersetzt haben.

Vor der Öffentlichkeit diente der Targi zwar als Führer, selbst als Beschützer der Karawanen, seine Plünderungssucht und seine Räubernatur hatten ihn aber in so schlechten Ruf gebracht, daß man ihm nur mit Mißtrauen begegnen konnte.

Als der Major Paing, schon vor vielen Jahren, durch die gefährlichen Gegenden des »schwarzen Landes« zog, war er in höchster Gefahr gewesen, bei einem Überfalle durch die schrecklichen Eingeborenen hingeschlachtet zu werden, und bei der 1881 unter Leitung des Kommandanten Flatters von Ouargla ausgegangenen Expedition war der mutige Offizier samt seiner Begleitmannschaft in Bir-el-Gharama elend umgekommen. Die Militärbehörden von Algerien und Tunis mußten sich unausgesetzt zur Verteidigung bereit halten, um die Überfälle der an Kopfzahl reichen Stämme abzuwehren.

Unter den Tuaregstämmen galt der der Ahaggar mit Recht als einer der kriegslustigsten. Deren angesehenste Häuptlinge traf man gewiß bei jeder der örtlich beschränkten Erhebungen an, die die Erhaltung des französischen Einflusses an der langen Grenze der Wüste so schwierig machen. Der Gouverneur von Algerien und der Generalresident von Tunis, die immer scharf aufpaßten, hatten besonders die Gegend der Schotts oder Sebchas im Auge zu behalten. Die hohe Bedeutung des Planes – der den

Hauptgegenstand dieser Erzählung bildet –, der Schaffung eines großen Binnenmeeres, leuchtet deshalb wohl von selbst ein. Dieser Plan bedrohte vor allem die Tuaregstämme, er mußte sie eines beträchtlichen Teiles ihres Einkommens berauben, das sie aus der Führung von Karawanen bezogen, und wegen der erhöhten Leichtigkeit, sie zu unterdrücken, die Überfälle seltener machen, denen bisher so viele zum Opfer gefallen waren.

Die Familie Hadjars gehörte im engeren Sinne dem Stamme oder der Sippe der Ahaggar an und zählte zu den einflußreichsten unter diesen. Wegen seiner Tatenlust, seiner Kühnheit und Unbarmherzigkeit galt der Sohn Djemmas von jeher als einer der gefährlichsten Anführer der ruchlosen Horden des ganzen Gebietes, das sich bis zum Süden der Auresberge hin erstreckt. Im Laufe der letzten Jahre waren zahlreiche Überfälle auf Karawanen oder auf schwache Soldatenabteilungen von ihm ausgeführt worden, und sein Ansehen wuchs immer mehr bei den Stämmen, die sich allmählich nach dem Osten der Sahara, der ungeheuren vegetationslosen Sandwüste dieses Teiles des afrikanischen Festlandes, zurückgedrängt sahen. Die Schnelligkeit seiner Bewegungen war geradezu verblüffend, und obgleich die Behörden die Führer der Soldaten beauftragt hatten, sich seiner um jeden Preis zu bemächtigen, hatte er sich doch jeder Verfolgung zu entziehen gewußt. Wurde seine Anwesenheit in der Nähe einer Oase gemeldet, so erschien er gewiß plötzlich in der Umgebung einer anderen. An der Spitze einer zahlreichen Rotte von Tuareg, die ihrem Anführer an Wildheit gleichkamen, durchstreifte er das ganze Land von den Schotts Algeriens bis zur Kleinen Syrte. Die Kafilas wagten sich gar nicht mehr durch die Wüste oder doch nur unter dem Schutze einer mannstarken Eskorte. Auch der so umfängliche Handelsverkehr zwischen den tripolitanischen Märkten litt sehr fühlbar unter diesem Zustand der Dinge.

Dennoch fehlte es nicht an Militärposten, weder in Nefta noch in Gafsa oder in Tozeur, dem politischen Hauptorte dieser Gegend. Alle Expeditionen aber, die gegen Hadjar und seine Bande unternommen worden waren, hatten niemals den gewünschten Erfolg, und dem abenteuerlustigen Krieger war es stets geglückt, seinen Häschern zu entschlüpfen, bis zu dem – jetzt einige Wochen zurückliegenden – Tage, wo er einer französischen Truppenabteilung in die Hände fiel.

Dieser Teil des nördlichen Afrika war damals der Schauplatz einer jener Katastrophen gewesen, die im Schwarzen Erdteile ja keine Seltenheit sind. Es ist bekannt, mit welcher Leidenschaft, welcher Hingebung und Unerschrockenheit seit einer Reihe von Jahren so viele Forscher, die Nachfolger eines Burton, Spike, Livingstone, Stanley und noch anderer, hier auf Entdeckungen ausgezogen sind. Man könnte deren Hunderte aufzählen, und wie viele werden auf diese Liste noch bis zu dem Tage kommen, wo dieser vierte Teil der Alten Welt alle seine Geheimnisse enthüllt haben wird! Wie viele dieser gefahrenreichen Forschungszüge sind aber auch unglücklich abgelaufen!

Der neueste betraf einen mutigen Belgier, der sich mitten in die wenig besuchten und wenig bekannten Gebiete des Touat gewagt hatte.

Nach Zusammenstellung einer Karawane in Constantine verließ Karl Steinx diese Stadt in der Richtung nach Süden. Viele Leute zählte seine Karawane freilich nicht: im ganzen nur zehn Männer, in der Umgebung angeworbene Araber. Pferde und Meharis (eine gewisse Art sehr schnellfüßiger Dromedare) dienten ihnen zum Reiten und auch als Zugtiere für die beiden Wagen mit dem Material der Karawane.

Zunächst erreichte Karl Steinx Ouargla auf dem Wege über Biskra, Touggourt und Negoussia, wo er alle seine Vorräte leicht ergänzen konnte. Die genannten Städte sind auch der Sitz von französischen Beamten, die es sich angelegen sein ließen, den Forschungsreisenden zu unterstützen.

In Ouargla unter dem zweiunddreißigsten Breitengrade befand er sich schon sozusagen im Herzen der Sahara.

Bisher war der Zug recht gut verlaufen, zuweilen zwar unter recht großer Anstrengung, doch ohne ernsthaftere Gefahren. Bis in diese schon recht entlegenen Gebiete machte sich freilich der französische Einfluß geltend. Die Tuareg erwiesen sich, wenigstens dem Anscheine nach, als unterworfen, und die Karawanen konnten ohne besonderes Risiko dem Handel im Innern nachgehen.

Während seines Aufenthaltes in Ouargla sah sich Karl Steinx aber zu einigen Veränderungen in seiner Begleitmannschaft genötigt. Mehrere von den Arabern, die bis hierher mitgegangen waren, weigerten sich plötzlich, ihm noch weiter zu folgen. So mußte er sie wohl oder übel ablohnen, was aber nicht ohne Schwierigkeiten abging, da die Leute unverschämte Forderungen stellten. Immerhin erschien es ratsamer, sich ihrer zu entledigen, da sie sich entschieden widerwillig zeigten und es gefährlich erschien, sie unter der Eskorte zu behalten.

Anderseits hätte der belgische Reisende gar nicht weiterziehen können, ohne die Fehlenden zu ersetzen, und erklärlicherweise hatte er unter den vorliegenden Verhältnissen keine große Wahl. Er glaubte sich auch aus aller Verlegenheit gezogen zu haben, als er die Dienste mehrerer Tuareg annahm, die sich ihm anboten und, wenn sie auch hohe Lohnforderungen stellten, doch versprachen, ihm bis zum Ziele seiner Reise, gleichviel ob an der West- oder der Ostküste des afrikanischen Festlandes, zu folgen.

Obwohl Karl Steinx gegen die Zugehörigen des Tuaregstammes ein gewisses Mißtrauen hegte, kam ihm doch keine Ahnung, daß er Verräter in seine Karawane aufgenommen hätte und daß diese schon seit ihrem Abzuge aus Biskra von der Rotte Hadjars heimlich beobachtet wurde, da dieser schreckliche Häuptling nur die Gelegenheit abwartete, sie zu überfallen. Jetzt, wo er Genossen Hadjars unter seinen Leuten hatte, konnten diese ihn leicht dahin führen, wo Hadjar dem Reisenden auflauerte.

Und so kam es auch. Von Ouargla aus zog die Karawane weiter nach Süden, überschritt den Wendekreis und erreichte das Land Ahaggar, von wo aus sie sich, nach Südosten abweichend, nach dem Tschadsee begeben sollte. Vom vierzehnten Tage nach seinem Aufbruche an traf jedoch von Karl Steinx und seinen Leuten keinerlei Nachricht mehr ein. Was mochte der Grund dafür sein? Hatte die Kafila das Seengebiet des Tschad erreicht und befand sie sich wohl gar schon auf dem Heimwege nach Osten oder Westen?

Die Expedition des jungen Belgiers hatte natürlich das lebhafteste Interesse vorzüglich bei den geographischen Gesellschaften erweckt, die sich besonders mit den Reisen nach dem Innern Afrikas beschäftigten. Bis Ouargla waren sie über den jetzigen Zug auf dem laufenden erhalten worden. Noch von hundert Kilometern über diese Stadt hinaus trafen dann noch einige Nachrichten ein, die Nomaden aus der Wüste mitgebracht und den französischen Behörden mitgeteilt hatten. Man hoffte daraufhin, daß Karl Steinx binnen einigen Wochen und unter glücklichen Verhältnissen am Tschadsee eingetroffen sein werde.

Jetzt vergingen aber Wochen und Monate, ohne daß irgendeine Nachricht von dem kühnen belgischen Reisenden eintraf. Man schickte deshalb Sendboten bis nach Ouargla hin aus. Die französischen Militärposten unterstützten die Nachforschungen, die durch sie in verschiedenen Richtungen noch weiter ausgedehnt wurden. Alle Bemühungen blieben jedoch erfolglos, und man mußte also befürchten, daß die Karawane, sei es bei einem Überfalle durch Nomaden des Touat oder infolge von Strapazen und Krankheiten, inmitten der grenzenlosen Einöde der Sahara ihren Untergang gefunden habe.

Die geographische Welt wußte nun nicht mehr, was sie glauben sollte, und begann schon nicht nur die Hoffnung auf eine Wiederkehr des mutigen Karl Steinx aufzugeben, sondern auch die, daß ihr jemals noch eine diesen betreffende Nachricht zugehen werde, als drei Monate später in Ouargla ein Araber eintraf, der das über der unglücklichen Expedition lagernde Geheimnis enthüllte.

Der Araber, vorher selbst ein Zugehöriger des Personals der Karawane, war deren traurigem Schicksale glücklich entgangen. Durch ihn erfuhr man, daß die in den Dienst des Forschers eingetretenen Tuareg diesen verraten hatten. Der von ihnen auf einen falschen Weg geführte Karl Steinx sah sich plötzlich von einer Rotte Tuareg überfallen, die gegen ihn unter der Führung ihres Stammeshäuptlings Hadjar anstürmte, welcher sich durch die Beraubung und Niedermetzelung verschiedener Kafilas schon einen gefürchteten Namen gemacht hatte. Karl Steinx hatte sich mit den ihm treugebliebenen Leuten mutig verteidigt und von einer verlassenen Kouba aus achtundvierzig Stunden lang die Angreifer abgewiesen. Die Minderzahl seiner kleinen Truppe machte ihm aber jeden weiteren Widerstand unmöglich, so daß er schließlich den Tuareg in die Hände fiel und samt seinen Begleitern ermordet wurde.

Natürlich erregte diese Nachricht einen wahren Sturm der Entrüstung, und überall ertönte nur der Ruf, den kühnen Forscher zu rächen, ihn an dem grausamen Tuareghäuptling zu rächen, dessen Name von allen Seiten verflucht wurde, zumal da man ihm noch viele andere Angriffe auf Karawanen gewiß nicht mit Unrecht zuschrieb. Die französischen Behörden beschlossen deshalb auch, eine Expedition auszurüsten, die sich seiner bemächtigen sollte, um den Verbrecher nach Gebühr zu bestrafen und seinem unheilvollen Einfluß auf die Eingeborenen ein für allemal ein Ende zu machen. Es war ja bekannt, daß sich die in Frage kommenden Stämme immer mehr nach dem Osten Afrikas hinzogen und daß sie versuchten, in den südlichen Gebietsteilen von Tunis und Tripolis festen Fuß zu fassen. Das hätte aber zu einer schweren Störung, vielleicht gar zur Vernichtung des lebhaften Handelsverkehres jener Gegenden führen müssen, wenn die Tuareg nicht zu endgültiger Unterwerfung gezwungen wurden.

So wurde also eine Expedition gegen diese ausgesendet, und der Gouverneur von Tunis wie der Generalresident von Tripolis hatte Sorge getragen, daß sie in allen Garnisonsstädten im Gebiete der Schotts und der Sebchas die erforderliche Unterstützung fände. Die Expedition bestand aus einer Schwadron Spahis unter Führung des Kapitäns Hardigan, der für die schwierige Aufgabe, von der man so wichtige Folgen erwartete, vom Kriegsministerium ausersehen worden war.

Der »Chanzy« beförderte also eine Abteilung von sechzig Mann nach dem Hafen von Sfax. Wenige Tage nach ihrer Ausschiffung verließ sie mit dem nötigen Proviant und ihren von Kamelen getragenen Zelten unter arabischen Führern schon die Küste und brach nach Westen hin auf. In mehreren Städten und Flecken des Binnenlandes, wie in Tozeur, Gafsa u. a., fand sie jedenfalls Gelegenheit zur Ergänzung ihrer Vorräte, denn an Oasen fehlt es im Gebiete des Djerid nicht.

Unter dem Befehle des Kapitäns standen ein Oberleutnant, zwei Leutnants und mehrere Unteroffiziere, darunter auch der Wachtmeister Nicol.

Gehörte der letztere aber zu der Expedition, so war es selbstverständlich, daß auch dessen »alter Bruder« Va d'l'avant und sein getreuer Coupe-à-Cœur dabei nicht fehlten.

Die Expedition bemaß ihre Etappen mit einer Regelmäßigkeit, die den Erfolg des Zuges sichern mußte, und marschierte so durch das ganze tunesische Sahel. Dabei kam sie über Dar-el-Mehalla und El Guettar und machte hierauf in Gafsa, im Herzen des Gebietes von Henmara, für achtundvierzig Stunden Rast.

Gafsa ist in einem weit ausladenden Winkel erbaut, den der Oued Bayoeh bildet. Die Stadt erhebt sich auf einer von Hügeln eingerahmten Terrasse, hinter der, einige Kilometer weiter draußen, mächtige Bergzüge aufragen. Von den verschiedenen Städten des südlichen Tunis hat sie die größte Zahl von Einwohnern, die einen umfänglichen Haufen von Häusern und Hütten bevölkern. Die die Stadt beherrschende Kasbah, früher ein Standquartier tunesischer Soldaten, steht jetzt unter der Obhut eines französischen Militärpostens. Gafsa rühmt sich auch, ein Mittelpunkt wissenschaftlicher Ausbildung zu sein, und es blühen hier mehrere Schulen zum Vorteil der arabischen und der französischen Sprache. Daneben wird eine lebhafte Industrie betrieben, die eine ausgedehnte Stoffweberei, die Fabrikation seidener Haïks sowie die von Decken und Burnussen umfaßt, wozu die zahlreichen Schafe der Hammama die Wolle liefern. Hier sieht man ferner noch die Termil genannten, aus der Römerzeit herrührenden Wasserbassins und neben diesen warme Quellen mit Temperaturen von neunundzwanzig bis zu zweiunddreißig Zentigraden.

In dieser Stadt erhielt nun Kapitän Hardigan zuerst bestimmtere Nachrichten über Hadjar, wonach die Bande der Tuareg sechzig Kilometer weiter westlich, in der Umgebung von Ferkane, aufgetaucht sein sollte.

Bis dahin war es ja eine recht große Strecke: Spahis kümmern sich aber um Strapazen ebensowenig wie um Gefahren.

Als dann die Abteilung erfuhr, was die Führer von ihrer Tatkraft und Ausdauer erwarteten, verlangte sie nichts mehr, als schleunigst aufzubrechen.

»Übrigens«, erklärte der Wachtmeister Nicol launig – »hab' ich mit dem ›alten Bruder‹ gesprochen, und der hat sich bereit erklärt, wenn nötig doppelte Etappen zurückzulegen; Coupe-à-Cœur aber wartet nur darauf, vorauszutraben!«

Mit allem Nötigen wohl ausgerüstet, zog der Kapitän mit seinen Leuten ab. Der Trupp mußte dabei zuerst, im Südwesten von der Stadt, einen Wald passieren, der nicht weniger als hunderttausend Palmen zählte und dem sich ein zweiter, nur aus Obstbäumen bestehender anschloß.

Zwischen Gafsa und der algerisch-tunesischen Grenze lag nur der einzige Ort Chebeka, wo man die früheren Mitteilungen über den Aufenthalt des Tuareghäuptlings bestätigt fand. Er schweifte zur Zeit zum großen Schaden der Karawanen umher, die durch die entlegensten Gebiete von Constantine zogen, und sein schon seither schwer belastetes Sündenregister schwoll immer mehr an durch die neuen Verbrechen, die er gegen Personen und Eigentum beging.

Als der Kommandant von Chebeka aus nach einigen Tagemärschen die Grenze überschritten hatte, trieb er seine Leute zur größten Schnelligkeit an, um den Flecken Negrine, am Ufer des Oued Sokhna, so bald wie möglich zu erreichen.

Am Vorabend seines Eintreffens daselbst waren die Tuareg wenige Kilometer weiter westlich gesehen worden, genau zwischen Negrine und Ferkane längs des Oued Djerech, der nach den großen Schotts dieser Gegend hin verläuft.

Laut eingezogenen Erkundigungen sollte Hadjar, den auch seine Mutter begleitete, mindestens hundert Mann bei sich haben; obgleich der Kapitän Hardigan aber nur über wenig mehr als die halbe Anzahl Spahis verfügte, zögerten er und seine Leute gewiß keinen Augenblick, die Wüstenräuber anzugreifen.

Ein Stärkeverhältnis von zwei gegen einen ist nicht dazu angetan, afrikanische Truppen zu erschrecken, und diese haben oft unter noch ungünstigeren Umständen mit Erfolg gekämpft.

Das wiederholte sich auch bei dieser Gelegenheit, als die Abteilung in die Umgebung von Ferkane vorgedrungen war. Hadjar, der das erfahren hatte, dachte jedenfalls nicht daran, sich sofort in einen Entscheidungskampf einzulassen. Ihm mußte es ja vorteilhafter erscheinen, die Schwadron weiter in das schwierige Terrain der großen Schotts zu verlocken, sie durch unaufhörliche Scheinangriffe zu ermüden und sich die Unterstützung der nomadisierenden Tuareg zu sichern, die in dieser Gegend stets umherziehen und es gewiß nicht abschlugen, sich Hadjar anzuschließen, der ja bei allen Stämmen in hohem Ansehen stand. Anderseits ließ ihn der Kapitän Hardigan, einmal auf der Fährte des Räubers, gewiß nicht wieder von der Klinge und folgte ihm, so weit das nötig würde, wäre es auch bis Touggourt im El Erg gewesen.

Hadjar hatte auch wirklich beschlossen, zunächst einem Zusammenstoße auszuweichen, und wenn es ihm gelang, der Schwadron den Rückzug abzuschneiden, konnte er nach Heranziehung weiterer Parteigänger wohl hoffen, die kleine, gegen ihn ausgesandte Truppe aufzureiben ... im Falle des Gelingens eine weitere, tief beklagenswerte Katastrophe nach der des Karl Steinx.

Hadjars Plan wurde jedoch vereitelt, als seine Bande längs des Oued Sokhna abziehen wollte, um weiter im Norden den Fuß des Djebel Cherchar zu erreichen.

Ein Peloton unter Führung des Wachtmeisters Nicol, den Coupe-à-Cœur auf diese Spur geleitet hatte, ritt schnell querfeldein, nachdem es den Wasserlauf des Douar an einer Furt überschritten hatte.

Sofort kam es zu einem Handgemenge, an dem auch die anderen Mannschaften der Abteilung bald teilnahmen. Von allen Seiten krachten Flinten und Karabiner und dazwischen der trockene Knall der Revolver. Da gab es Tote auf der Seite der Tuareg und Verwundete auf der der Spahis. Immerhin gelang es der Hälfte der Tuareg, die sich mit Todesverachtung durch die Gegner drängten, zu entfliehen, ihr Anführer aber war nicht darunter.

Eben als sich Hadjar, so schnell wie sein Pferd laufen konnte, seinen Leuten anschließen wollte, stürmte der Kapitän Hardigan auf ihn zu. Vergeblich versuchte Hadjar, sich diesen durch einen Pistolenschuß vom Halse zu halten ... die Kugel war glücklicherweise fehlgegangen. Bei einem heftigen Seitensprunge seines Pferdes hatte er die Steigbügel verloren und stürzte zur Erde. Ehe er Zeit gewann, wieder aufzuspringen, hatte sich einer der Leutnants auf ihn gestürzt, andere Reiter eilten herbei, und trotz der wildesten Bemühungen, sich zu befreien, wurde Hadjar festgehalten.

Im gleichen Augenblicke wurde Djemma, die herbeigelaufen und schon bis in die Nähe ihres Sohnes gekommen war, vom Wachtmeister Nicol gepackt. Leider gelang es einem halben Dutzend Tuareg, sie ihm wieder zu entreißen, und vergeblich sprang der mutige Coupe-à-Cœur die Männer an, die die alte Targi so schnell wie möglich fortschleppten.

»Kein Glück im Spiel!« rief der Wachtmeister, »ich

hatte die alte Wölfin schon gepackt, sie ist mir aber unter den Händen entschlüpft . . . Hierher, Coupe-à-Cœur, hierher!« wiederholte er, das Tier zurückrufend. »Jedenfalls ist wenigstens der junge Wolf ein guter Fang!«

Hadjar war ergriffen, fest ergriffen, und wenn es den Tuareg nicht gelang, ihn vor seiner Einlieferung in Gabes zu befreien, so war das Djerid endlich von einem der gefährlichsten Missetäter erlöst.

Die Räuberbande hätte das ohne Zweifel versucht, und Djemma würde ihren Sohn gewiß nicht in den Händen der Franzosen gelassen haben, wenn die Spahi-Abteilung nicht durch Soldaten von den Militärposten in Tozeur und Gafsa Verstärkung erhalten hätte.

Drei Wochen später hatte die Expedition die Küste wieder erreicht, und der Gefangene wurde im Bordj von Gabes untergebracht, von wo er aus nach Tunis zur Aburteilung durch das Kriegsgericht übergeführt werden sollte.

Das waren die Ereignisse, die sich vor dem Anfang unserer Erzählung abgespielt hatten. Nach einer kurzen Reise nach Tunis war der Kapitän Hardigan, wie der Leser weiß, nach Gabes zurückgekehrt . . . an demselben Abend, wo der Kreuzer »Chanzy« im Golf der Kleinen Syrte vor Anker ging.

Drittes Kapitel

Die Flucht

Kaum hatten sich die beiden Offiziere, der Wachtmeister und die Spahis entfernt, als Horeb längs der Brunneneinfassung hervorglitt und sich, nach allen Seiten spähend, umsah.

Und als nach oben und nach unten auf dem Wege das Geräusch der Schritte verhallt war, winkte der Targi seinen Genossen, ihm zu folgen.

Djemma, ihr Sohn und Ahmet traten hervor, und alle

stiegen eine gewundene, von alten, verlassenen Hütten begrenzte Gasse hinauf, die in schräger Richtung nach dem Bordj zu verlief.

In dieser Gegend war die Oase völlig öde, und kein Widerhall des Lärmens aus den volkreicheren Teilen drang bis hier hinauf. Unter der dicken Decke der bei ruhiger Luft unbewegten Wolken herrschte tiefdunkle Nacht. Kaum trug ein schwacher Hauch vom Meere her das Murmeln der leichten Brandung über das Ufer.

Nach einer Viertelstunde hatte Horeb den zum Zusammentreffen bestimmten, neuen Platz erreicht, die niedrige Gaststube einer Art Café oder Schenke, die ein levantinischer Mercanti betrieb. Der Wirt war in die Sache eingeweiht, und auf seine Treue konnte man trauen, da ihm dafür eine beträchtliche, im Falle des Gelingens noch zu verdoppelnde Summe zugesichert war. Seine Mithilfe bei dem bevorstehenden Unternehmen hatte sich auch schon als nützlich erwiesen.

Unter den im Café versammelten Tuareg befand sich Harrig, einer der treuesten und unerschrockensten Parteigänger Hadjars. Einige Tage vorher war er bei einem Straßenauflaufe in Gabes verhaftet und im Bordj ins Gefängnis gesteckt worden. In der im gemeinschaftlichen Hofe verbrachten Zeit hatte er Gelegenheit gefunden, mit dem Stammeshäuptling in Verbindung zu treten.

War es nicht natürlich, daß die zwei Männer von gleicher Rasse sich zueinander hingezogen fühlten? Niemand ahnte überdies, daß Harrig zu der Gefolgschaft Hadjars gehörte. Ihm war es bei dem Kampfe im Douar gelungen, unbemerkt zu entweichen und Djemma auf ihrer Flucht zu begleiten. Als er dann, gemäß dem von Sohar und Ahmet entworfenen Plan, nach Gabes zurückgekehrt war, benutzte er die kurze Zeit seiner Haft, der Entführung Hadjars möglichst Vorschub zu leisten.

Jedenfalls war es dazu notwendig, daß er die Freiheit wiedererlangte, ehe der Kreuzer eintraf, der den Tuareghäuptling mitnehmen sollte, und gerade heute würde dieser, da sein Vorüberkommen am Kap Bon schon gemeldet war, noch in den Hafen von Gabes einlaufen. Harrig mußte den Bordj also noch zeitig genug verlassen, wenn er sich mit seinen Genossen ins Einvernehmen setzen wollte. Auch die Flucht mußte noch in der heutigen Nacht erfolgen, denn wenn es erst wieder Tag wurde, war es dafür zu spät. Schon mit Sonnenaufgang brachte man Hadjar jedenfalls an Bord des »Chanzy«, und dann war es unmöglich, ihn der Militärgewalt wieder zu entreißen.

Hier trat nun der Mercanti (Krämer, Händler) mit seiner Hilfe ein. Er kannte den Oberaufseher des Gefängnisses im Bordj. Die geringe, Harrig wegen jenes Straßenauflaufs zuerkannte Haftstrafe war jedenfalls verbüßt, der so ungeduldig erwartete Harrig aber noch nicht entlassen worden. Da kaum anzunehmen war, daß er sich durch einen Verstoß gegen die Gefängnisordnung eine Zusatzstrafe zugezogen hätte, mußte man jetzt zu erfahren suchen, wie es mit ihm stände, und vor allem kam es darauf an, daß sie Harrig die Pforten des Bordj noch vor der Nacht öffneten.

Der Mercanti beschloß deshalb, sich zu dem Aufseher zu begeben, der in seinen Mußestunden gern in seinem Café verweilte. So verließ er am Abend das Haus und schlug den Weg nach dem Fort ein. Die Aufsuchung des Aufsehers erwies sich jedoch als unnötig, sie hätte auch, wenn die Flucht gelungen war, verdächtig erscheinen können. Als sich der Mercanti dem Haupttore näherte, kam ihm auf dem Wege ein Mann entgegen.

Das war Harrig, der den Levantiner sofort erkannte. Als dann beide dem vom Bordj hinunterführenden Pfade folgten, brauchten sie nicht zu fürchten, gesehen oder gehört zu werden, sowenig wie daß ihnen jemand nachspürte. Harrig war ja kein Gefangener gewesen, der jetzt entwich, sondern einer, den man nach verbüßter Haft freigelassen hatte.

»Nun . . . und Hadjar?« fragte der Mercanti gespannt.

»Er ist von allem unterrichtet«, antwortete Harrig.

»Auch für diese Nacht vorbereitet?«

»Ohne Sorge . . . es ist alles vorgesehen. Doch wo ist Sohar . . . wo Ahmet und Horeb?«

»Die wirst du bald antreffen.«

Zehn Minuten später traf Harrig die Genossen in der niedrigen Gaststube des Kaffeehauses, vor dem aus Vorsicht noch einer stand, die Straße zu überwachen.

Kaum eine Stunde später erschienen, von Horeb geführt, die alte Targi und ihr Sohn ebenfalls im Café, wo sie Harrig von der Lage der Dinge benachrichtigte.

In den wenigen Tagen seiner Haft hatte Harrig wiederholt mit Hadjar gesprochen. Es erschien ja so natürlich, daß sich zwei in demselben Gefängnisse eingeschlossene Tuareg einander zu nähern suchten. Außerdem sollte der Tuareghäuptling in der nächsten Zeit nach Tunis abgeführt werden, während Harrig bald freigelassen wurde.

»Und wie steht's mit meinem Bruder?« lautete die erste Frage Sohars, als Djemma mit ihren Begleitern bei dem Mercanti eingetreten war.

»Mit meinem Sohne?« setzte die alte Frau ängstlich hinzu.

»Hadjar ist benachrichtigt«, erklärte Harrig. »Gerade als ich den Bordj verließ, hörten wir den Signalschuß vom ›Chanzy‹. Hadjar weiß, daß er morgen früh auf das Schiff gebracht werden soll, doch noch heute nacht wird er versuchen zu entfliehen.«

»Wenn er damit zwölf Stunden zögerte, wäre es freilich zu spät«, sagte Ahmet.

»Und wenn es ihm nicht gelänge?« murmelte Djemma mit dumpfer Stimme.

»Es wird aber gelingen«, versicherte Harrig eifrig; »mit unserer Hilfe . . .«

»Ja . . . sage mir nur, wie?« fragte Sohar.

Harrig gab darauf folgende Erklärungen:

Die Zelle, worin sich Hadjar in der Nacht befand, bildete eine Ecke des Forts in dem Teile der Umwallung, die nach dem Meere zu lag und deren Fuß von diesem umspült wurde. An die Zelle schloß sich ein kleiner Hofraum an, den zu betreten dem Gefangenen freistand, den aber so hohe Mauern umschlossen, daß an deren Übersteigung nicht zu denken war.

An einer Ecke dieses Hofes befand sich jedoch eine Öffnung zum Abfluß des Regenwassers, die an der Außenseite des Walles mündete und hier etwa zehn Fuß über der Meeresfläche lag, doch mit einem eisernen Gitter abgeschlossen war.

Hadjar hatte sich überzeugt, daß das Gitter in schlechtem Zustande war und der Rost seine von der feuchten, salzhaltigen Luft oxydierten Stangen tief angenagt hatte, so daß es ihm nicht schwerfallen konnte, sie in der Nacht vollends herauszubrechen und sich nach der Mündung hindurchzuwinden.

Damit war die Flucht Hadjars freilich immer noch nicht vollendet. Sollte er sich dann ins Meer stürzen und würde es ihm möglich sein, um die Bastion herumschwimmend die nächste Uferstelle zu erreichen? War er in dem Alter und dem Kräftezustande, sich mitten in die nach dem Meere hinauslaufenden Strömungen des Golfes zu wagen?

Noch nicht ganz vierzig Jahre alt, war der Tuareghäuptling ein hochgewachsener Mann von weißer, nur durch die heiße Sonne Afrikas gebräunter Haut, dabei hager, aber kräftig, ein Meister in allen Körperübungen, voraussichtlich von felsenfester Gesundheit dank der nüchternen Lebensweise der eingeborenen Rasse, die sich durch ihre aus Mehl, Feigen, Datteln und Milchspeisen bestehende Nahrung Kraft und Ausdauer sichert.

Nicht ohne Grund hatte Hadjar einen weitreichenden Einfluß auf die jetzt nach den Schotts von Niedertunis verdrängten, nomadisierenden Tuareg des Touat und der Sahara gewonnen. Seine Kühnheit hielt seinem scharfen Verstande das Gleichgewicht . . . Eigenschaften, die er von seiner Mutter geerbt hatte, wie die Tuareg im allgemeinen ihren Müttern nacharten. Bei diesem Volke ist die Frau gleichwertig dem Manne, ja, sie steht sogar nicht selten über ihm.

So gilt der Sohn eines Sklaven und einer vornehmen Frau selbst als freier und vornehmer Mann, während das Gegenteil nicht vorkommt. Alle Energie Djemmas fand sich in ihrem Sohne wieder, der sich wärend ihres zwanzigjährigen Witwenstandes niemals von der Mutter getrennt hatte. Dieser verdankte Hadjar sein Ansehen als eine Art Apostel, wobei ihm sein schönes Gesicht mit schwarzem Barte, seine feuersprühenden Augen und sein entschlossenes Auftreten wesentlich zu Hilfe kamen. Auf seinen Ruf wären ihm alle Stämme durch die endlosen Einöden des Djerid gefolgt, wenn er sie hätte gegen die Fremden zum heiligen Kriege führen wollen.

Obwohl er also ein Mann in der Blüte der kräftigsten Jahre war, hätte er seinen Fluchtversuch ohne Unterstützung von außen her doch nicht durchführen können. Dazu genügte es ja nicht, nach Durchbrechung des Gitters nach der Mündung der Abflußöffnung hinaus zu gelangen. Hadjar kannte den Golf; er wußte, daß dieser trotz der schwachen Gezeitenunterschiede, die überhaupt im Mittelländischen Meere herrschten, doch sehr heftige Strömungen hat, gegen die der beste Schwimmer nicht aufzukommen vermöchte und die ihn nach dem Meere hinaustragen würden, ohne daß er auf der einen oder anderen Seite des Forts am Ufer hätte Fuß fassen können. Ohne daß er vor der Abflußöffnung an der Ecke des Walles und der Bastion ein Boot vorfand, konnte er also zu seiner Befreiung nichts Entscheidendes unternehmen.

So lautete, was Harrig den Genossen mitzuteilen hatte.

Als er schwieg, ließ sich die Stimme des Mercanti vernehmen.

»Ich habe da unten ein Boot zu eurer Verfügung liegen«, sagte er.

»Und du wirst mich darin an Ort und Stelle bringen?« fragte Sohar.

»Sobald dazu die rechte Zeit da ist . . .«

»Hast du deine Verpflichtungen erfüllt, so werden wir den unsrigen nachkommen«, erklärte Harrig, »und die dir versprochene Summe wird verdoppelt werden, wenn unser Vorhaben gelingt.«

»Das wird unzweifelhaft gelingen«, versicherte der Mercanti, der in seiner Eigenschaft als Levantiner die ganze Angelegenheit nur als ein Geschäft betrachtete, das ihm einen hübschen Profit abwerfen sollte.

Inzwischen war Sohar von seinem Sitze aufgestanden.

»Zu welcher Stunde erwartet uns Hadjar?« fragte er.

»Zwischen elf Uhr und Mitternacht«, antwortete Harrig.

»Das Boot muß am besten schon früher zur Stelle sein«, meinte Sohar, »und wenn es meinen Bruder aufgenommen hat, bringen wir ihn nach dem Marabut, wo schon Pferde bereitstehen . . .«

»Dort«, bemerkte der Mercanti, »lauft ihr auch nicht Gefahr, gesehen zu werden; bis zum Morgen kommt gewiß kein Mensch dorthin an den Strand.«

»Was soll aber mit dem Boote werden?« sagte Horeb.

»Zieht es nur auf den Strand herauf, da werd' ich's schon wiederfinden«, antwortete der Mercanti.

Nun hatte man sich nur noch über eine Frage zu einigen.

»Wer von uns wird Hadjar abholen?« fragte Ahmet.

»Natürlich ich«, erklärte Sohar.

»Und ich werde dich begleiten«, sagte die alte Targi.

»Nein, Mutter, nein«, erwiderte Sohar. »Unser zwei sind wir genug, das Boot nach dem Bordj zu rudern. Träfe uns jemand, so könnte deine Anwesenheit Verdacht erregen. Du solltest nach dem Marabut gehen; Horeb und Ahmet mögen dich begleiten. Harrig und ich werden meinen Bruder im Boote dahin bringen.«

Djemma sah ein, daß Sohar recht hatte, darum sagte sie nur noch:

»Und wann sollen wir uns trennen?«

»Augenblicklich«, erklärte Sohar. »In einer halben Stunde werdet ihr bei dem Marabut sein und wir in derselben Zeit mit dem Boote am Fuße des Forts und an dem Winkel der Bastion, wo es keiner bemerken kann. Erschiene dann mein Bruder nicht zur verabredeten Stunde, so würde ich . . . ja, ich würde es versuchen, bis zu ihm einzudringen.«

»Ja, und Allah sei mit dir, mein Sohn, denn wenn er diese Nacht nicht fliehen kann, so werden wir ihn niemals, niemals wiedersehen!«

Die entscheidende Stunde war herangekommen. Horeb und Ahmet gingen voraus auf der schmalen Straße, die zum Markte hinunterführte. Djemma folgte ihnen und trat allemal tiefer in den Schatten, wenn andere Personen ihren Weg kreuzten. Durch Zufall hätte sie ja mit dem Wachtmeister Nicol zusammentreffen können, und gerade jetzt kam es doch sehr darauf an, daß dieser sie nicht erkannte. Jenseits der Grenze der Oase war keine Gefahr mehr, und auf dem Wege längs der Dünen begegnete man gewiß keiner lebenden Seele.

Kurz nach den dreien verließen auch Sohar und Harrig das Kaffeehaus. Wo das Boot des Mercanti lag, war ihnen bekannt, und sie zogen es deshalb vor, daß dieser sie nicht begleitete; er hätte ja von einem verspätet Heimkehrenden bemerkt werden können.

Jetzt war es erst kurz nach neun Uhr. Sohar und sein Genosse begaben sich nach dem Fort zu und schlichen an dessen Umwallung an der nach Süden gerichteten Seite hin.

In dessen Innern sowie auch draußen erschien alles still; der geringste Lärm wäre ja hörbar gewesen bei der so ruhigen, von keinem Windhauche gestörten Atmosphäre. Dazu war es tiefdunkel, denn unbewegliche, schwere Wolken bedeckten den Himmel von einem Horizonte bis zum andern.

Nur als Sohar und Harrig ans Ufer kamen, fanden sie dieses noch einigermaßen belebt. Hier begegneten sie teils Fischern, die mit dem Ertrage ihres Fanges zurückkehrten, teils auch solchen, die sich erst nach ihren Booten begaben, um nach dem Golf hinauszufahren. Da und dort blitzten Lichtstrahlen im Schatten der Nacht auf und kreuzten einander in jeder Richtung. Einen halben Kilometer draußen verriet sich die Anwesenheit des Kreuzers »Chanzy« durch dessen mächtige Lichter, die glänzende Bahnen auf die Meeresfläche warfen.

Die beiden Tuareg bemühten sich, den Fischern möglichst aus dem Wege zu gehen, und wandten sich einer am Außenhafen noch im Bau befindlichen Mole zu.

Am Fuße dieser Mole lag das Boot des Mercanti. Laut Verabredung hatte sich Harrig schon eine Stunde früher davon überzeugt, daß es sich an seinem Platze befand. Darin lagen auch Ruder unter den Querbänken, es war also alles zum Einsteigen bereit.

Eben als Harrig aber den kleinen Anker ausheben wollte, faßte ihn Sohar am Arme. Zwei Zollbeamte, die diesen Teil der Küste zu überwachen hatten, schienen sich ihnen zu nähern. Vielleicht kannten sie den Eigentümer des Bootes, und dann mußte es ihnen auffallen, Sohar und dessen Begleiter damit hantieren zu sehen.

Jedenfalls war es besser, keinerlei Verdacht zu erregen und ihr Unternehmen so unbeachtet wie möglich auszuführen. Die Zollbeamten hätten ja Sohar und Harrig wahrscheinlich gefragt, was sie mit einem Boote beginnen wollten, das ihnen nicht gehörte, und da sie keine Fischertracht trugen, hätten sich die beiden Tuareg doch unmöglich für Fischer ausgeben können.

Sie schlichen also wieder nach dem Strande zurück und verbargen sich am Fuße der Mole, ohne daß sie bemerkt worden wären.

Hier mußten sie eine reichliche halbe Stunde ausharren ... in peinigender Ungeduld, die Ausführung ihres Vorhabens durch den Zwischenfall um so viel hinausgeschoben zu sehen. Ihre Sorge, daß die beiden Zollbeamten vielleicht die ganze Nacht im Dienst blieben, bewahrheitete sich zum Glück nicht: Die beiden Männer gingen nach der anderen Seite weiter.

Jetzt wagte sich Sohar auf das sandige Uferland hinaus, und als die Zollbeamten in der Finsternis völlig verschwunden waren, rief er seinen Genossen, der sofort zu ihm kam.

Das Boot wurde über den Strand geschleppt, dann stieg Sohar zuerst hinein, und Harrig folgte ihm, nachdem er den kleinen Anker im Vorderteile niedergelegt hatte.

Sofort wurden die Riemen eingelegt, und unter lautlosen Ruderschlägen glitt das Fahrzeug über den Molenkopf hinaus und dann an der vom Wasser des Golfes bespülten

Außenmauer des Forts hin. Nach einer Viertelstunde hatten Sohar und Harrig die Ecke der Bastion erreicht und hielten unter der Mündung des Ablaufes still, durch den Hadjar zu entweichen suchen sollte.

Der Tuareghäuptling befand sich allein in der Zelle ... worin er heute die letzte Nacht zubringen sollten. Vor einer Stunde hatte ihn der Aufseher verlassen, der mit mächtigen Riegeln die Tür des kleinen Hofes abschloß, an dem die Zelle des Gefangenen lag. Hadjar, der sonst in allen Verhältnissen Herr über sich war, erwartete mit der außerordentlichen Ungeduld des fatalistischen Arabers den Zeitpunkt zum Handeln. Den Kanonenschuß vom »Chanzy« hatte er gehört, und es war ihm nicht unbekannt, daß dieser von dem Kreuzer herrührte, der ihn am nächsten Morgen wegführten sollte ... wegführen, ohne daß ihm die Hoffnung winkte, das Gebiet der Sebchas und Schotts, das Land Djerid je wiederzusehen! Neben seiner echt muselmännischen Ergebung in das ihm bestimmte Schicksal hegte er aber doch noch die Hoffnung, sein Vorhaben gelingen zu sehen. Wenn er nur durch den engen Abzugskanal schlüpfen konnte, befand er sich ja in Sicherheit, vorausgesetzt, daß seine Genossen sich hatten ein Boot verschaffen können und ihn rechtzeitig am Fuße der Außenmauer erwarteten.

Langsam verstrich ihm eine Stunde. Von Zeit zu Zeit trat Hadjar aus seiner Zelle und beugte sich an der Öffnung nieder, um zu lauschen. Das Rauschen eines an der Wallmauer hingleitenden Bootes wäre gewiß bis zu ihm vernehmbar gewesen. Er hörte jedoch noch nichts und ging zurück, verhielt sich meist unbeweglich still und trat nur manchmal an die Ausgangstür des Hofes, um zu horchen, ob draußen ein Wächter umhergehe.

Hadjar befürchtete noch immer, daß man ihn schon im Laufe der Nacht an Bord schaffen könnte. In der Umgebung des Bordj herrschte jedoch die tiefste Stille, nur zuweilen unterbrochen durch die Schritte eines Wachtpostens auf der Plattform der Bastion.

Die Mitternacht näherte sich schon, und mit Harrig war

doch verabredet, daß er eine halbe Stunde vorher nach Beseitigung des morschen Gitters durch den Kanal gekrochen sein sollte. War das Boot dann zur Stelle, so wollte er sich sofort darauf hinunterfallen lassen. War es noch nicht gekommen, so gedachte er bis zum ersten Tagesgrauen zu warten, und dann? ... Ja, versuchte er dann etwa, schwimmend zu entfliehen, selbst auf die Gefahr hin, von den Strömungen im Golf der Kleinen Syrte nach dem Meere hinausgetrieben zu werden? ... Jedenfalls bot sich ihm das als einziger Ausweg, dem ihm drohenden Todesurteil zu entgehen.

Hadjar überzeugte sich noch einmal, daß sich niemand dem Hofe näherte, dann raffte er seine Kleider eng um den Leib zusammen und schlüpfte kriechend in den Kanal. Dieser hatte etwa die Länge von dreißig Fuß und war gerade weit genug für eine nicht zu starke Person. Hadjar streifte hart an den Wänden hin, wobei einige Falten seines Haïk zerrissen; unverdrossen weiterkriechend, erreichte er aber, wenn auch unter großer Anstrengung, doch schließlich das Gitter.

Dieses war, wie bereits erwähnt, in ganz schlechtem Zustande. Kaum hielten sich dessen Stangen noch in den Steinen, die unter seinen Händen noch weiter nachgaben. Fünf bis sechs Stöße genügten, sie vollends aus dem Verbande zu lösen, und als Hadjar sie dann zur Seite geschoben hatte, war der Weg für ihn frei.

Der Tuareghäuptling hatte sich bis zur äußeren Mündung nur noch zwei Meter vorwärts zu winden, doch das war das schwierigste Stück der Arbeit, da sich der Kanal jenseits des Gitters noch verengerte. Doch auch diese Schwierigkeit wurde überwunden, und er hatte am Ausgange sogar nicht nötig, nur einen Augenblick zu warten.

Als er kaum an den Ausgang gelangt war, schlugen ihm schon die Worte: »Hadjar, wir sind hier!« ans Ohr.

Der Targi machte eine letzte Anstrengung, und damit kam sein Oberkörper, in der Höhe von zehn Fuß über dem Meere, aus der Mündung hervor.

Harrig und Sohar reckten sich ihm entgegen, doch gerade als sie ihn vollends herausziehen wollten, ließ sich ein Geräusch vernehmen. Schon fürchteten sie, daß es aus dem kleinen Hofe käme und daß ein Aufseher nach dem Gefangenen geschickt worden wäre, der vielleicht sofort abgeführt werden sollte. War dann der Gefangene verschwunden, so wurde im Bordj natürlich sogleich Alarm geschlagen.

Zum Glück war es hiermit nichts: Eine Schildwache, die nahe der Brustwehr des Donjons auf und ab ging, hatte das Geräusch verursacht. Möglicherweise war der Mann durch das Herankommen des Bootes aufmerksam gemacht worden. Von der dem Posten angewiesenen Stelle aus konnte dieser das Fahrzeug aber gar nicht bemerken, und bei dessen Kleinheit wäre es in der Finsternis überhaupt kaum sichtbar gewesen.

Immerhin galt es jetzt, mit möglichster Vorsicht zu Werke zu gehen. Nach einigen Augenblicken packten Sohar und Harrig Hadjar bei den Schultern, zogen ihn vollends hervor, und endlich stand er unten zwischen ihnen.

Mit einem kräftigen Stoße wurde das Boot ein großes Stück hinausgetrieben. Es erschien ja nicht ratsam, längs der Mauern des Bordj und auch nicht nahe am Strande hinzufahren, sondern weiter draußen auf dem Golf bis zur Höhe des Marabut zu bleiben. Auch dabei wurde es noch nötig, mehreren Barken aus dem Wege zu gehen, Fahrzeugen, die entweder aus dem Hafen kamen oder dahin zurückkehrten, da die stille Nacht den Fischern so günstig war. Bei dem – gehörig entfernten – Vorüberkommen am »Chanzy« erhob sich Hadjar, kreuzte die Arme und warf einen Blick voll tödlichen Hasses nach dem Kreuzer hin. Dann setzte er sich, ohne ein Wort zu äußern, am Hinterteile des Bootes wieder nieder.

Eine halbe Stunde später streifte das Fahrzeug knirschend den Sand des seichten Grundes dicht am Ufer; sofort wurde es vollends aufs Trockene gezogen, und der Tuareghäuptling wandte sich mit seinen beiden Begleitern dem Marabut zu, den sie erreichten, ohne jemand zu begegnen.

Djemma war ihrem Sohne einige Schritte entgegengegangen und preßte ihn in die Arme.

»Komm, komm!« Das waren die einzigen Worte, die sie hervorstieß.

Damit ging sie auch schon um die Ecke des Marabut, wo Ahmet und Horeb warteten.

Drei Pferde standen hier gesattelt, bereit, unter den Sporen der Reiter davonzufliegen.

Hadjar bestieg das eine, Harrig und Horeb folgten seinem Beispiele.

»Komm!« hatte Djemma gesagt, als sie ihren Sohn wiedersah, und jetzt rief sie auch nur das eine Wort:

»Gehe!«, und dabei wies sie mit der Hand nach den finsteren Gebieten des Djerid.

Einen Augenblick nachher waren Hadjar, Horeb und Harrig schon im Dunkel der Nacht verschwunden.

Bis zum Morgen blieb die alte Targi mit Sohar noch im Marabut. Sie hatte verlangt, daß Sohar noch einmal nach Gabes zurückkehrte. Er sollte dort auskundschaften, ob die Flucht schon bekanntgeworden sei und die Nachricht davon sich in der Oase verbreitet habe; ebenso ob die Behörden dem Flüchtling schon Häscher nachgeschickt hätten und in welcher Richtung man im Djerid nach ihm suchen würde. Endlich sollte er zu erforschen suchen, ob gegen den Tuareghäuptling und seine Parteigänger noch einmal ein regelrechter Feldzug eröffnet werden sollte wie der letzte, der mit dessen Gefangennahme endigte.

Alles das verlangte Djemma zu wissen, ehe sie den Weg nach dem Lande der Schotts wieder einschlug. Sohar hatte aber nichts in Erfahrung bringen können, als er in der Umgebung von Gabes umherschweifte. Er wagte sich dabei sogar bis in die Nähe des Bordj und begab sich darauf nach dem Hause des Mercanti, der nun erst erfuhr, daß das Unternehmen gelungen sei und daß Hadjar, endlich frei, jetzt durch die Einöde der Wüste jagte.

Übrigens hatte der Mercanti noch nichts davon bemerkt, daß sich schon eine Nachricht von der Flucht verbreitete, und er wäre doch gewiß einer der ersten gewesen, davon zu hören.

Schon mußte jetzt das Morgenrot bald den Horizont im Osten des Golfes erhellen. Sohar wollte sich nicht zu lange aufhalten. Die bejahrte Frau sollte den Marabut jedenfalls verlassen haben, ehe es voller Tag wurde, denn sie war vielen bekannt, und anstelle des Sohnes würde sie jetzt jedenfalls verhaftet worden sein.

Sohar kam also zu ihr zurück, als es noch ziemlich finster war, und, von ihm geleitet, schlug sie den Weg an den Dünen hin ein.

Am Morgen lief eins der Boote des Kreuzers im Hafen ein, um sich den Gefangenen ausliefern zu lassen.

Als der Aufseher die von Hadjar bewohnte Zelle geöffnet hatte, konnte er nur das Verschwinden des Tuareghäuptlings melden. Wie die Entweichung ausgeführt worden war, ließ sich ohne Schwierigkeit nachweisen, als man auch den Abflußkanal untersucht und dessen Gitter ausgebrochen gefunden hatte. Hatte nun Hadjar versucht, schwimmend zu entfliehen, und war dann nicht anzunehmen, daß er von den Strömungen des Golfs nach der offenen See hinaus verschlagen worden wäre? Oder sollte ihn ein von seinen Anhängern beschafftes Boot vielleicht irgendwo ans Ufer befördert haben?

Das konnte vorläufig niemand entscheiden.

Nachforschungen in der Nachbarschaft der Oase erwiesen sich als erfolglos, nirgends war eine Spur des Flüchtlings zu entdecken. Weder die Ebenen des Djerid noch die Gewässer der Kleinen Syrte gaben ihn – lebend oder tot – wieder zurück.

Viertes Kapitel

Das Saharameer

Nach höflicher Begrüßung der Anwesenden, die seiner Einladung gefolgt waren, und nach Darbringung seines Dankes an die französischen und tunesischen Offiziere und Beamten, die neben hervorragenden Persönlichkeiten von Gabes der Versammlung beiwohnten, richtete Herr von Schaller an diese folgende Worte:

»Jedermann«, meine Herren, »wird zugeben müssen, daß infolge der Fortschritte der Wissenschaften die Verbindung der Geschichte und der Legende mehr und mehr unhaltbar geworden ist. Die eine muß untergehen, um der anderen das Feld zu räumen. Die Legende ist das Gebiet der Dichter, die Geschichte das der Gelehrten, und beide haben ja auch ihre eigene Anhängerschaft. Bei voller Anerkennung des Verdienstes oder Wertes der Legende muß ich sie heute doch ins Reich der Phantasie verweisen und kann nur Tatsachen in Rechnung ziehen, die durch streng wissenschaftliche Beobachtungen bestätigt sind.«

Der neue Saal des Kasinos in Gabes hätte kaum eine Zuhörerschaft aufnehmen können, die beser geeignet gewesen wäre, den interessanten Darlegungen des Vortragenden zu folgen. Bei den Anwesenden herrschte schon im voraus eine günstige Stimmung bezüglich des Projektes, das eben erörtet werden sollte. Nur einige Eingeborene, die sich Zutritt zu verschaffen gewußt hatten, bewahrten eine überlegene Zurückhaltung, Das geplante Unternehmen, über dessen Geschichte sich von Schaller eben verbreiten wollte, wurde ja von den seßhaften wie von den nomadisierenden Stämmen des Djerid schon seit einem halben Jahrhundert mit scheelen Augen angesehen.

»Wir mögen gern anerkennen«, fuhr von Schaller fort, »daß die Alten sehr phantasiereiche Leute gewesen sind, und die Geschichtsschreiber früherer Zeiten haben, wenn auch unbewußt, in ihrem Banne gestanden und Geschichte geschrieben, die nur auf Überlieferungen fußte. Es hat den

Anschein, als ob sie sich für ihre Berichte hätten von rein mythologischen Eingebungen begeistern lassen.

Ich erinnere Sie, meine Herren, nur an das, was uns Herodot, Pomponius Melas und Ptolemäus hinterlassen haben. Der erste spricht in seiner ›Völkergeschichte‹ von einem Lande, das bis zu dem in die Bai gleichen Namens mündenden Flusse Triton reichte. Er erzählt, als eine Episode aus der Argonautenfahrt, daß Jasons Schiff, von Stürmen an die libysche Küste verschlagen, nach Westen bis in den sogenannten tritonischen See getrieben wurde, dessen westliches Ufer unsichtbar war. Danach müßte man also schließen, daß der genannte See jener Zeit mit dem Meere in Verbindung gestanden habe. In seiner ›Umschiffung des Mittelländischen Meeres‹ berichtet übrigens Scylax dasselbe über diesen ausgedehnten, ringsum von libyschen Volksstämmen bewohnten See, der an der Stelle der heutigen Sebchas und Schotts gelegen haben müßte, mit der Kleinen Syrte aber nur durch einen schmalen Kanal in Verbindung gestanden hätte.

Nach Herodot war es Pomponius Melas, der, fast zu Anfang der christlichen Zeitrechnung, des großen tritonischen Sees – auch See der Pallas genannt – erwähnt, dessen Verbindungsglied mit der Kleinen Syrte, dem heutigen Golfe von Gabes, infolge der Niveausenkung seines Wassers – diese selbst eine Folge starker Verdunstung – allmählich verschwunden wäre.

Da der Wasserstand, nach dem Berichte des Ptolemäus, unausgesetzt niedrigrer wurde, hätte sich das Wasser schließlich nach einzelnen Senkungsgebieten zurückgezogen, nach dem Triton- oder Pallassee und nach dem libyschen und dem Schildkrötensee, das sind die jetzigen algerischen Schotts Melrhir und Rharsa und die tunesischen Sebchas Djerid und Fedjedj.

Darunter, meine Herren, mag nun Wahres und Falsches, gewiß mehr vom zweiten sein, denn die Legenden des Altertums sind an Zuverlässigkeit mit der heutigen Wissenschaft nicht zu vergleichen. Nein, Jasons Schiff hat nicht nach jenem Binnensee verschlagen werden können, der niemals mit der Kleinen Syrte in Verbindung stand, und über deren Uferhöhen wäre es nur hinweggekommen, wenn es die mächtigen Flügel des Ikarus, des abenteuerlustigen Sohnes des Dädalus, gehabt hätte. Alle Beobachtungen ausgangs des neunzehnten Jahrhunderts haben unwiderleglich ergeben, daß ein das ganze Gebiet der Sebchas und Schotts bedeckendes Meer niemals existiert haben kann, denn die Hälfte dieser Depressionen erhebt sich um fünfzehn bis zwanzig Meter über das Niveau des Golfes von Gabes und vorzüglich über die Gebietsteile, die der Küste näher liegen, und niemals könnte dieses Meer eine Länge von hundert Lieues (fast 400 km) gehabt haben, die ihm allzu phantastische Geister zugewiesen hatten.

Immerhin, meine Herren, erschien es, bei weiser Beschränkung auf die Größenverhältnisse, die sich aus der Natur der Gebiete der Schotts und Sebchas ergeben, keineswegs unmöglich, den Plan eines vom Golfe von Gabes aus gespeisten Saharameeres zur Ausführung zu bringen.

Darauf kam auch das Projekt hinaus, das mehrere unternehmende, doch nicht genug praktische Gelehrte entworfen hatten und das, nachdem es wiederholt Abänderungen erfahren hatte, doch nicht zum guten Ende geführt werden konnte. Seine Geschichte ist es, die ich Ihnen ebenso ins Gedächtnis zurückzurufen wünschte, wie die vergeblichen Versuche und die bitteren Enttäuschungen, die ihm jahrelang vorbehalten waren.«

Im Auditorium machte sich eine beifällige Bewegung bemerkbar, und als der Vortragende nach einer in großem Maßstabe ausgeführten Karte wies, die neben ihm an der Wand hing, da wandten sich dieser alle Blicke zu. Die Karte zeigte die südlichen Teile von Tunis und Algerien, etwa in der Höhe des 43. Breitengrades, während sie vom 3. bis zum 8. Längengrade (von Paris) reichte.

Darauf sah man die großen Senkungsgebiete im Südosten von Biskra, eine Gesamtdarstellung der algerischen, tiefer als das Niveau des Mittelländischen Meeres gelegenen Schotts, die unter dem Namen derer von Melrhir und von Rharsa zusammengefaßt werden. Am Ende des zweitgenannten Schotts war beim 7. Meridian der unvollendete Kanal angedeutet, der es mit der Kleinen Syrte verbinden sollte.

Nördlich davon, im tunesischen Teile, lagen die Ebenen, wo die Stämme der Hammama hausten, südlich aber, im algerischen Teile, das ausgedehnte Gebiet der Dünen. Genau ihrer Lage entsprechend waren die wichtigsten Städte und Ortschaften der Gegend angezeichnet: Gabes am Ufer seines Golfes, La Hamma auf der rechten Seite am neuen Kanal und fast am Ende des Schotts Fedjedj, ferner Limagnes, Softim, Bou-Abdallah und Bechia auf der Landzunge, die sich zwischen dem Fedjedj und dem Djerid hinstreckt, weiter Sedada, Kri, Hamma, Tozeur und Nefta, zwischen dem Djerid und dem Rharsa sah man Chebeka im Norden und Bir Klebia im Westen von diesem, endlich Zeribet, Aïn Naga, Tahir Rassu, Mraier und Fagussa in der Nachbarschaft der im Westen der Schotts geplanten Transsaharischen Bahnlinie.

Die Anwesenden konnten auf der Karte also das ganze Gebiet der Depressionen übersehen, von denen Rharsa und Melrhir vollständig überflutet werden konnten und das neue afrikanische Binnenmeer bilden sollten.

»Daß die Natur aber«, fuhr Schaller fort, »die Senkungsgebiete gerade da hatte entstehen lassen, wo sie die Gewässer der Kleinen Syrte leicht erreichen konnten, das ließ sich erst durch eine mühsame und sorgfältige Nivellierung der betreffenden Landesteile nachweisen. Bei einer Expedition durch die Wüste Sahara im Jahre 1872 behaupteten übrigens der Senator von Oran, Pomel, und der Grubeningenieur Rocard, daß diese Arbeit wegen der eigenen Natur der Schotts gar nicht ausführbar wäre. Der Stabskapitän Roudaire, von dem überhaupt die erste Anregung zu dem außerordentlichen Unternehmen ausgegangen war, leitete 1874 dessen Wiederaufnahme dann unter aussichtsvolleren Bedingungen aufs neue ein.«

Allseitiger Beifall begrüßte den Namen dieses französischen Offiziers, wie das schon früher der Fall gewesen war und wohl für immer sein wird. Neben seinem Namen müssen aber auch die des damaligen Vorsitzenden des Ministerrates de Freycinets und des Kanalbauers Ferdinand Lesseps genannt werden, die den riesigen Plan später durch ihre Empfehlung unterstützten.

»Auf diesen weit zurückliegenden Zeitpunkt, meine Herren«, nahm der Vortragende wieder das Wort, »ist die erste wissenschaftliche Durchforschung des Gebietes zurückzuführen, das im Norden, und dreißig Kilometer südlich von Biskra, durch die Berge von Aures begrenzt wird. Im Jahre 1874 war es, wo der kühne Offizier den Plan eines Binnenmeeres studierte, dem er nachher alle seine Kräfte widmen sollte. Konnte aber irgend jemand voraussehen, daß sich ihm so zahllose Hindernisse entgegenstellen würden, daß es seiner Tatkraft nicht gelang, darüber zu triumphieren? Wie dem auch sein mochte, unsere Pflicht ist und bleibt es, dem mutigen und gelehrten Mann die Ehre zu geben, die ihm gebührt.«

Nach den ersten Studien des eigentlichen Vaters dieses Unternehmens betraute der Minister des öffentlichen Unterrichts den Kapitän Roudaire offiziell mit verschiedenen wissenschaftlichen Missionen, die alle auf die Erforschung des in Betracht kommenden Gebietes hinausliefen. Dabei wurden zuverlässige geodätische Messungen ausgeführt, die es erlaubten, die Bodengestaltung dieses Teiles des Djerid festzustellen.

Jetzt mußte die Legende der Wirklichkeit weichen: Die Gegend, in der man ein ehemals vorhandenes, mit der Kleinen Syrte in Verbindung stehendes Meer angenommen hatte, konnte ein solches niemals gebildet haben. Die Bodensenke, die man von der Uferwand bei Gabes bis zu den letzten algerischen Schotts durchweg für überflutbar angesehen hatte, war das nur in verhältnismäßig beschränktem Umfange. Konnte das Saharameer aber auch die ihm von der öffentlichen Meinung früher angedichtete Ausdehnung niemals erhalten, so war das doch noch kein Grund, das Projekt gänzlich aufzugeben.

»Anfänglich, meine Herren«, sagte Schaller, »hatte man glauben können, daß dieses Meer eine Fläche von fünfzehntausend Quadratkilometern bedecken würde. Von dieser Zahl mußten aber schon fünftausend für die tunesischen Sebchas abgezogen werden, deren Niveau das des Mittelländischen Meeres übersteigt. Tatsächlich bleiben aber, nach den Untersuchungen und Messungen des Kapitäns Roudaire, nur achttausend Quadratkilometer übrig, die von dem Gebiete der Schotts Rharsa und Melrhir unter Wasser gesetzt werden können. Deren Oberfläche liegt durchschnittlich siebenundzwanzig Meter tiefer als die des Golfs von Gabes.«

Schaller wies hierbei mit einem Stabe nach den betreffenden Stellen auf der Wandkarte hin, wo er den Zuhörern diesen Teil des alten Libyens vor Augen führte.

Zuerst, im Gebiete der Sebchas und von der Küste ausgehend, deutete er auf die höher als das Meer liegenden Teile, deren niedrigster 15,52 Meter und deren höchster 31,45 Meter darüber aufragt. Diese höchste Stelle befindet sich nahe dem Küstenwall von Gabes. Weiter nach Westen hin trifft man auf die ersten Vertiefungen erst in der Bodensenke des Schotts Rharsa, hundertneunzig Kilometer vom Meere, auf eine Strecke von vierundsiebzig Kilometern. Dann steigt der Boden gegen dreißig Kilometer weit wieder an bis zu dem Schott Melrhir, das sich in der Ausdehnung von hundertzehn Kilometern zum größten Teile überfluten ließe. Hier kreuzt sich dann, in der Entfernung von dreihundertsiebzig Kilometern vom Golfe von Gabes, der Breitengrad mit dem Meridian von 3 Grad 40 Minuten.

»Das, meine Herren«, fuhr Schaller fort, »sind die Ergebnisse der geodätischen Untersuchungen dieser Landesteile. Nun erhebt sich freilich die Frage, ob es gegenüber der Möglichkeit, achttausend Kilometer vertieft liegenden Erdboden, dem man aus dem Golfe von Gabes Wasser zuführen könnte . . . ob es infolge der Natur des Bodens nicht die menschliche Kraft übersteige, deshalb einen hundertfünfundvierzig Kilometer langen Kanal auszuheben. Nach sehr zahlreichen Sondierungen meinte das der Kapitän Roudaire nicht. Hier handelte es sich ja, wie Maxime Helene in einem beachtenswerten Artikel ausgesprochen hat, nicht um die Herstellung eines Kanals durch eine sandige Wüstenei wie bei Suez und auch nicht um die Durchbrechung von Kalkgebirgen wie in Panama und Korinth ... eine solche Festigkeit zeigt der Erdboden hier nirgends ... es bedarf nur der Abtragung einer salzhaltigen Kruste, und mittels der Dränage kann der Boden darunter für die zu bewältigende Arbeit hinreichend trockengelegt werden. Ja selbst auf der Küstenerhebung, die Gabes von der ersten Sebcha trennt, das heißt auf eine Strecke von siebzehn Kilometern, ist nur eine dreißig Meter dicke Kalkschicht mit der Spitzhaue zu durchbrechen. Die ganze übrige Arbeit ginge dagegen in lockerem Erdreich vor sich.«

Der Vortragende verbreitete sich hierauf eingehend über die Vorteile, die das große Unternehmen nach Roudaire zur Folge haben werde. In erster Linie würde das Klima von Algerien und von Tunis eine willkommene Verbesserung erfahren. Unter dem Einflusse der Südwinde würden die durch die Verdunstung des neuen Binnenmeeres gebildeten Wolken der ganzen Gegend zum Nutzen des Ertrages der Landwirtschaft wohltätige Regen zuführen. Ferner würden die Bodensenken der tunesischen Sebchas des Djerid und des Fedjedj sowie die algerischen Schotts von Rharsa und von Melrhir, die gegenwärtig nur Sümpfe bilden, unter der tiefen Wasserschicht ihre Gesundheitsgefährlichkeit verlieren. Und welche Handelsvorteile müßte das von Menschenhand veränderte Gebiet nach diesen physischen Verbesserungen gewinnen! Mit vollem Recht wies Roudaire dabei auf folgende Erscheinungen hin: Das Land im Süden des Aures und des Atlas werde neue Wege erhalten, wo die Sicherheit der Karawanen besser gewährleistet sei, der durch eine Flotte unterstützte Handel werde einen neuen Aufschwung nehmen in dem ganzen Landesteile, der jetzt wegen der Bodendepressionen fast unzugänglich wäre, und die Truppen, die dann südlich von Biskra ausgeschifft werden könnten, würden durch die Verstärkung des französischen Einflusses die Ruhe in diesem Teile Afrikas sichern.

»Und dennoch wollten«, fuhr der Redner fort, »nachdem der Plan eines Binnenmeeres mit so peinlicher Sorgfalt studiert und ausgearbeitet war und trotz der unleugbaren Genauigkeit der geodätischen Vorarbeiten, zahlreiche Widersacher noch immer die Vorteile ableugnen, die dem Lande durch dieses großartige Unternehmen zufallen müssen.«

Schaller beleuchtete dann einen nach dem andern die Einwände, die in Aufsätzen in verschiedenen Journalen zu der Zeit erhoben worden waren, wo gegen das Werk des Kapitäns Roudaire ein Krieg bis aufs Messer begonnen hatte.

Zunächst, so behauptete man, wäre die Länge des Kanales, der den Schotts von Rharsa und von Melrhir das Wasser aus dem Golfe von Gabes zuführen sollte, und das Fassungsvermögen des neuen Meeres, achtundzwanzig Milliarden Kubikmeter, so groß, daß die Bodensenkungen niemals ausgefüllt werden könnten.

Ferner wies man darauf hin, daß das Salzwasser des Saharameeres nach und nach durch die Erde nach den benachbarten Oasen vordringen werde, und wenn es dann durch Kapillaranziehung bis zu deren Oberfläche aufstiege, würde es die ausgedehnten Dattelwälder, den Reichtum des Landes, zum Absterben bringen.

Weiter haben wieder andere – übrigens ganz ernsthaft zu nehmende – Kritiker versichert, das Meerwasser würde nie bis zu den Depressionen vordringen, sondern auf dem Wege durch den Kanal vollständig verdunsten. Und doch hat sich in Ägypten unter den sengenden Strahlen einer Sonne, die der der Sahara gewiß gleichkommt, der auch für unausfüllbar verschriene Menzalethsee ohne Schwierigkeiten anfüllen lassen, obwohl die Kanalbreite nur hundert Meter betrug.

Weiter hat man die Unmöglichkeit oder mindestens die überaus kostspieligen Schwierigkeiten hervorgehoben, die die Durchstechung des Kanales erfahren würde. Zuverlässige Untersuchungen haben aber ergeben, daß der Erdboden von der Uferhöhe bei Gabes an bis zu den ersten Depressionen so weich und locker ist, daß die Sonde zuweilen durch ihr eigenes Gewicht darin einsank.

Die schlimmsten Voraussagungen, die von den Verlästerern des Werkes ausgingen, waren jedoch folgende:

Infolge der Flachheit der Ränder der Schotts würden sich diese bald in Sümpfe, in ebenso viele Krankheitsherde verwandeln, die die ganze Umgebung zu verseuchen drohten. Vorherrschend wehten auch die Winde statt von Süden, wie die Urheber des Planes anführten, vielmehr aus Norden. Der durch die Verdunstung des neuen Binnenmeeres hervorgerufene Regen würde also keineswegs den Feldern in Algerien und Tunis zugute kommen, sondern zweck- und nutzlos auf die ungeheueren sandigen Ebenen der großen Wüste niederfallen.

Die ungünstigen Urteile bilden gleichsam den Ausgangspunkt einer traurigen Periode, in der sich vielerlei ereignete, das den Gedanken an ein drohendes Unheil in Ländern wachrufen mußte, wo der Fatalismus ja unangefochten herrscht, Ereignisse, die eine recht trübe Erinnerung bei allen hinterlassen haben, die damals in Tunis lebten.

Die Pläne des Kommandanten Roudaire hatten die Phantasie der einen auf Abwege geführt und die Spekulationswut der anderen erregt. Von Lesseps, der das als einer der ersten voraussah, hatte sich der Sache warm bis zu dem Zeitpunkte angenommen, wo er wegen der Durchstechung der Landenge von Panama davon abgelenkt wurde.

Alles das war, sowenig es verhältnismäßig bedeutete, doch nicht vorgekommen, ohne die Phantasie der seßhaften und der nomadisierenden Bewohner der betreffenden Landesteile zu erhitzen. Diese sahen schon ganz Südalgerien in der Hand der Rumihs und glaubten das Ende ihrer Sicherheit und Unabhängigkeit damit gekommen. Der Einbruch des Meeres in ihre Einöden müsse ihrer langjährigen Herrschaft ein Ende machen. Bei allen Stämmen trat denn auch bald eine dumpfe Erbitterung zutage wegen der Befürchtung eines Eingriffes in ihre Vorrechte, mindestens in die, die sie sich anmaßten.

Unter diesen Umständen erlag der ohnehin geschwächte

Kapitän Roudaire mehr der Enttäuschung als einer Krankheit, und das von ihm erträumte Werk verfiel in langen Schlummer, bis einige Jahre später der von den Amerikanern angekaufte Panamakanal, 1904, fremde Ingenieure und Kapitalisten veranlaßte, seine Pläne wiederaufzunehmen. Diese gründeten nun eine Gesellschaft, die sich unter dem Namen *Compagnie franco-étrangère* organisierte, um die Arbeiten sofort einzuleiten und zum Nutzen Tunesiens – als Folge davon auch zum Gedeihen Algeriens – zum guten Ende zu führen.

Je mehr sich der Gedanke eines Vordringens in die Sahara der Geister bemächtigt hatte, gewann eine Bewegung in diesem Sinne, die in Westalgerien, in Oranien, entstand, desto mehr Anhänger, je mehr das von Roudaire aufgegebene Projekt in Vergessenheit geraten war. Schon reichte die Staatseisenbahn über Beni-Ounif hinaus bis zur Oase Figuig und gestaltete sich scheinbar immer mehr zu einer Transsaharischen Linie.

»Es ist nicht meines Amtes«, fuhr von Schaller fort, »hier rückblickende Betrachtungen über das Vorgehen jener Gesellschaft anzustellen, auch nicht über die Tatkraft, die sie entwickelte, oder über die umfangreichen Arbeiten, die sie mit mehr Kühnheit als klarer Überlegung unternahm. Sie operierte, wie allbekannt, gleichzeitig auf einem sehr ausgedehnten Gebiete und beschäftigte sich, da sie von den Erfolgen überzeugt war, gleich mit allerlei, z. B. mit der Einrichtung einer Art Forstverwaltung, die die Aufgabe erhielt, die Dünen im Norden der Schotts durch Maßnahmen zu befestigen gleich denen, durch die man in Frankreich, in les Landes (einem Departement am Biskayischen Meerbusen mit langen, breiten Heidestrecken), die Küsten gegen die Angriffe des Meeres und des Flugsandes erfolgreich geschützt hatte. Vor der Ausführung ihrer eigentlichen Pläne erschien es der Gesellschaft notwendig, ja unerläßlich, die schon vorhandenen oder noch zu gründenden Städte ebenso wie die Oasen vor Überraschungen des zukünftigen Meeres zu bewahren, das gewiß kein stilles Gewässer sein würde, so daß es ratsam erschien, schon im voraus damit zu rechnen. Gleichzeitig machte sich ein ganzes Netz hydraulischer Arbeiten nötig zur Schonung der trinkbaren Gewässer der Oueds und der Rhiss. Jede Verletzung der Gewohnheiten und Interessen der Eingeborenen mußte ja möglichst vermieden werden, sonst stand der Erfolg des Ganzen auf dem Spiele. Ebenso empfahl es sich, von vornherein geeignete Häfen nicht nur auszugraben, sondern fertig herzustellen, deren sich die Schiffahrt sofort mit Nutzen bedienen könnte.

Infolge dieser überall gleichzeitg begonnenen Arbeiten und der großen Ansammlung von Arbeitern waren plötzlich provisorische Ortschaften da aus dem Boden hervorgewachsen, wo sozusagen tags vorher noch vollständige Einsamkeit herrschte. Die wenn auch innerlich erregten Nomaden wurden schon durch die Zahl der Arbeiter im Zaume gehalten. Die Ingenieure leisteten das menschenmögliche, und ihre unerschöpflichen Kenntnisse imponierten dieser Masse von Menschen, die unter ihrer Leitung arbeitete und ihnen unbegrenztes Vertrauen schenkte.

Jenerzeit begann der Süden von Tunis sich zu einem wahren menschlichen Bienenstocke zu verwandeln, wo sich keiner wegen der Zukunft sorgte und wo Spekulanten jedes Schlags, Mercanti, fahrende Händler usw. sich bemühten, jene ersten Pioniere gehörig zu schröpfen, die bei der unzulänglichen Zufuhr aus dem Lande selbst gezwungen waren, ihrer Selbsterhaltung wegen den Lieferanten in die Hände zu fallen, die wer weiß woher gekommen waren, denen man aber überall begegnet, wo ein solcher Menschenzusammenschluß stattfindet.

Und über dem Ganzen schwebte, abgesehen von den unentbehrlichen materiellen Bedürfnissen, eine wohl geahnte, doch nicht sichtbare Gefahr, die Empfindung einer unbestimmten Bedrohung, so etwas Ähnliches wie die unklare Ängstlichkeit vor atmosphärischen Revolutionen, die hier eine große, von der ungeheuren Einöde umringte Masse erfüllte, einer Einöde, worin etwas aufkeimte, was niemand kannte, jedenfalls etwas Geheimnisvolles in sozusagen unbegrenztem Umkreise, wo man kein lebendes Wesen, weder Mensch noch Tier, sah und alles dem Auge ebenso wie dem Ohre unerreichbar zu sein schien.

Infolge mangelnder Voraussicht und falscher Berechnungen, meine Herren, blieb denn auch der Zusammenbruch nicht lange aus: Die *Compagnie franco-étrangère* sah sich genötigt, ihre Arbeiten zu beschränken und dann überhaupt einzustellen. Seit dieser Zeit liegen die Dinge nun so, wie sie damals waren, und mein Hauptzweck ist es hier, Sie von der Möglichkeit einer Wiederaufnahme dieser Arbeiten zu überzeugen. Die *Compagnie franco-étrangère* hatte alles mit einem Male in Angriff genommen, neben den verschiedensten notwendigen Arbeiten verirrte sie sich gleich auf Spekulationen, und viele von Ihnen werden sich noch des traurigen Tages erinnern, wo sie ihren Konkurs anmelden mußte, ohne ihr umfassendes Programm durchgeführt zu haben. Die Karten, worauf ich Sie eben hinwies, lassen die von der Gesellschaft begonnenen Arbeiten erkennen. Diese unvollendeten Arbeiten sind aber noch vorhanden; das konservierende Klima Afrikas hat ihnen sicherlich nicht Schaden getan oder sie zerstört, und für eine neue Gesellschaft empfiehlt es sich von selbst, sie gegen eine noch festzustellende Abfindungssumme verständig zum Vorteil unseres Unternehmens auszunutzen. Unerläßlich ist hierzu nur, alles eingehend zu besichtigen und dann zu erwägen, was damit anzufangen sei. Zu dieser Besichtigung habe ich mich nun entschlossen, zunächst allein, später aber in Gemeinschaft mit erfahrenen Ingenieuren, doch immer unter dem Schutze einer ausreichenden Eskorte, zur Gewährleistung unserer eigenen Sicherheit ebenso wie der der schon vorhandenen oder noch zu errichtenden Werkplätze und ihrer Arbeitskräfte. Diese Rundreise werden wir, dessen dürfen Sie sicher sein, in der kürzesten Zeit zurückzulegen suchen.

Ich hege jedoch keine besonders ernsten Befürchtungen bezüglich der Feindseligkeit der Eingeborenen, trotz des erschwerenden Umstandes, daß jetzt in den südlichen Landesteilen einzelne Tuaregrotten aufgetreten sind, ja das könnte vielleicht noch der Allgemeinheit zum Vorteil gereichen. Die Beduinen der Wüste haben sich zwar bei der Durchstechung der Landenge von Suez tätig beteiligt, und augenblicklich scheinen sie ruhig zu sein; sie halten aber die Augen offen, und man darf ihrer scheinbaren Untätigkeit nicht zu weit über den Weg trauen. Jedenfalls, glauben Sie das getrost, werden wir aber mit einem tapferen und erfahrenen Soldaten wie dem Kapitän Hardigan, der sich auf die von ihm befehligte Mannschaft verlassen kann und mit den Sitten und Gewohnheiten der seltsamen Bewohner jener Gebiete vertraut ist, nichts zu befürchten haben. Nach der Rückkehr denken wir Ihnen unsere sorgfältigen Beobachtungen mitzuteilen und mit strengster Genauigkeit einen Plan für die Vollendung der Arbeiten vorzulegen. Dann können Sie teilnehmen an dem Ruhm und, ich wage es zu sagen, an den wohltätigen Folgen eines großen ebenso glückverheißenden wie patriotischen Werkes, das zwar in seinen Anfängen abfällig beurteilt wurde, das wir aber, dank Ihrer Mitwirkung, durchführen werden zur Ehre und zum Gedeihen des Vaterlandes, das uns unterstützen und dem es, wie schon im südlichen Oranien, gelingen wird, die jetzt noch feindlichen Stämme zu den treuesten und zuverlässigsten Wächtern unseres unvergleichlichen Sieges über die Natur umzuwandeln.

Sie wissen, meine Herren, wer ich bin, und wissen auch, welche Hilfskräfte ich für das große Werk mitbringe, finanzielle und intellektuelle Hilfskräfte, die in inniger Verbindung alle Hindernisse überwinden werden. Um die neue Gesellschaft geschart, werden wir den Erfolg für uns haben, und – ich stehe Ihnen dafür ein – auch da, wo es unseren weniger gut gerüsteten Vorgängern mißlungen ist. Das war es, was ich Ihnen vor meiner Abreise nach dem Süden sagen wollte. Mit Vertrauen auf unseren Erfolg und eine nie erschlaffende Energie, an der Sie wohl nicht zweifeln, wird sich alles von selbst machen. Hundert Jahre nach der Entfaltung der französischen Flagge auf der Kasbah von Algier werden wir eine französische Flottille das Saharameer befahren und unsere Posten in der Wüste mit allem Bedarf versorgen sehen!«

Fünftes Kapitel

Die Karawane

Wie Herr von Schaller vor der Versammlung im Kasino angekündigt hatte, sollten die Arbeiten nach der Rückkehr der betreffenden Expedition planmäßig und kräftig in Angriff genommen und die Gewässer des Golfs nach Durchstechung der Uferhöhe von Gabes durch den neuen Kanal eingelassen werden. Vorher war es jedoch unerläßlich, sich an Ort und Stelle zu überzeugen, was von den alten Arbeiten noch übrig war, und dazu erschien es geboten, den ganzen einschlägigen Teil des Djerid zu bereisen, der Linie des ersten Kanals bis zur Einmündung in das Schott Rharsa, der des zweiten von diesem Schott an bis zum Schott Melrhir zu folgen und um dieses eine Rundfahrt zu machen, um die Plätze für die verschiedenen Häfen des Saharameeres endgültig auszuwählen.

Zur Abfindung der *Compagnie franco-étrangère* für die ihr vom Staate überlassenen zwei Millionen fünfmal hunderttausend Hektar Land und zum Rückkauf der von der erwähnten Gesellschaft schon ausgeführten Arbeiten von den Gläubigern sowie des Materialvorrates, der noch auf Werkplätzen lagerte, hatte sich eine kapitalkräftige Gesellschaft unter der Direktion eines Verwaltungsrates mit dem Sitze in Paris gebildet. Das Publikum schien die von der neuen Gesellschaft emittierten Aktien und Pfandbriefe gern zu erwerben. An der Börse blieben sie hoch im Kurse schon wegen des finanziellen Erfolges bei ähnlichen großen Unternehmungen und bei öffentlichen Arbeiten, die so häufig zum Vorteil der leitenden Persönlichkeiten ausgefallen waren. Die Zukunft dieses Riesenwerkes, eines der größten gegen Mitte des zwanzigsten Jahrhunderts, schien also in jeder Beziehung gesichert zu sein.

Der Oberingenieur der neuen Gesellschaft war eben jener von Schaller, der den im Vorhergehenden wiedergegebenen Vortrag über die Geschichte der früher zum Teil ausgeführten, zum Teil nur geplanten Arbeiten gehalten hatte. Auch die Expedition zur Feststellung der augenblicklichen Lage der Dinge sollte von ihm angeführt werden.

Der vierzigjährige von Schaller war ein Mann von mittlerer Größe mit einem tüchtigen Kopfe – mehr ein Dickkopf, um den Volksausdruck zu gebrauchen. Seine Haare waren kurz geschoren, dabei hatte er einen gelbrötlichen Schnurrbart, einen festgeschlossenen Mund mit schmalen Lippen, lebhafte Augen und etwas stechenden Blick. Seine breiten Schultern, kräftigen Gliedmaßen und seine hochgewölbte Brust, in der die Lunge sich bequem ausdehnte und zusammenzog wie eine Hochdruckmaschine in gutgelüftetem, großem Raume, alles deutete auf eine felsenfeste Gesundheit. Geistig war der Ingenieur mindestens ebensogut wie körperlich veranlagt. Von der Zentralschule mit sehr gutem Zeugnis abgegangen, hatten schon seine ersten Arbeiten eine gewisse Aufmerksamkeit erregt, und er kam auf seiner Bahn bald sozusagen im Geschwindschritt vorwärts. Mehr als bei jedem anderen war sein Sinnen und Trachten auf das Positive gerichtet. Ein überlegender, methodischer, ein – wenn die Bezeichnung zulässig ist – mathematischer Geist, ließ er sich nie von einer Illusion gefangennehmen. Günstige und ungünstige Aussichten einer Sachlage oder eines Geschäftes schätzte er, wie man von ihm sagte, »mit einer bis zur zehnten Dezimale reichenden Genauigkeit ab«. Er brachte alles in Zahlen, zergliederte alles in Gleichungen, und wenn der Sinn der Phantasie je einem menschlichen Wesen versagt war, so traf das zu auf diesen Ziffernmenschen, diesen Algebramenschen, dem es übertragen war, die ungeheuren Arbeiten zur Schaffung eines Saharameeres zum guten Ende zu führen.

Von dem Augenblicke an, wo von Schaller nach nüchternem und eingehendstem Studium des Projektes Roudaires dieses für ausführbar erklärt hatte, war das auch unbedingt der Fall, und es konnte gar nicht zweifelhaft sein, daß unter seiner Leitung kein Rechenfehler, weder bezüglich der materiellen noch der finanziellen Seite, zutage trat. »Da von Schaller die Sache in die Hand genommen hat, erklärten alle, die den Ingenieur kannten, muß sie gut sein!«, und alles ließ auch vermuten, daß sie sich nicht täuschten.

Von Schaller hatte der Grenzlinie des zukünftigen Meeres folgen und sich überzeugen wollen, daß nichts die Strömung des Wassers durch den ersten Kanal bis zum Rharsa und durch den zweiten bis zum Melrhir behinderte, und ebenso wollte er die höheren Ufer und die flachen Gestade besichtigen, zwischen denen sich die flüssige Masse von achtundzwanzig Milliarden Tonnen ansammeln sollte. Ein Kammerdiener oder vielmehr ein »Offiziersbursche«, denn er hätte diese Bezeichnung, noch besser vielleicht die einer »Ordonnanz«, gerechtfertigt, wenn er nicht Zivilist gewesen wäre, begleitete den Ingenieur. Pünktlich, methodisch, sozusagen »militärisch gedrillt«, obgleich er niemals gedient hatte, war François der Mann, der seinem Herrn paßte. Von guter Gesundheit, ertrug er ohne ein Wort der Klage die größten Anstrengungen, und daran hatte es ihm in den zehn Jahren seiner Dinestleistung bei dem Ingenieur wahrlich nicht gefehlt. Er sprach nur wenig, wenn er aber mit den Worten geizte, so geschah es zum Nutzen seiner Gedanken. Dabei ein Mann mit ruhiger Überlegung, schätzte ihn von Schaller wie ein vollkommenes Präzisionsinstrument. Er war nüchtern, verschwiegen und reinlich – keine vierundzwanzig Stunden hätte er dahingehen lassen, ohne sich rasiert zu haben. Auch trug er weder Schnurr- noch Backenbart, und niemals, selbst unter den schwierigsten Umständen, hatte er die tägliche Säuberung des Gesichtes versäumt.

Selbstverständlich wurden für die von dem Oberingenieur der französischen Gesellschaft des Saharameeres organisierte Expedition die nötigen Schutzmaßregeln getroffen. Von Schaller wäre es die reinste Unklugheit gewesen, sich nur zu zweien – sein Diener und er – durch das Djerid hinauszuwagen. In dem unaufhörlich von Nomaden durchstreiften Gebiete waren die Straßen nicht einmal für ganze Karawanen sicher. Wie hätte man die dreisten Überfälle Hadjars und seiner Rotte vergessen können, und unlängst war der blutgierige Häuptling nach seiner Gefangennahme und Einkerkerung ja entflohen, bevor eine gerechte Verurteilung, die ihn erwartete, das Land von dem frechen Räuber befreit hatte. Daß er seine Raubzüge wiederaufnehmen würde, war ja vorauszusehen.

Obendrein waren ihm die Verhältnisse gegenwärtig besonders günstig. Es fehlte gar nicht viel daran, daß die Araber des Südens von Algerien und Tunesien und noch mehr die seßhaften und nomadisierenden Bewohner des Djerid das Unternehmen des Kapitäns Roudaire ohne Widerspruch hingenommen hätten, damit war ja die Zerstörung mehrerer Oasen des Rharsa und des Melrhir verknüpft.

Die Landeigentümer waren zwar entschädigt worden, zugegeben, doch immerhin in einer sie nicht befriedigenden Weise. Sicherlich waren dabei gewisse Interessen verletzt worden, und die Eigentümer empfanden einen tiefen Haß bei dem Gedanken, daß ihre fruchtbaren Touals bald unter dem aus der Kleinen Syrte hereinflutenden Wasser verschwinden sollten. Und jetzt mußte man zu den Volksstämmen, die von der Neuordnung der Dinge in ihren Gewohnheiten gestört wurden, vor allem die Tuareg rechnen, die jeden Augenblick bereit waren, ihr abenteuerliches Leben als Karawanenplünderer wiederaufzunehmen. Was wurde denn aus ihnen, wenn zwischen den Schotts und den Sebchas keine Straßen mehr vorhanden waren, wenn der Handel nicht mehr durch Kafilas betrieben wurde, die seit undenklichen Zeiten durch die Wüste zwischen Biskra und Gabes zogen? Dann trat ja an deren Stelle eine Flottille von Goeletten, Chebels, Tartanen, Briggs und Dreimastern, von Segel- und Dampfschiffen und dazu noch eine ganze Baharia oder Eingeborenenmarine, die die Waren nach dem Süden der Berge von Aures beförderte. Wie hätten die Tuareg aber daran denken können, diese Fahrzeuge anzugreifen? Nein, das bedeutete ihren baldigen Ruin und ebenso den der Hammama, der Souafa, der Beni-Zid, Nememcha und der Omaghama, lauter Stämmen, die nur von Raub und Plünderung lebten.

Besonders unter dieser Bevölkerung herrschte also eine dumpfe Gärung, und deren Imams hetzten sie noch zum vollen Aufruhr auf. Wiederholt wurden die bei der Aushebung des Kanals beschäftigten arabischen Arbeiter von wütenden Banden überfallen, so daß zu ihrem Schutze algerische Truppen herangezogen werden mußten.

»Mit welchem Rechte« – so predigten die Marabuts – »wollen jene Fremden unsere Oasen, unsere Ebenen in ein Meer verwandeln? Warum maßen sie sich an, das umzugestalten, was die Natur geschaffen hat? Ist denn das Mittelländische Meer nicht groß genug, daß sie es unternehmen, ihm auch noch das Gebiet unserer Schotts hinzuzufügen? Die Rumihs mögen auf jenem umhersegeln, soviel sie wollen, wenn ihnen das Vergnügen macht, wir aber, wir sind Kinder des festen Landes, und das Djerid ist dazu bestimmt, von Kafilas durchzogen, nicht aber von Schiffen befahren zu werden. Nein, diese Fremdlinge müssen ausgerottet werden, ehe sie unser Land, das Land unserer Väter, durch den Einbruch des Meeres ertränkt haben.«

Diese immer zunehmende Bewegung hatte ihr Teil auch an dem Zusammenbruche der *Compagnie franco-étrangère* gehabt; im Laufe der Zeit schien sie sich jedoch infolge der Einstellung der Arbeiten beruhigt zu haben, doch lebte die Überflutung der Wüste durch das Meer in der Erinnerung der Bewohner des Djerid ungeschwächt weiter. Sorgsam erhalten durch die Tuareg, seitdem sich diese im Süden des Arad eingenistet hatten, sowie durch die Hadjis oder die zurückgekehrten Mekkapilger, die es liebten, dem Durchstiche des Suezkanals den Verlust der Unabhängigkeit ihrer Glaubensgenossen in Ägypten schuld zu geben, wuchs sich diese Aussicht bei allen zu einer Besorgnis aus, die mit dem muselmanischen Fatalismus doch so wenig übereinstimmte. Die verlassenen Anlagen mit ihrem phantastischen Material von riesigen Baggern mit ungeheuren Hebeln, die wie mächtige Arme aussahen, die Erdschöpfeimer, die man mit einem gewissen Rechte mit Bodenbuhlerinnen verglichen hatte ... alles das spielte eine fabelhafte Rolle in den Erzählungen der Improvisatoren des Landes, dessen Bewohner seit den Märchen von »Tausendundeiner Nacht« und den vielen arabischen, persischen und türkischen Wundergeschichten nach solch. Schilderungen sehr lüstern waren.

Diese Erzählungen hielten in den Köpfen der Eingeborenen die Schauermär von dem Einbruch des Meeres lebendig, indem sie die Erinnerungen der Vorfahren auffrischten.

Da kann es denn kaum auffallen, daß Hadjar vor seiner Verhaftung und dessen Parteigänger zu der Zeit, von der wir hier schreiben, an vielerlei Überfällen beteiligt gewesen waren.

Die Expedition des Ingenieurs sollte unter dem Schutze eines Geleites von Spahis vor sich gehen, die vom Kapitän Hardigan und vom Leutnant Vilette befehligt wurden, und eine bessere Wahl hätte man gar nicht treffen können.

Der Kapitän Hardigan stand im kräftigsten Alter – er zählte kaum zweiunddreißig Jahre –, dabei war er geistig geweckt, kühn, doch von einer Kühnheit, die die kluge Erwägung nicht ausschloß, gewöhnt an die Unbilden des afrikanischen Klimas und von einer Ausdauer, von der er bei verschiedenen Feldzügen schon unbestreitbare Beweise geliefert hatte. Er war ein Offizier im vollsten Sinne des Wortes, ein Militär mit Leib und Seele, der in dieser Welt keinen anderen Beruf als den des Soldaten kannte. Übrigens unverheiratet und sogar ohne nähere Verwandte, galt ihm das Regiment als seine Familie und betrachtete er seine Kameraden als Brüder. Beim Regimente achtete man ihn nicht allein, nein, man liebte ihn, und was seine Untergebenen betraf, wären diese, aus Zuneigung ebenso wie aus Dankbarkeit, für ihn zu jedem Opfer bereit gewesen. Er konnte alles von ihnen erwarten, da er alles von den Leuten verlangen konnte.

Was den Leutnant Vilette angeht, wird es genügen, zu sagen, daß dieser, mutig wie sein Kapitän, energisch und entschlossen wie dieser und auch ein ebenso unermüdlicher und vortrefflicher Reiter, schon bei früheren Expeditionen Proben seiner Tüchtigkeit abgelegt hatte. Ein stets zuverlässiger Offizier, stammte der junge Mann aus einer reichen Fabrikantenfamilie, und jedenfalls stand ihm eine glänzende Zukunft bevor. Er war aus der Kavallerieschule von Saumur hervorgegangen und stieg jedenfalls bald zu höheren Dienstgraden auf.

Der Leutnant Vilette sollte zufällig gerade nach Frankreich zurückgerufen werden, als die Expedition durch das Djerid beschlossen worden war. Sobald er aber erfuhr, daß diese unter dem Befehle Hardigans stehen würde, suchte er sofort seinen Vorgesetzten auf.

»Herr Kapitän«, sagte er, »ich würde gerade jetzt gern bei Ihnen bleiben ...«

»Und ich es ebenso gern sehen, wenn Sie bei mir blieben«, antwortete Hardigan in gleichem, gut kameradschaftlichem Tone.«

»Meine Rückkehr nach Frankreich könnte doch ebensogut nach zwei Monaten erfolgen ...«

»Oh, ebensogut, lieber Vilette, ja sogar noch besser, denn dann brächten Sie die neuesten Mitteilungen über das Saharameer mit nach Hause.«

»Ganz recht, Herr Kapitän, und wir werden ja diese algerischen Schotts doch zum letztenmal sehen, bevor sie unter dem Wasser verschwinden.«

»Ein Verschwinden, das höchstwahrscheinlich so lange bestehen wird wie das alte Afrika selbst«, antwortete Hardigan, »das heißt so lange, wie es unsere Erde gibt.«

»Das darf man wohl annehmen, Herr Kapitän. Nun also, es ist abgemacht: Ich werde das Vergnügen haben, an diesem kleinen Feldzuge, zweifelsohne nur einem einfachen Spazierritte, teilzunehmen?«

»Einem einfachen Spazierritte, wie Sie sagen, lieber Vilette, vor allem, seit wir das Land von dem Unholde Hadjar befreit haben ...«

»Ein Fang, der Ihnen alle Ehre macht, Herr Kapitän.«

»Und Ihnen, lieber Leutnant, nicht minder!«

Natürlich fand dieses Gespräch zwischen dem Kapitän Hardigan und dem Leutnant Vilette zu einer Zeit statt, wo der Tuareghäuptling noch nicht aus dem Bordj von Gabes entflohen war. Nach seinem Entweichen aber lag es nahe, neue Überfälle und Angriffe zu befürchten, ja es würde jenem sogar ein leichtes sein, einen Aufstand aller der Stämme anzuzetteln, deren Lebensbedingungen durch das Binnenmeer verändert werden mußten.

Die Expedition mußte als bei ihrem Zuge durch das Ser Djerid auf ihrer Hut sein, und der Kapitän Hardigan würde das gewiß nicht vernachlässigen.

Daß der Wachtmeister Nicol nicht zur Begleitmannschaft gehört hätte, wäre doch gar zu erstaunlich gewesen. Wo der Kapitän Hardigan hinging, da mußte der Wachtmeister selbstverständlich dabeisein. Er war bei dem Treffen beteiligt gewesen, das zur Gefangennahme Hadjars geführt hatte, und so mußte er also auch bei der Expedition sein, bei der sein Kapitän vielleicht nochmals mit den Tuareg ins Handgemenge kommen konnte.

Der fünfunddreißigjährige Unteroffizier hatte, immer bei demselben Spahiregimente, schon mehrere Dienstperioden hinter sich. Die Doppelgalons des Wachtmeisters genügten seinem Ehrgeize. Er verlangte ja nach weiter nichts, als nach endlicher Verabschiedung von seiner reichlich verdienten Pension leben zu können, doch auch das nur so spät wie möglich. Ein Soldat von unerschütterlicher Ausdauer, der sich gegebenenfalls auch selbst zu helfen wußte, kannte Nicol nichts als die Disziplin. Diese bildete für ihn das höchste Gesetz des Lebens, und er hätte sie am liebsten für das Zivil ebenso eingeführt gesehen wie für das Militär. Wenn er aber zugab, daß der Mensch nur geschaffen sei, um unter der Fahne zu dienen, so erschien ihm dieser doch nur unvollkommen, wenn ihm nicht, was ihm noch fehlte, durch das Pferd verliehen wäre.

So pflegte er gern zu sagen:

»Va d'l'avant und ich, wir sind nur eins: ich sein Kopf, er meine Beine. Ihr werdet doch zugeben, daß Pferdebeine für den Marsch weit besser geeignet sind als Menschenbeine. Und auch wenn wir deren vier hätten – wir haben aber nur zwei –, müßten wir zur gleichen Leistung doch mindestens sechs haben!«

Da sieht man, daß der Wachtmeister jedenfalls die Tausendfüßler beneidete. Doch einerlei, sein Pferd und er waren wie füreinander geschaffen.

Nicol, ein Mann von übermittlerer Größe mit breiten Schultern und gut entwickelter Brust, hatte es verstanden, mager zu bleiben, und hätte sich eher jeder Kasteiung unterzogen, als sich dick und fett werden zu sehen. Ja, er hätte sich für die unglücklichste Kreatur gehalten, wenn bei ihm die leichteste Erscheinung von Embonpoint zutage getreten wäre. Dadurch, daß er seinen blauen Rock fest zuschnallte und die Knöpfe seines Dolmans immer in die Knopflöcher zwängte, wußte er schon jede Fettablagerung zu hintertreiben, wenn es bei seiner trockenen Konstitution überhaupt zur Bildung einer solchen gekommen wäre. Nicol war ein ausgesprochener Rotkopf mit kurzgeschnittenen Haaren, dichtem Kinn- und starkem Schnurrbart, mit grauen, immer umherrollenden Augen und so scharfem Sehvermögen, daß er wie eine Schwalbe noch fünfzig Schritt weit eine Fliege erkennen konnte, was die aufrichtigste Bewunderung des Brigadiers Pistache erregte.

Eine lustige Natur, dieser Bursche, und in seinem sechzigsten Jahre das gewiß noch ebenso wie jetzt im fünfundzwanzigsten, einer, der nie über Hunger klagte, wenn die tägliche Ration auch einmal ein paar Stunden ausblieb, sowenig wie über Durst, selbst wenn die Quellen in den grenzenlosen, von der Sonne der Sahara ausgedörrten Ebenen immer seltener wurden. Es war eben einer jener glücklichen Provenzalen, der gleichmäßig heiter blieb und für den der Wachtmeister Nicol »eine kleine Schwäche« hatte. Man sah beide auch sehr häufig zusammen, und während der ganzen Expedition folgte der eine gewiß stets den Fußstapfen des anderen. Fügen wir noch hinzu, daß die Begleitmannschaft aus einer gewissen Anzahl Spahis bestehen sollte, daß Kamele und Maulesel unter der Führung von Eingeborenen bestimmt waren, das Lagermaterial und die Lebensmittelvorräte der kleinen Truppe zu transportieren, so hat der Leser damit die gesamte Begleitung des Ingenieurs von Schaller kennengelernt.

Ist auch nicht weiter von der besonderen Art der Pferde zu reden, die die Offiziere und die Mannschaft ritten, so muß hier doch das des Wachtmeisters Nicol erwähnt werden und ebenso dessen Hund, der ihn treu wie sein Schatten überallhin begleitete.

Daß das Pferd von seinem Herrn den bezeichnenden Namen Va d'l'avant (etwa »Vorwärts« oder »Voraus«) bekommen hatte, erklärt sich ja von selbst. Es rechtfertigte diesen schon dadurch, daß es immer nahe am Durchgehen war, stets die anderen überholen wollte, und es bedurfte eines so guten Reiters wie Nicols, sich mit ihm in Reih und Glied zu halten. Wir wissen jedoch schon, daß Roß und Reiter einander vortrefflich verstanden.

Wenn es aber zulässig erscheint, daß ein Pferd Va d'l'avant heißt, wie hat dann ein Hund den Namen Coupe-à-Cœur (etwa: rot, Herz gestochen!) erhalten können? Hatte dieser Hund vielleicht die Eigenschaften eines Munito oder anderer Berühmtheiten aus dem Hundegeschlechte? Trat er etwa gelegentlich in einem Jahrmarktszirkus auf oder spielte er öffentlich Karten?

Nein, der Begleiter Nicols und Va d'l'avants konnte sich keiner solchen gesellschaftlichen Talente rühmen. Es war nur ein mutiges und treues Tier, das dem Regimente Ehre machte und von allen, von den Offizieren wie von der Mannschaft, geliebt, gepflegt und gehätschelt wurde. Sein wirklicher Herr und Gebieter war jedoch der Wachtmeister wie Va d'l'avant sein vertrautester Freund.

Nicol liebte nun über alle Maßen das Kartenspiel Rams, es war tatsächlich seine einzige Leidenschaft, der er in den Mußestunden des Garnisonlebens frönte: Er konnte sich nicht vorstellen, daß es für einfache Sterbliche einen unterhaltenderen Zeitvertreib gäbe. Bei seiner großen Fertigkeit darin konnte er sich auch vieler Siege rühmen, die ihm schließlich den Spitznamen »Marschall Rams« eingetragen hatten, worauf er nicht wenig stolz war.

Zwei Jahre vorher hatte Nicol nun einen ganz besonders glücklichen Schlag gemacht, dessen er sich gern erinnerte. Er saß damals mit zwei Kameraden in einem Café in Tunis an einem Tische, worauf die zweiunddreißig Kartenblätter ausgebreitet lagen. Es war eine lange Sitzung gewesen, die auffällig zugunsten seiner Freunde verlaufen war, während ihn das Glück und seine gewohnte Meisterschaft völlig verlassen hatten. Jeder der drei Spieler hatte schon drei Partien gewonnen; es war die höchste Zeit, ins Quartier zurückzukehren ... nur noch eine letzte Partie sollte den endlichen Sieg entscheiden. Marschall Rams ahnte schon, daß er diese nicht gewinnen würde, er saß nun heute einmal im Pech. Die Spieler hatten jeder nur noch eine Karte in der Hand; seine beiden Gegner legten auf: Herzdame ... Herzkönig ... da waren sie voller Hoffnung. Sie konnten wohl annehmen, daß das Herzas, der höchste Trumpf, sich noch unter den elf Karten des Talons befände.

»Herz gestochen!« rief Nicol mit weithin schallender Stimme und schlug dabei so heftig auf den Tisch, daß seine Karte bis in die Mitte des Zimmers flog.

Wer hob sie ihm aber vorsichtig auf ... wer brachte sie ihm zwischen den Zähnen wieder? ... Das war der Hund, der bis zu diesem denkwürdigen Tage Misto geheißen hatte.

»Danke schön, Kamerad, danke«, rief der Wachtmeister, auf seinen doppelten Sieg ebenso stolz, als wenn er zwei Fahnen des Feindes erobert hätte. »Coupe-à-Cœur, hörst du? Ich habe die höchsten Blätter von Herz gestochen!«

Der Hund bellte freudig zustimmend.

»Jawohl, Herz gestochen«, wiederholte Nicol, »und nun bist du nicht mehr Misto, nein, du nennst dich von heute an ... nun ja: Coupe-à-Cœur! Gefällt dir das?«

Ohne Zweifel gefiel ihm der Name, dem prächtigen Tiere, denn es sprang lustig umher und dann mit einem Satze auf die Knie seines Herrn, der dadurch beinahe umgeworfen worden wäre.

Und Misto hatte seinen alten Namen bald vergessen und hörte auf den neuen, Coupe-à-Cœur, der seitdem im Regiment so ehrenhaft bekannt war.

Selbstverständlich wurde das Projekt einer neuen Expedition vom Wachtmeister Nicol und vom Brigadier Pistache mit größter Befriedigung begrüßt. Jedenfalls würde es aber auch Va d'l'avant und Coupe-à-Cœur keine geringere Freude bereiten.

Am Abend vor dem Aufbruche führte der Wachtmeister in Gegenwart des Brigadiers noch ein »Gespräch« mit den beiden Unzertrennlichen, ein Gespräch, das jeden Zweifel in jener Beziehung verscheuchte.

»Na, mein alter Va d'l'avant«, begann Nicol, den Hals des Pferdes streichelnd, »morgen ziehen wir also wieder ins Feld!«

Allem Anscheine nach verstand Va d'l'avant, was sein Herr sagte, denn er fing an, freudig zu wiehern, und Coupe-à-Cœur antwortete darauf mit einem so lustigen Gebell, daß man sich über dessen Bedeutung gar nicht täuschen konnte.

»Jaja, mein braver Hund, du wirst natürlich auch mit dabeisein!« setzte der Wachtmeister hinzu, während Coupe-à-Cœur umhersprang, als wollte er einen Satz auf Va d'l'avants Rücken machen. Es kam wirklich dann und wann vor, daß er auf dessen Sattel sprang, und das Pferd schien nicht weniger erfreut, den Hund zu tragen, wie dieser, sich von ihm tragen zu lassen.

»Nun ja doch . . . morgen geht's aus Gabes fort«, redete der Wachtmeister weiter auf die Tiere ein, »morgen ziehen wir hinaus nach den Schotts! . . . Ich hoffe, ihr werdet beide zum Abmarsch fertig sein und niemals hinter den anderen zurückbleiben!«

Neues Wiehern und neues Bellen als Antwort auf die Mahnung.

»Da fällt mir ein«, nahm Nicol wieder das Wort, »daß ja der Teufelskerl, der Hadjar, heimlich ausgerissen ist . . . dieser verwünschte Targi, den wir doch gefangen hatten!«

Wenn Va d'l'avant und Coupe-à-Cœur das noch nicht wußten, so hatten sie es jetzt erfahren. Ah . . . dieser Schurke von Targi hatte sich vorläufig gerettet.

»Na, ihr, meine alten Kameraden«, erklärte der Wachtmeister, »es ist recht leicht möglich, daß wir den Burschen, den Hadjar, da draußen treffen, und dann heißt es, ihn einholen und dingfest machen!«

Coupe-à-Cœur war schon bereit, hinauszustürmen, und Va d'l'avant wartete nur, von seinem Herrn bestiegen zu werden, um jenem zu folgen.

»Nur etwas Geduld! ... Morgen ... morgen!« wiederholte der Wachtmeister, während er zurücktrat.

Zur Zeit, wo die Tiere sprechen könnten und ohne Zweifel weniger Dummheiten sagen würden als die Menschen, hätten Va d'l'avant und Coupe-à-Cœur jedenfalls geantwortet:

»Also morgen, Wachtmeister, morgen!«

Sechstes Kapitel

Von Gabes nach Tozeur

Am 17. März, morgens fünf Uhr, verließ die Expedition Gabes. Die eben über den Horizont der Kleinen Syrte heraufsteigende Sonne goß einen glänzenden Schimmer über die weiten, sandigen Ebenen des Gebietes der Schotts.

Das Wetter war schön; ein leichter Nordwind trieb vereinzelte Wolken vor sich her, die sich schon auflösten, ehe sie den entgegengesetzten Horizont erreichten.

Die Winterzeit nahte sich jetzt ihrem Ende. Im Klima des östlichen Afrika folgen die Jahreszeiten einander mit überraschender Regelmäßigkeit. Die Regenzeit, hier »Ech-chta« genannt, dauert kaum die Monate Januar und Februar hindurch. Der Sommer mit seiner kaum erträglichen Hitze beginnt im Mai und hält bis zum Oktober, unter vorherrschend zwischen Nordost und Nordwest schwankender Windrichtung, an. Von Schaller und seine Begleiter traten ihren Zug also unter günstigen Umständen an. Die Besichtigungsreise sollte auch jedenfalls vor der Zeit der furchtbaren Hitze beendigt sein, die jeden Verkehr über die saharischen Onthas so ungemein erschwert.

Gabes hatte, wie erwähnt, keinen eigentlichen Hafen. Die alte, fast völlig versandete Bucht vom Tnoupe war nur für Schiffe mit geringem Tiefgange zugänglich. Der Golf, der zwischen den Inselgruppen der Kerkmah und der Lotophagen einen Halbkreis bildet, hat den Namen »Kleine Syrte« erhalten, und diese Kleine Syrte ist bei den Seefahrern ebenso gefürchtet wie die Große, die so reich an Schiffsunfällen ist.

An der Mündung des Oued Melah war es, wo die ersten Arbeiten für den neuen Hafen, den Ausgangspunkt des Kanales, begannen. Von der Uferhöhe bei Gabes, die zwanzig Kilometer breit war und von der man zweiundzwanzig Millionen Kubikmeter Erde und Sand abgetragen hatte, war an dieser Stelle nur noch ein schmaler Damm übrig, der das Wasser des Golfes zurückhielt. Dieser Damm war in wenigen Tagen zu beseitigen, natürlich sollte das aber erst im letzten Augenblick geschehen, wenn in den Schotts alle Schutzvorrichtungen vollendet waren. Außerdem mußte an derselben Stelle die Erbauung einer Brücke in der Linie nach Gabes und nach der tripolitanischen Grenze für die Eisenbahn von Kairouan nach Feriana und Gafsa vorgesehen werden.

Übrigens war es diese erste Teilstrecke des Kanales durch die Uferhöhe von Gabes, die die meiste Arbeit und die größten Unkosten verursacht hatte. An manchen Stellen erreicht dieser Uferwall hundert Meter Höhe, abgesehen von zwei fünfzig bis sechzig Meter hohen Lücken, und der Sand kam hier gemischt mit felsigem Gestein vor, dessen Beseitigung sehr schwierig war.

Von der Mündung des Oued Melah aus verlief der Kanal nach den Ebenen des Djerid hin, und der Ingenieur mit seiner Begleitmannschaft folgte während der ersten Etappen bald dessen nördlichem und bald dessen südlichem Ufer.

Der Ingenieur von Schaller und der Kapitän Hardigan ritten an der Spitze unter dem Geleite einiger vom Wachtmeister Nicol geführten Spahis. Diesen folgten die Wagen, die den Proviant und das Lagermaterial beförderten. Endlich bildete eine vom Leutnant Vilette befehligte Rotte den Nachtrab.

Die Expedition, die ja nur den einzigen Zweck verfolgte, den Verlauf des Kanales in seiner ganzen Ausdehnung zu besichtigen und von dem Zustand der Dinge bis zum Schott Rharsa und dann bis zum Schott Melrhir Kenntnis zu nehmen, sollte nur mit kurzen Tagereisen vorwärts dringen. Wenn es wahr ist, daß die von Oase zu Oase ziehenden Karawanen auf ihrem Wege im Süden um die Berge und Hochebenen Algeriens und Tunesiens in zehn bis zwölf Tagen gelegentlich vierhundert Kilometer überwinden, so gedachte der Ingenieur doch binnen vierundzwanzig Stunden nicht mehr als etwa ein Dutzend zurückzulegen.

»Wir gehen ja nicht auf Entdeckungen aus«, sagte von Schaller, »sondern wollen uns nur von dem Zustande der Arbeiten überzeugen, die unsere Vorgänger uns zurückgelassen haben.«

»Ganz recht, lieber Freund«, antwortete der Kapitän Hardigan, »in diesem Teile des Djerid ist auch schon seit langer Zeit nichts mehr zu entdecken. Was aber micht angeht, bin ich gar nicht böse darüber, diese Gegenden noch ein letztes Mal zu besuchen, bevor sie eine so gründliche Umwandlung erfahren. Wird ihnen diese auch von Vorteil sein?«

»Das versteht sich, Herr Kapitän, und wenn es Ihnen beliebt, einmal hierher zurückzukehren . . .«

»So nach einer Mandel Jahre . . .«

»O nein, ich bin fest überzeugt, daß Sie sehr bald einen lebhaften Handelsverkehr da finden würden, wo jetzt nur die Einöde der Wüste herrscht.«

»Die doch auch ihren Reiz hatte, lieber Ingenieur . . .«

»Je nun, wenn die Verlassenheit und Leere für jemand einen Reiz haben kann . . .«

»Für Naturen wie die Ihrige freilich nicht«, antwortete der Kapitän Hardigan, »wer weiß aber, ob die alten und treuen Bewunderer der Natur nicht Ursache haben werden, die Veränderungen zu beklagen, die die Menschen ihr aufzwingen.«

»Oh, lieber Kapitän, beklagen Sie sich nur nicht allzuviel, denn wenn die ganze Sahara unter dem Niveau des Mittelländischen Meeres läge, würden wir sie vom Golfe von Gabes an bis zur Küste des Atlantischen Ozeans in ein einziges Meer verwandeln.«

»Ja, ja, das sieht Ihnen ähnlich«, erklärte der Offizier lächelnd. »Die modernen Ingenieure scheuen vor gar nichts mehr zurück. Ließe man sie gewähren ... wahrlich, sie füllten am Ende die Meere mit den Bergen aus, und unsere Mutter Erde würde zu einer hübsch ebenen, polierten Kugel, wie ein Straußenei, so daß sich auf bequemste Weise überall Eisenbahnen herstellen ließen!«

Aus dem Vorliegenden leuchtet zwar ein, daß der Ingenieur und der Offizier während der mehrwöchentlichen Reise durch das Djerid die Dinge niemals unter demselben Gesichtswinkel betrachten würden ... gute Freunde blieben sie aber jedenfalls trotz dieses Zwiespaltes.

Der Zug durch die Oase von Gabes führte mitten durch eine reizende Landschaft. Hier gedeihen zwischen dem Seesande und den Dünen der Wüste die verschiedensten Vertreter der afrikanischen Flora. Die Botaniker haben in der Oase allein fünfhundertdreiundsechzig Pflanzenarten gefunden. Die Bewohner dieser gesegneten Oase haben sich wahrlich nicht zu beklagen: Die Natur hat hier die reichsten Schätze vor ihnen ausgebreitet. Kommen da auch Bananen, Maulbeerbäume und Zuckerrohr nur weniger vor, so gibt es dafür einen Überfluß von Feigen-, Mandel- und Orangenbäumen, die unter dem hohen Laubdache von Dattelpalmen prächtig gedeihen, abgesehen von den reichen Rebenhügeln und den Gerstenfeldern, die sich über Sehweite hinaus ausdehnen. Das Djerid, das Land der Datteln, hat über eine Million dieser Bäume und davon wohl hundertfünfzig Arten. Ihre Früchte, darunter die »Licht-Dattel« – eine mit durchscheinendem Fleische –, gedeihen in der Oase Gabes, dank der Feuchtigkeit infolge der Nähe des Meeres, sogar vorzüglicher als anderswo.

Jenseits der Grenzen dieser Oase betrat die kleine Karawane aber die dürren Strecken des Uferhöhenzugs, die das Bett des neuen Kanals durchschnitt. Hier hatte dessen

Aushebung Tausende von tätigen Armen beansprucht.

Trotz der vielen Schwierigkeiten hatten die Arbeiter jedoch die vorliegende Aufgabe glücklich zu Ende geführt, und die *Compagnie franco-étrangère* hatte für vierzig Centimes Taglohn stets so viele Araber einstellen können, wie sie brauchte. Nur die Stämme der Tuareg und einzelne andere, die am Rande der Sebchas umherschweiften, hatten davon abgesehen, sich an der Herstellung des Kanals zu beteiligen.

Unterwegs machte sich von Schaller Notizen über die Sachlage. Da war an der Böschung der Ufer des Kanales und auch in dessen Bette noch manche Nachhilfe nötig, den berechneten Fall herauszubringen, um eine hinreichende Zuströmung zu sichern, »genug Zufluß« – wie schon Roudaire ausgesprochen hatte –, »die Wasserbekken zu füllen und sie durch Ersatz der verdunstenden Wassermenge immer in gleichem Niveau zu erhalten«. Dieser Fall war für den Kilometer auf fünf Zentimeter berechnet worden; da der Kanal bis Rharsa nun hundertneunzig Kilometer Länge bekommen sollte, betrug der Fall über neun Meter, und da seine Tiefe an der Uferhöhe von Gabes bis sechs Meter unter den Meeresspiegel reichte, mußte das Bett bis zu jenem Schott fünfzehn Meter tief ausgehoben werden.

»Diese von Roudaire angegebenen Bestimmungen«, sagte der Ingenieur, »sind überall ohne Überschreitung eingehalten worden, und das ist auch recht gut in Hinsicht auf den beweglichen Boden, den der Kanal durchschneidet.«

»Welche Breite sollte er denn ursprünglich bekommen?« fragte der Kapitän Hardigan.

»Durchschnittlich nur fünfundzwanzig bis dreißig Meter«, antwortete von Schaller, »und er sollte so angelegt werden, daß eine weitere Verbreitung durch die Strömung des Wassers von selbst erfolgen konnte. Doch hat man es trotz der größeren Arbeit und der höheren Kosten, die es verursachte, für geboten erachtet, ihm die Breite von neunzig Metern zu geben, wie Sie heute sehen.«

»Das geschah jedenfalls, um die zur Anfüllung der Schotts von Rharsa und Melrhir notwendige Zeit abzukürzen?«

»Gewiß, und ich wiederhole Ihnen, wir rechnen noch immer darauf, daß die Strömung Sand von den Seitenwänden wegspült, so daß ein noch größerer Wasserzufluß stattfinden kann.«

»Ja«, warf der Kapitän Hardigan ein, »anfänglich sprach man doch wohl von zehn Jahren, die die Anfüllung des Saharameeres bis zu seinem bleibenden Niveau dauern würde?«

»Freilich ... das weiß ich recht wohl«, erwiderte von Schaller, »und man behauptete obendrein, daß das Wasser auf seinem Weg durch den Kanal verdunsten und kein Tropfen davon nach dem Schott Rharsa gelangen würde. Meiner Ansicht nach hätte man aber sogar besser getan, die zuerst geplante Breite beizubehalten und dafür eine schnellere Strömung des Kanalwassers, mindestens im ersten Teile des Bettes, einzutauschen. Das wäre entschieden weit praktischer und weniger kostspielig gewesen. Doch Sie wissen ja, daß das nicht der einzige Rechnungsfehler unserer Vorgänger gewesen ist. Erneute Untersuchungen auf unbedingt zuverlässigen Grundlagen haben uns auch berechtigt, jene Behauptungen zurückzuweisen, und es wird bestimmt keine zehn Jahre in Anspruch nehmen, alle algerischen Bodensenkungen anzufüllen. Keine fünf Jahre mehr, und die Handelsschiffe werden über das neue Meer vom Golfe von Gabes bis zum entferntesten Hafen des Melrhir hingleiten.«

Die beiden Etappen dieses ersten Reisetages waren unter recht günstigen Umständen zurückgelegt worden, und die Karawane hatte allemal haltgemacht, wenn der Ingenieur einzelne Arbeiten oder Maschinen genauer besichtigte. Etwa fünfzehn Kilometer von Gabes gab dann der Kapitän Hardigan gegen fünf Uhr abends das Signal zum Halten für die Nacht.

Sofort wurde am nördlichen Kanalufer und unter dem Schutze eines kleinen Dattelgehölzes das Lager aufgeschlagen. Die Reiter sprangen aus dem Sattel und führten die Pferde nach einer Wiese, die den Tieren reichlich Futter bot. Durch das Gehölz schlängelte sich ein Bach, der, wie man sich überzeugte, klares und frisches Wasser führte.

Die Zelte, die übrigens nur in den Stunden des Schlafes benutzt werden sollten, wurden schnell errichtet. Das Abendessen nahm man unter dem Laubdache der Bäume ein. Von François bedient, taten der Ingenieur und die beiden Offiziere dem von Gabes mitgenommenen Proviant alle Ehre an. An Fleisch und Gemüsekonserven war die Versorgung der Karawane für mehrere Wochen gesichert, und in den Flecken und Dörfern von Niedertunesien und Niederalgerien in der Nachbarschaft der Schotts mußten sich diese Vorräte leicht ergänzen lassen.

Es versteht sich von selbst, daß der Wachtmeister und seine Leute, lauter gewandte Burschen, mit ihren Zelten im Handumdrehen in Ordnung waren, nachdem sie die beiden Wagen, die zum Zuge gehörten, am Saume des Gehölzes untergebracht hatten. Ehe er an sich selbst dachte, wollte Nicol – ein bei ihm beliebter Scherz, den Pistache immer herzlich belachte – Va d'l'avant noch massieren und einsalben. Das prächtige Pferd schien mit dem ersten Tagesmarsch durch das Djerid zufrieden zu sein und antwortete seinem Heren mit einem anhaltenden Gewieher, in das sich noch das lustige Gekläffe von Coupe-à-Cœur mischte.

Natürlich hatte der Kapitän Hardigan alle zur Bewachung des Lagers erforderlichen Maßregeln getroffen. Die Nachtruhe wurde übrigens nur gelegentlich durch ein dumpfes Geheul unterbrochen, das den Nomaden dieser Gegend gut genug bekannt ist. Die Raubtiere hielten sich aber in weiter Entfernung, und auch bis zum Sonnenaufgang blieb die Karawane von ihrem unheimlichen Besuche verschont.

Früh fünf Uhr waren alle wieder auf den Füßen, und zehn Minuten später hatte sich François auch schon wieder vor einem Stückchen Spiegelglas frisch rasiert, das an dem Pfahle des Zeltes hing.

Die Pferde wurden nun herangeholt, die Wagen bespannt, und in derselben Ordnung wie am Tage vorher setzte sich die kleine Truppe wieder in Bewegung.

Auch weiter führte der Weg bald an dem einen, bald am anderen Ufer des Kanales hin, dessen Seitenwände hier schon nicht mehr so hoch waren wie an dem dem Golfe näher liegenden Landrücken von Gabes. Überall nur aus lokkerem Erdboden oder aus losem Sande bestehend, ließ es sich gar nicht bezweifeln, daß die Böschungen dem Drucke des Wassers nachgeben würden, wenn die Strömung zu einiger Stärke anwuchs. Wie von den Ingenieuren vorausgesehen und von den Eingeborenen befürchtet, würde sich der Kanal somit von selbst verbreitern, und die zur völligen Auffüllung der beiden Schotts nötige Zeit verkürzen. Im ganzen war, wie sich von Schaller überzeugen konnte, das Kanalbett doch ziemlich fest. Nur in dem Durchschnitt der großen tunesischen Sebchas hatte der weiche Boden die Aushebung erleichtert, so daß hier die Arbeit schnellere Fortschritte gemacht hatte als in dem Ufergelände der Kleinen Syrte. Das Land zeigte noch immer denselben Charakter der Einöde und Unfruchtbarkeit wie jenseits der Grenze der Oase von Gabes. Nur da und dort erhoben sich beschränkte Dattelhaine oder dehnten sich Ebenen mit Alfabüscheln, dem eigentlichen Reichtum des Landes, aus.

Von Anfang an hatte sich die Expedition längs des Kanalbettes heute nach Westen hin gewendet, um die unter dem Namen Fedjedj bekannte Bodensenke und damit die Ortschaft Hamma zu erreichen. Dieses Städtchen ist nicht mit dem anderen gleichen Namens am Eingange zum Rharsa zu verwechseln, das die Expedition nach ihrem Zuge durch das Djerid und das Fedjedj besuchen sollte. Nach den beiden regelmäßigen Etappen des 18. März schlug der Kapitän Hardigan nun in Hamma sein Nachtquartier auf.

Die verschiedenen Ortschaften dieser Gegend haben alle eine gleiche Lage in der Mitte kleiner Oasen. Ebenso wie die Dörfer sind sie mit Lehmmauern umgeben, um einigen Schutz gegen die Angriffe von Nomaden und gegen die Überfälle von Raubtieren zu gewähren.

Hamma hat nur wenige hundert eingeborene Bewohner, untermischt mit mehreren französischen Kolonisten. Eine kleine Abteilung eingeborener Soldaten lag im Bordj ... hier freilich nur ein Häuschen, das in der Mitte des Flekkens seine Umgebung überragte. Die Spahis, von der Bevölkerung gern aufgenommen, verteilten sich in verschiedene arabische Häuser, während der Ingenieur und die Offiziere die Gastfreundschaft eines Landsmannes annahmen.

Als der Kapitän Hardigan sich dann bei dem Kolonisten erkundigte, was er etwa von dem aus dem Gefängnisse von Gabes entflohenen Tuareghäuptling wüßte, antwortete dieser, daß er kaum etws über Hadjar gehört hätte. In der Umgebung von Hamma sei der wilde Targi jedenfalls nicht gesehen worden. Es wäre vielmehr anzunehmen, daß der Flüchtling unter Umgehung des Fedjedj die Gegend der algerischen Schotts erreicht und bei den Tuaregstämmen des Südens Unterschlupf gefunden hätte. Jedenfalls hatte ein aus Tozeur zurückgekehrter Bewohner von Hamma davon reden hören, daß Djemma in der Nachbarschaft aufgetaucht sei, nur wußte niemand, wohin sie sich von da aus gewendet haben mochte.

Hier sei übrigens daran erinnert, daß Hadjar nach seiner Entweichung und nach dem kurzen Aufenthalt nahe dem Strande der Kleinen Syrte, wo er seine Mutter bei dem Marabut einen Augenblick wiedergesehen hatte und wo ihn bereits gesattelte Pferde erwarteten ... daß Hadjar mit seinen Begleitern da eine Richtung einschlug, in der Djemma ihnen nicht folgte.

Frühmorgens am 19., bei etwas bedecktem Himmel, der einen weniger warmen Tag erwarten ließ, gab der Kapitän Hardigan wieder das Zeichen zum Aufbruch. Zwischen Gabes und Hamma waren bisher dreißig Kilometer zurückgelegt worden, es war von hier nur noch halb so weit zum Fedjedj. Das war ein Tagesmarsch, und am Abend lagerte die Truppe dann an einer dem Schott nahe gelegenen Stelle.

Bei der letzten Etappe, die ihn nach Hamma brachte, hatte sich der Ingenieur vom Kanale ein wenig entfernen müssen, doch noch am Vormittag des heutigen Marschtages traf er am Eingange des Schotts bei ihm wieder ein. Auf einer Strecke von hundertneunzig Kilometern durch die große Bodensenkung des Fedjedj, das fünfzehn bis fünfundzwanzig Meter unter dem Meeresspiegel lag, hatte die Herstellung des Kanalbettes keine besonderen Schwierigkeiten bereitet.

In den nächsten Tagen folgte die Expedition noch weiter der Linie des Kanales, doch auf einem Erdboden, der nicht immer die wünschenswerte Festigkeit zeigte. In der Mitte dieser Depressionen sinken die Sonden zuweilen von selbst bis zum Verschwinden ein, und was einem Instrumente widerfahren kann, das kann doch auch einem Menschen passieren. Diese tunesische Sebcha ist übrigens eine der ausgedehntesten von allen. Von der Spitze Bou-Abdallah an bilden das Fedjedj und das Djerid – nicht zu verwechseln mit dem Wüstenbezirke gleichen Namens – bis ans westliche Ende nur eine einzige Bodensenkung. Vom Dorfe Mtocia, ein Stück von Hamma gelegen, an war der Kanal quer durch das Fedjedj angelegt, an dem die Karawane weiter hinziehen mußte.

Hier war nichts weiter Besonderes zu sehen als die seeartigen Becken, die unter dem Namen der Schotts und der Sebchas bekannt sind. Bezüglich der beiden, die in der Geographie das Djerid und das Fedjedj genannt werden und bei denen sich nicht einmal in der Mitte noch ein Tümpel vorfindet, äußerte von Schaller gegen den Kapitän Hardigan und den Leutnant Vilette im Weiterreiten:

»Wir sehen hier deshalb keine Wasseransammlung, weil diese von einer Salzschicht bedeckt ist. Das Wasser liegt aber unmittelbar unter dieser Schicht . . . ein richtiges geologisches Kuriosum . . . Sie bemerken ja wohl auch, daß die Tritte unserer Pferde klingen, als gingen die Tiere auf einem hohlen Gewölbe . . .«

»Ja, wirklich«, bestätigte der Leutnant, »und das legt doch die Frage nahe, ob ihnen der Boden unter den Hufen nicht einmal ganz fehlen könnte.«

»Jedenfalls heißt es vorsichtig sein«, sagte der Kapitän Hardigan. »Ich empfehle das auch meinen Leuten immer und immer wieder. Man weiß ja, daß aus den tiefsten Stellen dieser Bodensenkungen das Wasser schon manchmal plötzlich hervorgequollen und den Pferden bis an die Brust gestiegen ist.«

»Das ist allerdings vorgekommen, und gerade auch bei der früheren Untersuchung dieser Sebcha. Man kennt auch Beispiele von ganzen Karawanen, die auf dem Wege von Tozeur nach Nefta, Gafsa und anderen Orten dieser Gegend plötzlich tief eingesunken waren.«

»Eine Gegend, die weder Meer noch Binnensee und doch kein Land im wahren Sinne des Wortes ist!« bemerkte Leutnant Vilette.

»Was hier nicht vorkommt«, nahm von Schaller wieder das Wort, »das findet man im Rharsa und im Melrhir. Außer überkrusteten Wasserflächen enthalten diese Schotts auch mehrfach offenes Wasser in Becken, die unter dem Meeresniveau liegen.«

»Na, lieber Ingenieur, da ist es doch wirklich traurig, daß das bei diesem Schott nicht auch der Fall ist! Dann hätte es nur eines dreißig Kilometer langen Kanals bedurft, das Wasser des Golfs von Gabes hineinzuleiten, und jetzt führe man schon seit soundso vielen Jahren auf dem Saharameer umher!«

»Ja, das ist sehr bedauerlich«, stimmte von Schaller ein, »und nicht allein, weil dann die Dauer und der Umfang der Arbeiten beträchtlich vermindert worden wären, sondern auch, weil das neue Meer sich sozusagen verdoppelt hätte. Statt siebentausendzweihundert Quadratkilometer oder siebenhundertzwanzigtausend Hektar würde es deren dann fast eine Million fünfmal hunderttausend bedeckt haben. Auf der Karte dieser Gegend sieht man, daß das Fedjedj und das Djerid eine größere Ausdehnung haben als die Schotts von Rharsa und Melrhir, und das zweite wird nicht einmal ganz von Wasser überflutet sein.«

»Könnte man nach alledem«, sagte der Leutnant Vilette, »nicht vermuten, daß der Erdboden – da wir hier über so unzuverlässige Strecken hinziehen – nicht einmal noch weiter einsinkt, vorzüglich wenn er erst von dem Kanalwasser durchfeuchtet ist? Wer weiß denn, ob nicht der ganze Süden von Algerien und Tunis, infolge einer allmählichen oder plötzlichen Veränderung des Erdbodens, zum Becken eines Ozeanes wird, wenn das Mittelländische Meer diese Landesteile vom Osten bis zum Westen überschwemmt?«

»Das würde ja den von den Engländern ausgegangenen Plan eines marokkanischen Meeres verwirklichen!« sagte der Kapitän Hardigan. »Da läßt sich unser Freund Vilette doch nicht wenig von Nebelbildern mit fortreißen, von den Schreckgespenstern, die in den Erzählungen der Araber spuken! Wahrlich, es sieht aus, als wollte er mit dem wackeren Va d'l'avant unseres ebenso wackeren Nicol in der Schnelligkeit wetteifern!«

»Nun im Ernst, Herr Kapitän«, erwiderte der junge Offizier lächelnd, »ich glaube doch, daß das alles eintreten könnte.«

»Und wie denken Sie darüber, lieber Herr von Schaller?«

»Ich liebe es, mich nur auf greifbare Tatsachen, auf zuverlässige Beobachtungen zu stützen«, erklärte der Ingenieur. »Je mehr ich aber den Erdboden dieser Gegend studiert habe, desto mehr erkenne ich die abnormen Verhältnisse, die hier vorliegen, und da kann man sich allerdings fragen, welche Veränderungen im Laufe der Zeit und infolge nicht vorauszusehender Ereignisse hier wohl eintreten könnten. Inzwischen aber wollen wir uns begnügen und es getrost der Zukunft überlassen, ob sie einmal das herrliche Projekt eines allumfassenden Saharameeres verwirklicht oder nicht!«

Nach mehreren Tagereisen, die die Expedition nach Limagnes, Seftima und Bou-Abdallah führten – lauter Ortschaften auf der Landzunge zwischen dem Fedjedj und dem Djerid –, war die Besichtigung der alten Kanallinie bis Tozeur beendet, und hier traf die kleine Truppe am Abend des 30. März ein.

Siebentes Kapitel

Tozeur und Nefta

»Hier«, sagte an diesem Abend der Wachtmeister Nicol zu dem Brigadier Pistache und zu François, »hier befinden wir uns nun in dem eigentlichen Lande der Datteln, in der richtigen ›Dattelfabrik‹, wie mein Kapitän die ganze Gegend nennt und wie sie meine Kameraden Va d'l'avant und Coupe-à-Cœur, wären sie nur des Sprechens mächtig, auch nennen würden.«

»Sehr schön«, antwortete Pistache, »doch Datteln sind eben Datteln, ob man sie nun in Gabes pflückt oder in Tozeur, wenn sie nur auf einem Dattelbaume gewachsen sind; nicht wahr, Herr François?«

Jeder sagte stets »Herr François«, wenn er sich an diesen wendete. Sein Herr selbst drückte sich niemals anders aus, und François nahm das mit natürlicher Würde als eine ihm zukommende Auszeichnung hin.

»Darüber kann ich nicht urteilen«, sagte er mit ernster Stimme, während seine Hand über das Kinn wegstrich, das er morgen in der ersten Stunde zu rasieren gedachte. »Ich gestehen übrigens, nie besonderes Verlangen nach dieser Frucht gehabt zu haben, die für Araber gut sein mag, nicht aber für Leute aus der Normandie, zu denen ich gehöre.«

»Na wahrlich, Herr François«, rief der Wachtmeister, »Sie sind etwas schwer zu befriedigen. Gut für die Araber! Zu gut für diese, sollten Sie sagen, denn die verstehen sie gar nicht nach Verdienst zu würdigen! . . . Ich bitte Sie: Datteln! Äpfel, Birnen, Weintrauben, Orangen . . . alle Früchte Frankreichs gäbe ich für die Datteln hin!«

»Nun, die sind doch auch nicht zu verachten«, meinte

Pistache, der zwischen den Lippen mit der Zunge wedelte.

»Wer so sprechen kann«, fuhr Nicol fort, »der kann noch niemals die Datteln des Djerid gekostet haben. Wartet nur, ihr sollt morgen eine frisch vom Baume gepflückte Sorte essen, die anfänglich fest und durchscheinend ist, bei längerem Aufbewahren aber zu einem köstlichen, zuckersüßen Teige wird. Da werdet ihr Mund und Nase aufsperren! Das ist ganz einfach eine Frucht aus dem irdischen Paradiese. Ich habe auch von jeher geglaubt, daß Adam, als er der Versuchung unterlag, in eine ihm von der Eva dargebotene Dattel, nicht aber in einen Apfel gebissen hat . . . wenn das auch unserem Brigadier Pistache nicht paßt, der viel zu sehr Normanne ist, um nicht ein bißchen zu übertreiben.«

»Na ja, das könnte wohl sein!« gab der Brigadier zu, der sich gern vor der Autorität des Wachtmeisters beugte.

»Und glauben Sie mir, Herr François«, fuhr dieser fort, »daß ich nicht etwa der einzige bin, der diese Ansicht bezüglich der Datteln des Djerid und insbesondere der aus der Oase von Tozeur vertritt. Fragen Sie den Kapitän Hardigan oder den Leutnant Vilette, die verstehen sich darauf. Ja, Sie könnten sogar Va d'l'avant und Coupe-à-Cœur danach fragen . . .«

»Was?« sagte François, in dessen Zügen sich das größte Erstaunen malte, »was sagen Sie: Ihr Pferd und Ihren Hund?«

»Ja freilich; die sind darauf rein versessen, Herr François, und deren Nasen wittern schon drei Kilometer vorher, ehe sie an die betreffende Stelle kommen, den verlockenden Duft der Datteln. Na, morgen werden sich die beiden schon ein Gütchen daran tun!«

»Schön, Herr Wachtmeister«, antwortete François, »und wenn Sie nichts dagegen haben, so werden wir, der Brigadier und ich, mit Vergnügen bereit sein, einigen Dutzend der vielgepriesenen Früchte des Djerid die gebührende Ehre anzutun.«

Es darf niemand glauben, daß der Wachtmeister etwa übertrieben hätte. Hier sind im ganzen Lande und besonders in der Umgebung von Tozeur die Datteln von vorzüglicher Güte, und in dieser Oase zählt man über zweimal hunderttausend Dattelpalmen, die durchschnittlich mehr als acht Millionen Kilo Früchte liefern.

Diese Palmen bilden den Hauptreichtum der Gegend, sie ziehen zahlreiche Karawanen hierher, die Wolle, Gummi, Gerste und anderes Getreide bringen und dafür Tausende Säcke mit der köstlichen Frucht davonführen.

Daraus erklärt es sich auch leicht, daß die Bewohner der Oasen wegen der Herstellung des Binnenmeeres recht ernste Besorgnis hegten. Ihrer Ansicht nach würden die Datteln infolge der starken Feuchtigkeit von den überfluteten Schotts an Güte wesentlich einbüßen. Dank der Trokkenheit der Luft des Djerid nehmen sie jetzt unter den Früchten, die der Bevölkerung als Hauptnahrung dienen und die sich sozusagen unbegrenzt lange aufbewahren lassen, unzweifelhaft die erste Stelle ein. Bei einer Veränderung des Klimas aber würden die hiesigen Datteln nicht höher eingeschätzt werden als die, die man in der Nähe des Golfes von Gabes und überhaupt des Mittelländischen Meeres erntet.

Ob diese Besorgnisse berechtigt waren? Die Ansichten gingen in der Beantwortung dieser Frage auseinander. Sicherlich aber erhoben die Eingeborenen Niederalgeriens und Niedertunesiens erregten Einspruch gegen die Schaffung eines Saharameeres bei dem Gedanken an die unvermeidlichen Schädigungen, die das Roudairesche Projekt zur Folge haben müßte.

Gegenwärtig hatte man auch schon, um die Gegend vor dem allmählichen Eindringen des Sandes zu schützen, eine Art Forstbetrieb eingerichtet, der sich recht gut zu bewähren schien, dafür sprachen die vielfachen Anpflanzungen von Weiden und Eukalyptusbäumen und Hürdenanlagen, die denen im Departement des Landes nachgebildet waren. Wenn die Hilfsmittel, den Fortschritt der Versandung zu verhindern, aber auch bekannt waren und praktisch angewendet wurden, so bedurfte es doch zur Erreichung dieses Zieles einer ununterbrochenen Arbeit, weil der leicht bewegliche Sand sonst bald solche Hindernisse überwindet und sein Zerstörungswerk von neuem beginnt.

An dem Punkte, wo sich die Expedition jetzt befand, d. h. im Herzen des tunesischen Djerid – Gafsa, Tameghza, Chebeka, Nefzaoua und Tozeur sind dessen Hauptorte, und es umschließt auch die großen Oasen von Nefta, Oudiane und Hamma –, konnte sie gut den Stand der Arbeiten der französisch-orientalischen Gesellschaft übersehen, der Arbeiten, die durch fast unüberwindliche finanzielle Schwierigkeiten so jäh unterbrochen worden waren.

Tozeur hat gegen zehntausend Einwohner. Fast tausend Hektar Land stehen hier unter Kultur. Die Industrie beschränkt sich auf die Fabrikation von Burnussen, Decken und Teppichen. Doch strömen hier, wie erwähnt, viele Karawanen zusammen, und die Millionen Kilogramm der Früchte der Dattelpalmen kommen von hier zur Ausfuhr. Verwundern dürfte es gewiß, daß in diesem entlegenen Orte des Djerid für den Unterricht der Jugend verhältnismäßig sehr gut gesorgt ist. Tatsächlich besuchen hier nämlich die Kinder – es sind ihrer fast sechshundert – achtzehn Schulen und elf Zaonias. Auch religiöse Brüderschaften sind in der Oase zahlreich vertreten.

Reizte nun Tozeur die Neugierde von Schallers nicht vom rein forstlichen Gesichtspunkte aus, auch nicht die Schönheit der Oase selbst, so wurde seine Wißbegier doch desto mehr durch den Kanal erregt, dessen Bett sich wenige Kilometer davon in der Richtung auf Nefta hinzog. Dagegen war es zum ersten Male, daß der Kapitän Hardigan und Leutnant Vilette diese Stadt besuchten. Der Tag, den sie ihr widmeten, hätte wohl selbst die anspruchsvollsten Touristen befriedigt. Es gibt gar nichts Hübscheres als gewisse hiesige Plätze und verschieden Straßen mit Häusern aus farbigen Backsteinen, die zu überraschend originellen Zeichnungen zusammengestellt sind. Diese verdienen weit mehr die Beachtung der Künstler als die Überreste aus der Zeit der Römerherrschaft, die in Tozeur nicht von Bedeutung sind.

Am folgenden Tage hatten die Unteroffiziere und Soldaten vom Kapitän Hardigan von früh an Urlaub erhalten, die Oase nach Belieben zu durchstreifen, nur unter der Bedingung, daß sie sich zu den Stunden des Appells, am Mittage und am Abend, wieder einstellten. Niemand sollte sich dabei aber weiter hinausbegeben, als die Militärposten Schutz gewährten, die in der Stadt unter dem Befehle eines als Platzkommandant fungierenden Offiziers standen. Mehr als je war es jetzt geboten, mit der tiefen Erregung zu rechnen, die sich seit der Wiederaufnahme der Arbeiten und im Hinblick auf die bevorstehende Überflutung der Schotts aller Stämme des Djerid, der seßhaften wie der nomadisierenden, bemächtigt hatte.

Natürlich lustwandelten der Wachtmeister Nicol und der Brigadier Pistache von früher Morgenstunde an zusammen umher. Va d'l'avant war zwar nicht aus dem Stalle gekommen, wo er tief in leckerem Futter stand, dafür sprang aber wenigstens Coupe-à-Cœur lustig an ihrer Seite mit, und was der neugierige und spürnasige Hund dabei entdeckte, das teilte er später sicherlich auch seinem großen Freunde Va d'l'avant getreulich mit.

Auf dem Marktplatze von Tozeur war es, wo der Ingenieur, die Offiziere und die Soldaten heute einander am häufigsten begegneten. Hier strömte die einheimische Bevölkerung vorzüglich vor dem Dar-el-Bey zusammen. Dieser »Souk« (etwa Marktverkehr) gewinnt fast das Aussehen eines Heerlagers, sobald die Zelte errichtet sind, worunter die Verkäufer sitzen, Zelte, die entweder aus einer Strohmatte oder aus leichten, von Palmenzweigen getragenen Stoffen bestehen. Davor liegen dann die Waren aufgestapelt, die von Oase zu Oase auf dem Rücken von Kamelen herangeschafft worden waren.

Der Wachtmeister und der Brigadier fanden hier die – sich übrigens vielfach darbietende – Gelegenheit, ein paar Glas Palmenwein zu verzehren, jenes Getränk, das bei den Eingeborenen unter dem Namen »Lagmi« bekannt ist und aus dem Palmbaum gewonnen wird. Diesen beraubt man entweder gleich der ganzen Krone, wonach er unbedingt eigeht, oder man begnügt sich, Einschnitte in den Stamm zu machen, woraus nicht so viel Saft abfließt, daß der Baum deshalb zugrunde gehen müßte.

»Höre, Pistache«, ermahnte der Wachtmeister seinen Untergebenen, »du weißt doch, daß man gerade mit guten Dingen maßhalten muß, und dieser Lagmi ist ein heimlicher Erzbösewicht.«

»Oh, Herr Wachtmeister, so tückisch wie der Dattelwein ist er doch nicht«, antwortete der Brigadier, der in dieser Beziehung genügend Erfahrung hatte.

»Ganz so schlimm nicht, das geb' ich zu«, meinte Nicol, »trauen darf man ihm aber dennoch nicht: Der steigt ebenso in die Beine hinunter wie in den Kopf hinauf.«

»Seien Sie nur ohne Sorge, lieber Wachtmeister; doch, sehen Sie einmal, da sind gerade ein paar Araber, die unseren Leuten ein schlechtes Beispiel geben würden!«

Eben schwankten wirklich zwei oder drei Eingeborene, die offenbar zu tief ins Glas geguckt hatten, nach rechts und links taumelnd über den Souk hin mit einem vorzüglich für Araber wenig passenden Rausch im Kopfe, was den Brigadier zu einer recht angebrachten Bemerkung veranlaßte.

»Ich glaubte doch«, sagte er, »daß Mohammed seinen Anhängern alle berauschenden Getränke streng verboten hätte . . .«

»Jawohl, Pistache«, erklärte der Wachtmeister, »wenigstens Weinsorten aller Art, nur den Lagmi nicht! Der Koran gesteht für dieses Erzeugnis des Djerid eine Ausnahme zu . . .«

»Und ich sehe, daß sich die Araber das zunutze machen!« sagte der Brigadier.

Es scheint in der Tat so, als ob der Lagmi nicht mit auf der Liste der den Söhnen des Propheten verbotenen gegorenen Getränke stünde.

Bildet die Palme vor allem das charakteristische Merkmal der hiesigen Gegend, so ist daneben der Erdboden der Oase von erstaunlicher Fruchtbarkeit, und die Gärten liefern in großer Menge die schönsten und verschiedensten

Erzeugnisse. Der vielarmige Oued Berkouk schlängelt sich, eine klare, reiche Wasserader, durch die Umgebung und tränkt einmal mit seinem Hauptlaufe und dann wieder mit den zahlreichen kleinen Nebenarmen den ergiebigen Erdboden. Ist es nicht geradezu wunderbar zu sehen, wie eine Palme einen etwas niedrigeren Olivenbaum und dieser wieder einen Feigenbaum schützt, der noch als Dach einem Granatbaum dient, an den sich ein Weinstock klammert, dessen lange Reben sich zwischen Getreide, Gemüse- und anderen Küchenpflanzen hinwinden?

Im Lauf des Abends, den von Schaller, Kapitän Hardigan und Leutnant Vilette auf die Einladung des Platzkommandanten hin im größten Zimmer der Kasbah zubrachten, drehte sich die Unterhaltung natürlich um den gegenwärtigen Stand der Arbeiten, um die bevorstehende Einweihung des Kanals und um die Vorteile, die der ganzen Gegend durch die Unterwassersetzung der beiden tunesischen Schotts zufallen würden.

»Es ist leider wahr«, bemerkte der Kommandant hierzu, »die Eingeborenen weigern sich anzuerkennen, daß das Saharameer für das Djerid eine große Wohltat sein werde. Ich habe Gelegenheit gehabt, mit verschiedenen arabischen Häuptlingen darüber zu sprechen. Nun, mit sehr wenigen Ausnahmen stehen sie dem Projekte feindlich gestimmt gegenüber, und es ist mir auch nicht gelungen, sie zur Vernunft zu bringen. Vor allem befürchten sie eine Veränderung des Klimas, von der die Bodenerzeugnisse der Oase, am meisten aber die Palmenwälder, zu leiden haben würden. Und doch weist alles auf das Gegenteil hin, die erfahrensten Gelehrten hegen darüber nicht den geringsten Zweifel ... mit dem Wasser aus dem Meere werde der Kanal dem Lande vielmehr Schätze zuführen, erklären diese; die Eingeborenen bleiben aber starrsinnig und wollen sich keinem Urteile anderer fügen.«

»Und stammt dieses Widerstreben nicht weit mehr von den umherziehenden Stämmen her als von denen, die feste Wohnsitze haben?« fragte der Kapitän Hardigan.

»Ja freilich«, bestätigte der Kommandant, »denn der

Lebensweise dieser Nomaden droht natürlich eine tiefgreifende Veränderung. Unter allen treten die Tuareg durch ihren heftigen Widerspruch hervor, und das ist leicht erklärlich. Die Zahl und die Bedeutung der Karawanen werden sich vermindern. Auf den Wegen des Djerid sind vielleicht gar keine Kafilas mehr zu führen oder auszuplündern, wie das bisher geschah. Der Handelsverkehr wird dann von den Schiffen des neuen Meeres besorgt, und die Tuareg müßten gerade ihr Metier als Straßenräuber mit dem als Seeräuber vertauschen; freilich würde man in diesem Falle ihnen sehr bald das unsaubere Handwerk legen. Es ist also nicht zu verwundern, daß sie sich bei jeder Gelegenheit bemühen, auch die seßhaften Stämme zu ihrer Ansicht zu bekehren, indem sie ihnen mit dem gezwungenen Aufgeben der Lebensführung ihrer Vorfahren den drohenden Untergang vormalen. Man stößt hier nicht allein auf feindliche Gesinnung, sondern auf einen wirklichen unvernünftigen Fanatismus. Alles das lebt und gärt jetzt noch unter der Oberfläche – eine Folge des muselmännischen Fatalismus, es kann aber in nicht zu bestimmender Zeit, am ersten besten Tage hervorbrechen wie mit elementarer Gewalt. Offenbar haben die Leute keine Ahnung von den segensreichen Wirkungen eines Saharameeres; sie sehen darin nur das Werk von Zauberern, die eine schreckliche Überschwemmung herbeiführen können.«

Der Kommandant berichtete seinen Gästen damit eigentlich nichts Neues. Kapitän Hardigan wußte sehr gut, daß die Expedition bei den Stämmen des Djerid ein schlechter Empfang erwartete. Vorzüglich handelte es sich jetzt aber um die Frage, ob die Erregtheit der Geister schon so groß wäre, daß man einen demnächstigen Aufstand der Bewohner der Gebiete des Rharsa und des Melrhir zu befürchten hätte.

»Hierauf«, erklärte der Kommandant, »kann ich nur antworten, daß die Tuareg und andere Nomaden, abgesehen von einzelnen Handstreichen, den Kanal noch nicht ernstlich bedroht haben. Soweit wir etwas in Erfahrung bringen konnten, schrieben viele von ihnen die bisherigen

Arbeiten der Anregung Cheïtans, des muselmännischen Teufels, zu und trösteten sich mit dem Gedanken, eine der seinigen überlegene Macht werde schon noch alles bestens zu ordnen wissen. Wie könnte man auch die wirklichen Gedanken dieser so verschlossenen und heuchlerischen Leute erfahren? Vielleicht warten sie nur auf die Wiederaufnahme der Arbeiten und auf die Rückkehr der von der Gesellschaft eingestellten Leute, um dann reichere Beute versprechende Plünderungen und einen größeren Gewaltstreich zu unternehmen.«

»Was verstehen Sie unter dem Gewaltstreich?« fragte von Schaller.

»Oh, Herr Ingenieur, könnten jene sich denn nicht zu mehreren Tausenden zusammenrotten und versuchen, den Kanal an irgendwelcher Stelle zu sperren, den Sand von den Böschungen wieder in dessen Bett zu werfen und wenigstens – helfende Hände hätten sie ja genug – das weitere Abströmen des Wassers aus dem Golfe zu verhindern?«

»Sie würden jedoch«, antwortete darauf von Schaller, »mehr Mühe haben, das Kanalbett wieder zuzufüllen, als unsere Vorgänger gehabt haben, es auszuheben, und schließlich würden sie doch nicht zum Ziele kommen . . .«

»An Zeit dazu dürfte es ihnen doch kaum fehlen«, meinte der Kommandant. »Sagt man nicht, daß es zehn Jahre beanspruchen werde, die Schotts völlig unter Wasser zu setzen?«

»Nein, Herr Kommandant, nein«, versicherte der Ingenieur. Ich habe meine Ansicht über diesen Punkt bereits ausgesprochen, und sie beruht gewiß nicht auf falschen, sondern auf sehr zuverlässigen Unterlagen. Mit Hilfe einer tüchtigen Arbeit durch Menschenhand und mit Unterstützung durch die mächtigen Maschinen, die wir heute besitzen, wird die Überflutung des Rharsa und des Melrhir keine zehn, ja nicht einmal fünf Jahre erfordern. Überdies wird das strömende Wasser das ihm gebotene Bett noch verbreitern und vertiefen. Vorläufig kann sogar niemand wissen, ob Tozeur, obwohl es vom Schott mehrere Kilometer entfernt liegt, nicht eines Tages zu einem Seehafen und mit El Hamma am Rharsa in Verbindung kommen wird. Das erklärt sogar die Notwendigkeit einiger Schutzmaßregeln, woran ich ebenso habe denken müssen wie an die Vorarbeiten für Hafenanlagen im Norden und im Süden, die einen der wichtigsten Zwecke meiner jetzigen Reise bilden.«

Bei der methodischen und ernsten Veranlagung von Schallers konnte man wohl überzeugt sein, daß er sich keinen chimärischen Hoffnungen hingab.

Der Kapitän Hardigan stellte hierauf noch einige Fragen bezüglich des Tuareghäuptlings, der aus dem Bordj von Gabes entsprungen war, vor allem, ob man ihn in der Nachbarschaft der Oase bemerkt hätte; ebenso, ob Nachrichten über den Stamm, dem er angehörte, eingegangen wären und ob die Eingeborenen des Djerid heute überhaupt wüßten, daß Hadjar sich wieder in Freiheit befände. Das legte ja die Frage nahe, ob er nicht versuchen würde, die Araber wegen des geplanten Saharameeres zum Widerstande anzustacheln.

»Auf diese Fragen«, antwortete der Platzkommandant, »kann ich Ihnen kaum mit voller Zuverlässigkeit Auskunft geben. Daß die Nachricht von der Flucht Hadjars in der Oase bekanntgeworden ist, unterliegt freilich keinem Zweifel; sie hat hier ebensoviel Aufsehen erregt, wie seine Gefangennahme, an der Sie, Herr Kapitän, ja beteiligt waren. Hat man mir nun auch nicht gemeldet, daß dieser Häuptling in der Umgebung von Tozeur gesehen worden sei, so habe ich doch gehört, daß eine ganze Rotte Tuareg nach dem Teile des Kanals hingezogen sei, der das Schott Rharsa mit dem Schott Melrhir verbindet.«

»Haben Sie Ursache, diese Mitteilung für richtig zu halten?« fragte der Kapitän Hardigan.

»Gewiß, Herr Kapitän, denn ich habe sie von einem der Leute, die im Lande geblieben waren, wo sie gearbeitet hatten, und die sich Aufseher oder Wächter über die Arbeiten nennen oder sich mindestens dafür halten, jedenfalls in der Erwartung, sich dadurch bei der Kanalverwaltung einen Stein im Brette zu sichern.«

»Über Arbeiten, die eigentlich vollendet sind«, bemerkte dazu von Schaller, »deren Überwachung aber sehr sorgsam sein müßte. Wagen die Tuareg überhaupt einen Angriff auf den Kanal, so werden sie einen solchen jedenfalls irgendwo an der erwähnten Strecke unternehmen.«

»Warum gerade da?« fragte der Kommandant.

»Weil die Überflutung des Rharsa sie weniger beunruhigt als die des Melrhir. Das erste dieser Schotts enthält keine besonders wertvolle Oase, anders liegt das aber bei dem zweiten, wo sehr wichtige Oasen unter dem Wasser des neuen Meeres verschwinden müssen. Wir haben uns also gelegentlicher Angriffe, vor allem auf die zweite Kanalstrecke, zu versehen, die die beiden Schotts verbindet, und das wird schließlich militärische Schutzmaßregeln notwendig machen.«

»Nun, wie dem auch sei«, ließ sich der Leutnant Vilette vernehmen, »unsere kleine Truppe wird, sobald wir über das Rharsa hinauskommen, immer auf der Hut sein müssen.«

»Daran soll's nicht fehlen«, versicherte Kapitän Hardigan. »Wir haben den Hadjar schon einmal eingefangen und werden ihn auch ein zweites Mal zu fassen wissen. Dann soll er aber besser bewacht werden als in Gabes, bis ein Kriegsgericht das Land für immer von ihm befreit.«

»Das ist höchst wünschenswert, und zwar je eher es geschieht, desto besser, denn dieser Hadjar hat einen großen Einfluß auf die Nomadenstämme und könnte das ganze Djerid zum Aufstande verhetzen. Jedenfalls wird es eine der wohltätigsten Folgen des neuen Meeres sein, daß mit ihm so manche Zufluchtsorte jenes Raubgesindels aus dem Melrhir verschwinden!«

Alle derartigen Schlupfwinkel freilich nicht, denn in dem ausgedehnten Schott finden sich, nach den Höhenbestimmungen des Kapitäns Roudaire, verschiedene Strekken, wie das Gebiet des Henguiz mit seinem Hauptorte Zenfig, die vom Wasser nicht bedeckt würden.

Die Entfernung zwischen Tozeur und Nefta beträgt

etwa dreißig Kilometer, und der Ingenieur rechnete darauf, diese Strecke in zwei Tagen zurückzulegen, wobei die nächste Nacht an einem der Kanalufer gerastet werden sollte. Hier war die Kanalarbeit übrigens vollständig fertig und befand sich auch noch in recht gutem Zustande.

Die kleine Truppe verließ Tozeur am Morgen des ersten April bei ziemlich unsicherem Wetter, das in minder hohen Breiten mit reichlichen Niederschlägen ausgegangen wäre.

In diesem Teile Tunesiens waren solche Regenfälle aber nicht zu befürchten, hier milderten die hoch dahinziehenden Wolken voraussichtlich nur die Glut der afrikanischen Sonne.

Zunächst bewegte sich der Zug längs der Ufer des Oued Berkouk hin, dessen Arme wiederholt auf Brücken überschritten wurden, zu denen Trümmer antiker Bauwerke das Material geliefert hatten.

Unermeßliche Ebenen von gelbgrauer Färbung dehnten sich nach Westen hin aus, wo man vergeblich Schutz gegen die – heute glücklicherweise abgeschwächten – Sonnenstrahlen gesucht hätte. Während der beiden Marschstrekken dieses Tages traf man auf dem sandigen Erdboden auf weiter nichts als auf die langblätterigen Gramineen, die von den Eingeborenen »Driß« genannt werden und nach denen die Kamele sehr lüstern sind, was den Kafilas des Djerid recht fühlbar zustatten kommt.

Zwischen Aufgang und Untergang der Sonne erlitt der Marsch keinerlei Störung, und bis zum Tagesanbruch wurde die Ruhe des Lagers in keiner Weise unterbrochen. Wohl tauchten in großer Entfernung vom nördlichen Ufer des Kanales vereinzelte Rotten von Arabern auf, die nach den Bergen des Aures zogen, sie beunruhigten aber den Kapitän Hardigan nicht, und dieser hatte auch keine Veranlassung, sich mit ihnen in Verbindung zu setzen.

Am nächsten Tage, am 2. April, wurde der Marsch auf Nefta zu, unter gleichen Umständen wie tags zuvor, wiederaufgenommen, d. h. bei bedecktem Himmel und erträglicher Wärme. Mit der Annäherung an die Oase veränderte sich das Land allmählich, und der Erdboden wurde nach und nach fruchtbarer. Die Ebene war geschmückt mit dem Grün der zahlreichen Alfastengel, zwischen denen sich kleine Oueds hinwanden. Hier und da erschien auch der Feldwermut wieder, und etwa höher gelegene Stellen waren mit Nopal (Cochenillekakteen) eingehegt, oder Flächen mit hellblauen Blumen – Winden und Feldnelken – erfreuten das Auge. Weiterhin erhoben sie Baumgruppen, Oliven- und Feigenbäume am Rande der Wasserläufe, und endlich schlossen den Horizont dichte Wälder von Gummiakazien ab.

Die Fauna dieser Gegend wies nur wenige Antilopen auf, die in Rudeln mit solcher Schnelligkeit entflohen, daß sie schon nach einigen Augenblicken verschwunden waren. Selbst Va d'l'avant hätte sich, wie hoch ihn sein Herr auch einschätzte, mit jenen nicht im Laufen messen können. Was Coupe-à-Cœur betraf, so bellte der nur wütend, wenn einige Stumpfschwanzaffen, die in der Gegend der Schotts sehr zahlreich vorkommen, von Baum zu Baum voltigierten. Zuweilen zeigten sich auch einzelne Büffel und wilde Schafe, deren Verfolgung jedoch nutzlos gewesen wäre, da in Nefta frischer Proviant beschafft werden konnte.

Die gewöhnlichsten Raubtiere in diesem Teile des Djerid sind die Löwen, deren Angriffe recht gefährlich werden können. Seit den Kanalarbeiten waren diese aber mehr nach der algerischen Grenze und nach der Umgegend des Schotts Melrhir verdrängt worden.

War deshalb hier ein Überfall von Raubtieren kaum zu befürchten, so konnten sich Menschen und Tiere nur mit Mühe der Skorpione und der Pfeiferschlangen – der »Najas« der Naturforscher – erwehren. Von beiden wimmelte es geradezu mit der Annäherung an das Rharsa. Die Unmenge dieser Reptilien ist an manchen Stellen so groß, daß sie ganz unbewohnbar sind, wie unter anderen das Djerid Teldja, das von den Arabern hat verlassen werden müssen. In dem nahe bei einem Tamarindengehölz aufgeschlagenen Nachtlager konnten sich von Schaller und seine Begleiter nur unter Beobachtung der peinlichsten Schutzmaßregeln der Ruhe hingeben. Natürlich schlief der Wachtmeister Nicol hier nur, wie man sagt, mit einem Auge, während Va d'l'avant mit beiden schlief. Coupe-à-Cœur blieb dagegen wach und hätte sicher bei dem leisesten verdächtigen Geräusch angeschlagen, das das Pferd oder seinen Herrn zu bedrohen schien.

Kurz, auch in dieser Nacht ereignete sich kein Zwischenfall, und die Zelte wurden bald nach dem Morgengrauen abgebrochen. Die vom Kapitän Hardigan eingehaltene Richtung führte immer weiter nach Westen, wobei sich der Weg schon von Tozeur aus nirgends vom Kanale entfernte. Erst zehn Kilometer von Nefta wendete er sich nach Norden, und von diesem Knie aus zog die Expedition dann auf dem Meridian hin, wenn sie Nefta wieder verließ, wo sie am Nachmittage dieses Tages eintraf.

Die Länge des Kanals hätte vielleicht um fünfzehn Kilometer verkleinert werden können, wenn es möglich gewesen wäre, das Rharsa in der Richtung von Tozeur her an seiner östlichen Grenze zu erreichen. Die Ausführung dieser Linie hätte aber außerordentliche Schwierigkeiten geboten. Ehe man von dieser Seite her an das Schott gelangte, hätte ein sehr harter, mit vielem Felsgestein vermischter Erdboden ausgehoben werden müssen. Das wäre mindestens eine ebenso kostspielige und zeitraubende Arbeit gewesen wie die Durchstechung der Uferhöhe von Gabes. Aus diesem Grunde hatte die französisch-orientalische Gesellschaft nach sorgsamer Besichtigung und Vermessung dieser Gegend durch ihre Ingenieure auf diese Linienführung verzichtet und dafür, von Nefta zwölf Kilometer weit reichend, eine neue gewählt. Von diesem Punkte verlief sie, einen rechten Winkel bildend, gerade nach Norden und traf auf das Rharsa an einer Art Bucht, die in eine der niedrigsten Begrenzungen des Schotts fast genau an dessen südlichem Rande eindrang.

Der Ingenieur gedachte sich, in Übereinstimmung mit dem Kapitän Hardigan, nicht den nächsten Tag in Nefta aufzuhalten. Es genügte jedenfalls, hier die letzten Nachmittagsstunden und die Nacht über zu verweilen, um die

Abteilung ausruhen zu lassen und sie mit neuem Proviant zu versorgen. Von dem zweihundert Kilometer langen Wege, der seit dem Aufbruche von Gabes zwischen dem 17. März und dem 2. April zurückgelegt worden war, konnten übrigens die Leute und die Pferde nicht besonders angegriffen sein. So ließ sich wohl annehmen, daß sie im Laufe des nächsten Tages die kurze Strecke, die sie noch von dem Schott Rharsa trennte, ohne Schwierigkeit würden hinter sich bringen können, so daß der Ingenieur dort zu der von ihm im voraus bestimmten Zeit eintraf.

Die Oase von Nefta unterscheidet sich, was die Gestaltung und Natur des Bodens sowie die Erzeugnisse der Pflanzenwelt angeht, nicht wesentlich von der Oase von Tozeur. Auch hier derselbe zusammengedrängte Haufen von Wohnhäusern inmitten der Bäume, dieselbe Anlage der Kasbah und dieselbe militärische Besatzung. Die Oase ist jedoch weniger volkreich und hatte zur Zeit nicht mehr als achttausend Bewohner.

Franzosen und Eingeborene bereiteten der kleinen Truppe einen recht guten Empfang und beeilten sich, sie so gut wie möglich unterzubringen. Dabei war jedenfalls auch ein gewisses persönliches Interesse mit im Spiele, was in Hinblick auf die neue Führungslinie des Kanals ja kaum wundernehmen konnte. Der Handel von Nefta mußte durch die Nähe des Kanals ja voraussichtlich einen neuen Aufschwung nehmen. Der gesamte Verkehr, den der Ort eingebüßt hätte, wenn der Kanal jenseits von Tozeur angelegt worden wäre, mußte diesem durch die neue Linie wieder zuströmen. Es war fast, als stünde Nefta schon am Vorabend, als neue Stadt am Meeresufer aufzublühen. Der leitende Ingenieur der französischen Gesellschaft des Saharameeres wurde denn auch von den Einwohnern mit Danksagungen und Glückwünschen überhäuft.

Trotz aller Bemühungen, die Expedition zu einem längeren Verweilen, und wäre es nur für vierundzwanzig Stunden, zu veranlassen, wurde der nächste Morgen als Zeitpunkt für den Aufbruch doch eingehalten. Der Kapitän Hardigan war immer von einer gewissen Unruhe erfüllt infolge der Nachrichten über die hochgehende Aufregung der Eingeborenen in der Umgebung des Melrhir, wo die zweite Kanalstrecke endigte, und es drängte ihn deshalb, diesen Teil seiner Expeditionsreise vollendet zu haben.

Noch war die Sonne nicht über den Horizont emporgestiegen, da waren die Mannschaften schon versammelt, die Pferde und Wagen reisefertig und wurde das Signal zum Abmarsch gegeben. Die zehn Kilometer, die der Kanal von Nefta bis zu dessen Knie mißt, wurden in der ersten Etappe zurückgelegt und die kurze Strecke vom Knie bis zum Rharsa bequem in der zweiten. Unterwegs ereignete sich kein Zwischenfall, und es war gegen sechs Uhr abends, als der Kapitän Hardigan am Rande der – zukünftigen – Bucht haltmachen ließ, wo das völlig fertige Kanalbett in das Schott einmündete.

Achtes Kapitel

Das Schott Rharsa

Für die Nacht vom 4. zum 5. April wurde das Lager am Fuße der vielgestaltigen Dünen aufgeschlagen, die den Hintergrund der Bucht einrahmten. Die Örtlichkeit bot im übrigen keinerlei Schutz. Die letzten Bäume, an denen die kleine Truppe vorbeigekommen war, erhoben sich drei bis vier Kilometer von hier zwischen Nefta und dem Schott. Ringsum reine Sandwüste, kaum mit dürftigen Spuren von Vegetation, die Sahara in all ihrer trostlosen Dürre.

Schnell waren die Zelte hergerichtet. Die in Nefta mit neuem Proviant beladenen Wagen sicherten für mehrere Tage die Ernährung der Menschen und der Pferde. Auf dem Wege um Rharsa gedachte der Ingenieur auch in den zahlreichen, längs dessen Grenzen gelegenen Oasen haltzumachen, wo es im Überfluß frisches Futter geben mußte, das man im Innern des Schotts vergeblich gesucht hätte.

Von Schaller sprach sich darüber gegen den Kapitän

Hardigan und den Leutnant Vilette – alle drei waren Zeltgenossen – noch weiter aus, ehe sie die Abendmahlzeit einnahmen, mit deren Zubereitung sich François beschäftigte. Ein auf dem Tische ausgebreiteter Plan des Rharsa zeigte deutlich dessen Gestaltung. Die nach Süden über den dreiundvierzigsten Breitengrad hinausreichende Grenzlinie erscheint im Norden, in der von den Auresbergen umschlossenen Gegend in der Nähe des Fleckens Chebeka, auffallend abgerundet. Genau längs des dreiundvierzigsten Breitengrades gemessen, beträgt seine Länge sechzig Kilometer, die überflutbare Oberfläche beschränkt sich aber auf dreizehnhundert Quadratkilometer, das heißt, sie übertrifft, wie der Ingenieur sagte, die Fläche des Marsfeldes in Paris nur um das Drei- bis Viertausendfache.

»Oh«, bemerkte der Leutnant Vilette, »was für solch einen Paradeplatz sehr viel ist, erscheint doch sehr wenig für ein Meer.«

»Ganz recht, lieber Leutnant«, antwortete von Schaller, »rechnen Sie dazu aber die Ausdehnung des Melrhir, reichlich sechstausend Quadratkilometer, so ergibt das für das Saharameer eine Oberfläche von siebenhundertzwanzigtausend Hektar. Außerdem ist es höchstwahrscheinlich, daß dieses mit der Zeit infolge der eigenen Tätigkeit des Wassers auch noch die Sebchas Djerid und Fedjedj in sich aufnimmt.«

»Mir scheint, lieber Freund, Sie rechnen immer und überall mit dem Eintreten solcher Veränderungen. Ist diese Zukunftshoffnung denn auch begründet?« fragte der Kapitän Hardigan.

»Ja, wer kann mit Sicherheit in der Zukunft lesen?« erwiderte von Schaller. »Unser Planet hat ja, das unterliegt keinem Zweifel, schon die außerordentlichsten Ereignisse gesehen, und ich leugne nicht, daß jener Gedanke mich, ohne gerade belästigend zu wirken, doch recht oft beschäftigt. Sie haben sicherlich von einem verschwundenen Festlande, ›Atlantis‹ genannt, reden hören; freilich ist es kein Saharameer, sondern der Atlantische Ozean selbst, der heute seine Wogen darüber hinwälzt. An Beispielen derartiger Umwälzungen, wenn auch solcher in kleinerem Maßstabe, fehlt es ja nicht: Bedenken Sie, was im Bereich der Sundainseln erst im 19. Jahrhundert vorgekommen ist, jenen furchtbaren Vulkanausbruch des – eigentlich auf einer unbewohnten Insel gelegenen – Krakatoa, und warum sollte, was gestern möglich war, sich morgen nicht wiederholen können?«

»Die Zukunft ... ja, die Zukunft, das ist die große Büchse der Überraschung für die Menschheit«, warf Leutnant Vilette lachend dazwischen.

»Sehr richtig, lieber Leutnant«, bekräftigte der Ingenieur, »und wenn die einmal geleert ist ...«

»Dann ist es mit der Welt zu Ende!« erklärte Kapitän Hardigan.

Und indem er den Finger auf den Plan dahin setzte, wo der erste, zweihundertsiebenundzwanzig Kilometer lange Kanal endigte, fragte er:

»Wird denn an dieser Stelle kein Hafen angelegt werden?«

»Gewiß, gerade hier am Ufer dieser Bucht«, antwortete von Schaller, »und alles deutet darauf hin, daß er sich zu einem der verkehrsreichsten des Saharameeres entwickeln werde. Die Pläne dazu liegen schon vor, und sicherlich werden Häuser und Magazine, Lagerschuppen und ein Bordj sofort erbaut werden, sobald das Rharsa erst befahrbar geworden ist.«

In dem Flecken Hamma am östlichen Ende des Schotts gingen übrigens schon vielfache Veränderungen vor sich im Hinblick auf die spätere maritime und kommerzielle Wichtigkeit des Platzes, die diesem der anfänglich geplante Zug des Kanales zu sichern versprach und die ihm trotz der Verlegung der Kanallinie als Vorhafen von Gafsa immer noch in Aussicht zu stehen schien.

Zu einem Handelshafen mitten im Herzen des Djerid zu werden, das war bezüglich dieses Fleckens, dessen Lage der Ingenieur auf der Karte am Ende Rharsa zeigte, ein Traum, der früher gar nicht in Erfüllung gehen zu können schien. Und doch sollte der Menschengeist ihn jetzt verwirklichen. Bedauernswert blieb nur das eine, daß der erste Kanal nicht vor der Tür des Ortes münden sollte.

Jedoch sind ja die Gründe bekannt, weshalb die Ingenieure als Mündungsstelle des Schotts den Hintergrund dieser Bucht wählten, die schon gegenwärtig den Namen Roudaire-Bucht trägt, in der Erwartung, daß sich diese zu einem neuen und ohne Zweifel zum bedeutendsten Hafen des Saharameeres verwandeln werde. Kapitän Hardigan fragte noch Herrn von Schaller, ob er beabsichtige, die Expedition über das Rharsa in dessen ganzer Länge hin zu führen.

»O nein«, antwortete der Ingenieur, »mir liegt hauptsächlich nur daran, die Ränder des Schotts zu besichtigen. Ich hoffe, da auch noch wertvolles Material wiederzufinden, das uns hier oder anderwärts von Nutzen sein könnte, da es gleich an der Baustelle liegt, und wenn unser heutiges Material auch besser ist, so müßte dieses doch erst herangeschafft werden.«

»Zogen aber die Karawanen nicht mit Vorliebe gerade durch das Schott?« fragte Leutnant Vilette.

»Gewiß, und das tun sie auch noch gegenwärtig, obgleich der Weg auf dem unsicheren, nachgiebigen Boden ziemlich gefährlich ist; er ist aber kürzer und weniger beschwerlich als ein Zug längs der von Dünen überlagerten Ufer. Wir werden jedoch diesem Wege in westlicher Richtung hin bis zu dem Punkte folgen, von dem der zweite Kanal ausgeht. Auf dem Rückwege, nach Inspizierung der Grenzen des Melrhir, können wir dann der nördlichen Grenzlinie folgen und erreichen damit Gabes schneller, als wir von da hierhergekommen sind.«

Darauf kam der vorher festgelegte Plan hinaus, und nach Besichtigung der beiden Kanäle würde der Ingenieur das neue Meer vollständig umkreist haben.

Am nächsten Tage setzten sich von Schaller und die beiden Offiziere an die Spitze des Reitertrupps. Coupe-à-Cœur sprang lustig voraus und scheuchte dabei große Schwärme von Staren auf, die mit dumpf rauschendem Flügelschlag entflohen. Die Expedition folgte der hohen, gleichsam den Rahmen des Schotts bildenden Dünenkette. An dieser Stelle war es, entgegen früher genährten Befürchtungen, völlig ausgeschlossen, daß später die Wassermasse den Rand der Bodensenkung überschreiten und noch nach der Umgebung abfließen könnte. Die aufsteigende Uferwand, fast ein Abbild des Hügelrückens an der Küste von Gabes, war von solcher Art, daß sie dem Drucke des Wassers bestimmt nicht nachgab, und für den südlichen Teil des Djerid war damit also jede Überschwemmungsgefahr ausgeschlossen.

Der Aufbruch vom Nachtlager erfolgte in den ersten Morgenstunden, und die bisherige Marschordnung wurde unverändert beibehalten. Auch die täglich zurückzulegende Wegstrecke sollte dieselbe bleiben wie vorher und bei zwei Etappen zwölf bis fünfzehn Kilometer nicht übersteigen.

Herrn von Schaller kam es ausschließlich darauf an, sich von dem Zustande des Ufergeländes zu überzeugen, das später das neue Meer umschließen sollte, und vorzüglich auch davon, daß nicht zu befürchten sei, daß das Wasser, sein Ufer übersteigend, die nächste Umgebung gefährde. So ritt die kleine Truppe also immer am Fuße der sandigen Dünen weiter, die sich nach Westen längs des Schotts hinzogen. Hier erwies sich, was etwa zu vermeidende Gefahren betraf, das Eingreifen des Menschen in das Werk der Natur entschieden unnötig. Ob das Rharsa jemals ein See gewesen war oder nicht, jedenfalls erwies es sich für einen solchen wie geschaffen, und das Wasser des Golfs von Gabes, das der erste Kanal ihm zuführen sollte, wurde sicherlich innerhalb der dafür vorausgesehenen Grenzen zurückgehalten.

Bei dem Weitermarsche bot sich übrigens auch Gelegenheit, die Bodensenke in weiter Ausdehnung zu überblikken. Die von den Strahlen der Sonne gebadete Oberfläche dieser unfruchtbaren »Schüssel« des Rharsa blinkte so glänzend herüber, als ob sie mit einer Lage von Silber, Kristall oder Kampfer bedeckt wäre. Der blendende Schein war für die Augen kaum zu ertragen, und man mußte sich mit rauchgeschwärzten Gläsern schützen, um Augenentzündungen zu vermeiden, die bei dem grellen, in der Sahara herrschenden Lichte sehr häufig vorkommen. Die Offiziere und ihre Leute hatten sich auch schon im voraus mit solchen Gläsern versorgt, und der Wachtmeister Nicol hatte sogar eine große Schutzbrille für sein Pferd erworben. Va d'l'avant schien aber gar keine Lust zu haben, das Ungeheuer von Gestell zu tragen. Es sah doch auch etwas gar zu lächerlich aus, und Coupe-à-Cœur erkannte gar nicht mehr das Gesicht seines Kameraden hinter diesem optischen Instrumente. Weder Va d'l'avant noch eines der anderen Pferde wurde also mit dem für ihre Herren unentbehrlichen Schutzmittel ausstaffiert.

Das Schott zeigte im großen und ganzen das Bild der Salzseen, die im Sommer unter der Einwirkung der tropischen Hitze austrocknen. Ein Teil des früheren Wasserbestandes sinkt aber in den sandigen Boden ein und läßt allmählich die Gase austreten, die er enthielt. Dann bilden sich auf der Oberfläche kleine Erhöhungen, so daß er einem mit Maulwurfshaufen bedeckten Felde ähnelt.

Bezüglich des Untergrundes des Schotts erklärte der Ingenieur den beiden Offizieren, daß dieser aus quarzhaltigem, rotem, mit schwefelsaurem Kalk vermischtem Sande gebildet werde. Diese Schicht bedeckte sich ferner mit Ausschwitzungen von schwefelsaurem Natron und Chlornatrium, richtigem Kochsalz. Die pliozäne Ablagerung, an der die Schotts und die Sebchas sich berühren, liefert übrigens Gips und Salz in sehr großer Menge.

Hier muß auch beiläufig bemerkt werden, daß das Rharsa zur jetzigen Zeit des Jahres noch nicht gänzlich frei von dem Wasser war, das die Oueds ihm im Laufe des Winters zugeführt hatten. Schon in geringer Entfernung von den Ghourds, den am Rande abgelagerten Dünen, standen die Pferde wiederholt vor tieferen Stellen still, die mit stagnierendem Wasser gefüllt waren.

Als das einmal der Fall war, hätte Kapitän Hardigan glauben können, es bewege sich ein Trupp arabischer Reiter auf der wüsten Bodensenkung des Schotts hin und her.

Bei der weiteren Annäherung seiner Leute stob der ganze Schwarm aber davon, doch nicht in stürmischem Galopp, sondern unter lautem Flügelschlage.

Es handelte sich nämlich tatsächlich nur um eine Herde bläulicher und rosenroter Flamingos, deren Gefieder an die Farben einer Uniform erinnerte, und wie schnell Coupe-à-Cœur den Fliehenden auch nacheilte, er konnte doch keinen dieser prächtigen Vertreter der Stelzenvögel einholen.

Gleichzeitig flatterten von allen Seiten Myriaden von anderen Vögeln auf, und die Luft erzitterte von einem betäubenden Gekreisch, das vor allem von den Bou-Habibis, den großen Sperlingen des Djerid, herrührte.

Folgte die Expedition dem Rande des Rharsa weiter, so mußte sie ohne Mühe geeignete Lagerplätze finden, woran es im Innern der Bodensenke gänzlich gefehlt hätte. Deshalb eignete sich das Schott auch dazu, vollständig unter Wasser gesetzt zu werden, wogegen gewisse höher gelegene Teile des Melrhir auch nach dem Eintreten des Wassers aus dem Mittelmeer daraus hervorragen würden.

Die Abteilung zog nun von einer mehr oder weniger bevölkerten Oase zur anderen, alle bestimmt, später »Marsa«, das heißt Häfen oder Nothäfen, des neuen Meeres zu werden. Man bezeichnet sie in der Berbersprache mit dem Namen »Tuah«, und in diesen Oasen zeigt der Erdboden eine üppige Fruchtbarkeit. Bäume – Palmen und andere – gibt es hier in großer Menge, auch fehlt es nicht an Weideplätzen, so daß Va d'l'avant und seine Kameraden sich über Futtermangel wahrlich nicht zu beklagen hatten.

Sobald man diese Oasen aber im Rücken hat, starrt einem der Erdboden wieder in erschreckender Unfruchtbarkeit entgegen. Den grasreichen »Murdj« schließt sich unvermittelt der »Reg«, ein ebener, nur aus Kieseln und Sand bestehender Erdboden, an.

Im ganzen ging die Besichtigung der Südgrenze des Rharsa ohne besondere Anstrengung vor sich. Freilich, wenn keine Wolke den Sonnenbrand abschwächte, hatten

Menschen und Tiere am Fuße der Dünen von der Hitze arg zu leiden. Algerische Truppenführer und Spahis sind schließlich aber an solch ein sengendes Klima schon gewöhnt, und was von Schaller anging, so war dieser eigentlich auch ein von der Sonne und so manchen Ausflügen ins Landesinnere bronzierter Afrikaner, und gerade das war es, was für seine Wahl zum Leiter der schwierigen Arbeiten zur Herstellung des Saharameeres den Ausschlag gegeben hatte.

Was etwaige Gefahren des Weges betraf, so konnten solche nur bei einem Marsche durch die »Hoffra«, die steilsten Vertiefungen des Schotts, entstehen, wo der Grund fast beweglich ist und dem Fuß keinerlei festen Stützpunkt bietet. Auf der Linie, der die Expedition folgte, war das Vorkommen solcher Vertiefungen aber kaum zu befürchten.

»Diese Gefahren sind aber doch ziemlich ernster Natur«, erklärte der Ingenieur, »und bei der Ausschachtung des Kanals durch die tunesischen Sebchas hatten wir vielfache Gelegenheit, das zu beobachten.«

»Jawohl«, stimmte ihm der Kapitän Hardigan bei, »das war eine der Schwierigkeiten, die schon Roudaire für das Nivellement des Rharsa und des Melrhir voraussah. Erzählt er nicht selbst, daß er dabei zuweilen bis an die Knie in den salzhaltigen Sand eingesunken sei?«

»Und das ist auch die reine Wahrheit«, versicherte von Schaller, »diese tiefen Gründe sind noch von Löchern durchbrochen – ›Meeresaugen‹ haben die Araber sie genannt –, in denen man mit der Sonde nicht auf den Grund gelangt. Da bleiben denn auch Unfälle natürlich nicht aus. Bei einer Untersuchung Roudaires versank zum Beispiel ein Reiter samt dem Pferde in einem solchen Spalt, und obgleich seine Kameraden zwanzig eiserne Ladestöcke ihrer Gewehre einen an den anderen befestigten, gelang es ihnen doch nicht, den Mann herauszuziehen.«

»Also hübsch vorsichtig sein«, empfahl der Kapitän Hardigan, »hier kann man sich nicht genug hüten. Meinen Leuten habe ich schon streng verboten, sich von den Dünen zu entfernen, solange der Zustand des Erdbodens noch nicht untersucht ist. Ich fürchte aber immer, daß der Teufelskerl Coupe-à-Cœur, der hier stets ins Blaue hineinläuft und über die Sebcha hinjagt, einmal plötzlich verschwinden werde. Nicol gelingt es doch nicht, ihn immer zurückzuhalten.«

»Und der würde den Kopf schwer hängen lassen, wenn seinem Hunde ein solches Unglück zustieße«, meinte der Leutnant Vilette.

»Und Va d'l'avant«, setzte der Kapitän hinzu, »der ginge vor Kummer darüber zugrunde!«

»Wahrlich«, erklärte der Ingenieuer, »es ist doch ein seltsamer Freundschaftsbund, der zwischen den beiden braven Tieren besteht.«

»Ein sehr seltsamer«, sagte der Leutnant Vilette. »Orestes und Pylades, Nisus und Euryalus, Damon und Phintias, Achilles und Patroklos, Alexander und Hephästion und Herkules und Pirithous ... das waren wenigstens lauter Menschen, ein Pferd und ein Hund dagegen ...«

»Sie können auch noch einen Menschen dazurechnen, Leutnant«, schloß Kapitän Hardigan das Gespräch, »denn Nicol, Va d'l'avant und Coupe-à-Cœur bilden ja eine unzertrennliche Gruppe, der der Mensch zu einem Drittel und die Tiere zu zwei Dritteln angehören.«

Was der Ingenieur über die Gefahren des beweglichen Bodens der Schotts gesagt hatte, war keineswegs übertrieben. Dennoch wählten die Karawanen mit Vorliebe den Weg durch das Gebiet des Melrhir, des Rharsa und des Fedjedj. Diese Strecke war kürzer als jede andere, und die Leute kamen auf dem fast ganz ebenen Boden leichter vorwärts. Freilich nahmen sie dabei Führer zu Hilfe, die alle sumpfigen Teile des Djerid genau kannten und die gefährlichen Vertiefungen zu meiden wußten.

Seit dem Aufbruche aus Gabes war das Detachement noch niemals einer der Kafilas begegnet, die hier gewöhnlich Waren allerlei Art, Bodenerzeugnisse und Produkte der Industrie, von Biskra bis zur Küste der Kleinen Syrte befördern und deren Erscheinen in Nefta, Gafsa, Tozeur und Hamma, überhaupt in allen Städten und Flecken Niedertunesiens, immer mit Ungeduld erwartet wird. Am Nachmittage des 9. April kam die Abteilung aber doch mit einer solchen in Berührung, und zwar unter folgenden Umständen:

Es war etwa die dritte Nachmittagsstunde. Nach Zurücklegung der ersten Tagesstrecke hatten sich der Kapitän Hardigan und seine Leute bei brennender Sonnenglut wieder in Bewegung gesetzt. Sie wendeten sich der letzten bogenförmigen Randlinie zu, die das Rharsa einige Kilometer weiter draußen an seinem Ende bildete. Der Boden stieg allmählich mehr und mehr an. Die Dünen wurden immer mächtiger, und an dieser Seite des Schotts war also an ihre Durchbrechung durch einströmendes Wasser nicht zu denken.

Je höher man hinaufkam, einen desto weiteren Ausblick gewann man über das nach Norden und Westen gelegene Gebiet. Die Bodensenke flimmerte unter den Sonnenstrahlen. Jeder Kiesel darin wurde zu einem leuchtenden Punkte. Zur Linken nahm der zweite Kanal, die Verbindung zwischen dem Rharsa und dem Melrhir, seinen Anfang.

Der Ingenieur und die beiden Offiziere waren abgestiegen. Die Begleitmannschaft folgte ihnen mit den am Zügel geführten Pferden.

Da, als alle auf der Düne oben anhielten, streckte der Leutnant Vilette plötzlich den Arm aus.

»Mir scheint«, sagte er, »ich sehe dort eine Truppe, die über den Boden des Schotts hinzieht.«

»Eine Truppe oder eine Herde«, bemerkte der Kapitän Hardigan.

»Das ist bei der vorliegenden Entfernung schwer zu entscheiden«, setzte von Schaller hinzu.

Unzweifelhaft schwebte, drei bis vier Kilometer entfernt, eine dichte Staubwolke über der Fläche des Rharsa. Vielleicht rührte sie nur von einer Herde von Wiederkäuern her, die nach dem Norden des Djerid trabte.

Der Hund schlug übrigens in verdächtiger, wenn nicht

unruhiger, so doch in aufmerksamer Weise an.

»Achtung, Coupe-à-Cœur!« rief ihm der Wachtmeister zu. »Nase und Ohren auf! Was gibt es denn da unten?«

Das Tier bellte nocht lauter, streckte die Pfoten aus und wedelte mit dem Schwanze; offenbar wollte es schon über das Schott hinjagen.

»Halt, halt . . . nur gemach!« beruhigte Nicol den Hund, indem er ihn zurückhielt.

Die Bewegung, die in der Staubwolke vor sich ging, wurde immer stärker, je näher die Wolke herankam. Noch immer war es aber schwierig, deren Ursache zu erkennen. Ein so scharfes Auge sie auch hatten, konnte weder von Schaller noch die Offiziere oder einer aus der Mannschaft mit Sicherheit sagen, ob die Bewegung von einer ihres Weges ziehenden Karawane oder von einer Viehherde herrührte, die vielleicht vor einer Gefahr über das Schott hin entfloh.

Zwei oder drei Minuten später konnte hierüber aber keine Ungewißheit mehr herrschen. Aus der Staubwolke leuchteten Blitze hervor und donnerten Gewehrschüsse, deren Pulverrauch sich mit der Staubhülle vermengte.

Gleichzeitig stürmte Coupe-à-Cœur, den sein Herr nicht mehr zurückhalten konnte, mit wütendem Gebell davon.

»Wie? Gewehrfeuer?« rief der Leutnant Vilette.

»Jedenfalls wehrt sich eine Karawane gegen einen Angriff von Raubtieren«, meinte der Ingenieur.

»Oder wohl gegen Räuber«, erwiderte der Leutnant, »denn die Schüsse scheinen von zwei Seiten zu fallen.«

»Aufgesessen!« kommandierte der Kapitän Hardigan.

Sofort schwenkten die Spahis vom Rande des Rharsa her nach dem Kampfplatze zu ein.

Vielleicht war es eine Unklugheit oder wenigstens eine Tollkühnheit, die so wenig zahlreiche Begleitmannschaft in ein Scharmützel zu verwickeln, dessen Ursache man nicht einmal kannte. Wahrscheinlich handelte es sich um eine Räuberbande aus dem Djerid, die ja recht mannstark sein konnte. Der Kapitän Hardigan und seine Mannschaften waren aber nicht die Leute dazu, vor einer Gefahr zurückzuschrecken. Griffen hier, wie sich vermuten ließ, Tuareg oder andere Nomaden des Landes eine Kafila an, so verlangte es die Soldatenehre, dieser zu Hilfe zu eilen. Alle spornten also, während der Hund, den Nicol nicht mehr zurückrufen konnte, in tollen Sätzen vorauseilte, ihre Pferde an und wandten sich von der Dünenkette weg dem Innern des Schotts zu.

Die Entfernung bis zu den Kämpfenden betrug, wie erwähnt, kaum viel mehr als drei Kilometer, und zwei Drittel dieser Strecke wurden in zehn Minuten zurückgelegt. Von rechts und links knatterten die Flintenschüsse inmitten der Wolken von Staub und Pulverdampf. Zuweilen wurden diese durch eine aus Südosten aufspringende Brise etwas gelichtet.

Kapitän Hardigan konnte da die Natur des so hitzig geführten Kampfes erkennen.

Die eine Partei bestand, wie man bald mit Sicherheit erfuhr, aus einer Karawane, die an dieser Stelle des Schotts plötzlich aufgehalten worden war. Fünf Tage vorher hatte sie im Norden des Melrhir die Oase Zeribet verlassen und wollte über Tozeur nach Gabes ziehen. Sie bestand aus einigen zwanzig Arabern, die gegen hundert größere und kleinere Kamele führten.

So hatte sich der Zug in starken Tagesmärschen dahinbewegt, die Tiere mit ihrer Last von Datteln in Säcken an der Spitze; die Kameltreiber gingen hinter diesen und wiederholten den Ruf, den einer von ihnen mit rauher Stimme abgab, um die Tiere anzutreiben.

Die Karawane, deren Marsch bisher unter recht günstigen Umständen verlaufen war, hatte vor kurzem das westliche Ende des Rharsa erreicht, das sie unter der Leitung eines pfadkundigen Führers seiner ganzen Länge nach durchmessen wollte. Da tauchten plötzlich, als sie kaum die ersten abfallenden Strecken des »Reg« erreicht hatte, gegen sechzig Reiter hinter den Dünen auf.

Es war eine Räuberrotte, der es leicht werden mußte, das Personal der Kafila zu überwältigen. Sie schlugen die Kameltreiber dazu entweder nur in die Flucht oder ermordeten sie, wenn das nötig erschien, dann bemächtigten sie sich der Tiere und ihrer Last und trieben diese nach einer entlegenen Oase des Djerid . . . Der Überfall aber blieb bei der Unmöglichkeit, die Urheber zu entdecken, jedenfalls unbestraft wie so viele andere.

Die Leute der Karawane versuchten Widerstand zu leisten, der aber schließlich doch erfolglos sein mußte. Mit Gewehren und Pistolen ausgerüstet, machten sie von den Waffen ausgiebig Gebrauch. Die weit zahlreicheren Angreifer gaben natürlich auch Feuer, und schon nach zehn Minuten begann die Kafila sich zu zerstreuen, und die erschreckten Kamele stoben nach allen Seiten hin auseinander.

Soweit war es schon kurz vorher gekommen, ehe der Kapitän Hardigan die Schüsse gehört hatte. Jetzt bemerkten die Räuber aber die kleine Truppe und stutzten zuerst, als sie diese der Kafila zu Hilfe kommen sahen.

Da rief der Kapitän Hardigan mit lautschallender Stimme:

»Vorwärts, Kameraden!«

Die Karabiner waren schon schußfertig. Vom Rücken der Spahis flogen sie sozusagen in deren Hände, dann an die Schulter, und alle stürzten wie eine Lawine auf die Banditen zu.

Die Proviantwagen waren unter der Aufsicht der Führer zurückgelassen worden; zu ihnen wollte man nach Befreiung der Karawane zurückkehren.

Die Räuber erwarteten gar nicht erst den Anprall des Spahitrupps, ob sie sich nun nicht stark genug wähnten oder ihnen der Mut fehlte, der Abteilung in wohlbekannter Uniform, die so kühn auf sie zujagte, entgegenzutreten, oder ob sie einer anderen Veranlassung als der Furcht nachgaben, das wäre nicht zu entscheiden gewesen. Jedenfalls waren sie, ehe der Kapitän Hardigan mit seinen Leuten auf Schußweite herankam, schon in eiliger Flucht nach Nordwesten.

Dennoch wurde noch Befehl zum Feuern gegeben, und sofort krachten einige zwanzig Schüsse, die mehrere der

Flüchtigen zwar trafen, sie aber nicht so schwer verletzten, daß sie nicht mehr fortgekonnt hätten.

Der Wachtmeister behauptete jetzt aber mit Stolz, daß Coupe-à-Cœur bei dieser Gelegenheit die Feuertaufe empfangen habe, denn er hatte gesehen, wie der Hund unwillig den Kopf schüttelte, und er schloß daraus, daß ihm eine Kugel dicht an den Ohren vorbeigepfiffen sein müßte.

Kapitän Hardigan hielt es nicht für geboten, die auf ihren schnellfüßigen Pferden entweichenden Angreifer zu verfolgen. Diese verschwanden auch sehr bald hinter einem »Tell«, einem bewaldeten Hügel, der am Horizonte aufragte. In diesem Lande, das sie gründlich kannten, fanden sie jedenfalls leicht einen Schlupfwinkel, wo es schwierig war, sie überhaupt zu entdecken. Ohne Zweifel kehrten sie jetzt nicht wieder zurück, und die Karawane hatte, wenn sie nach dem Osten des Rharsa weiterzog, kein zweites Zusammentreffen mit ihnen zu befürchten.

Die Hilfe war aber gerade zur rechten Zeit gekommen ... nur wenige Minuten später, und die Kamele wären den Wüstenräubern in die Hände gefallen.

Durch Befragung des Führeres der Kafila erfuhr der Ingenieur näher den Verlauf der Dinge und unter welchen Umständen seine Treiber und er überfallen worden waren.

»Und ist Ihnen vielleicht bekannt«, fragte der Kapitän Hardigan, »welchem Stamme jene Rotte angehörte?«

»Unser Führer versichert, es wären Tuareg gewesen«, antwortete der Leiter der Karawane.

»Man behauptete aber doch«, wendete der Ingenieur ein, »daß die Tuareg nach und nach die Oasen des Westens verlassen und die im Osten des Djerid aufgesucht hätten.«

»Oh, solange es noch hier hindurchziehende Karawanen gibt, wird es an Raubgesindel, sie zu überfallen, niemals fehlen«, bemerkte Leutnant Vilette.

»Ein Zustand der Dinge, der nach der Überflutung der Schotts nicht mehr zu befürchten sein wird«, erklärte von Schaller.

Hierauf erkundigte sich der Kapitän Hardigan noch bei

dem Anführer, ob man hierzulande von der Entweichung Hadjars habe reden hören.

»Jawohl, Herr Kapitän, die Nachricht davon ist hier schon seit mehreren Tagen verbreitet.«

»Man hört aber wohl nicht, daß er in der Umgebung des Rharsa oder des Melrhir bemerkt worden wäre?«

»Nein, Herr Kapitän.«

»Er war es jedenfalls also nicht, der vorhin die Bande anführte?«

»Er selbst sicherlich nicht«, sagte da der Führer, »denn ich kenne ihn und hätte ihn leicht wiedererkannt. Sehr wohl möglich ist dagegen, daß die Räuber zu denen gehörten, die er früher anführte, und ohne Ihr Eingreifen, Herr Kapitän, wären wir beraubt, vielleicht bis auf den letzten Mann abgeschlachtet worden.«

»Jetzt aber«, nahm der Ingenieur wieder das Wort, »jetzt werdet ihr euren Weg unbesorgt fortsetzen können.«

»Das denke ich auch«, meinte der Anführer. »Die Schurken werden sich nach einem Flecken im Westen zurückgezogen haben, und binnen drei bis vier Tagen werden wir schon in Tozeur sein.«

Der Anführer rief nun seine Leute zusammen. Die davongelaufenen Kamele stellten sich ganz von selbst in Reih und Glied, und die ganze Karawane wurde aufs neue geordnet. Eigentlich verloren hatte sie keinen Mann, nur waren einige verwundet worden, doch nicht so ernstlich, daß sie nicht mehr hätten mit weiterziehen können. Nachdem der Anführer sich ein letztes Mal bei dem Kapitän Hardigan und dessen Leuten bedankt hatte, gab er das Zeichen zum Aufbruch, und die ganze Kafila setzte sich nun wieder in Bewegung.

Nach wenigen Minuten waren Menschen und Tiere hinter einem »Tarf«, einer etwas emporragenden sandigen Wand, die sich in das Schott ein Stück hinein fortsetzte, verschwunden, und die Rufe des Anführers der Kafila, der die Kameltreiber zur Eile ermahnte, verhallten nach und nach in der Ferne.

Als der Ingenieur und die beiden Offiziere nach diesem

Ausfall, der leicht hätte schwere Folgen haben können, wieder beisammen waren, teilten sie einander ihre Vermutungen, wenn nicht ihre Besorgnisse mit, die ein etwaiger ähnlicher Zwischenfall erklärlicherweise erweckte, und dabei nahm von Schaller zuerst das Wort.

»Hadjar ist also hier im Lande wiederaufgetaucht«, sagte er.

»Das war ja wohl zu erwarten«, antwortete der Kapitän, »und desto wünschenswerter erscheint es, daß die Schotts sobald wie möglich unter Wasser gesetzt werden; das ist ja das einzige Mittel, den Räuberbanden des Djerid gründlich das Handwerk zu legen!«

»Leider«, bemerkte dazu der Leutnant Vilette, »werden mehrere Jahre vergehen, ehe die Gewässer des Golfes das Rharsa und das Melrhir angefüllt haben.«

»Oh, wer weiß . . .«, erwiderte darauf von Schaller.

In der nächsten Nacht wurde das Lager in keiner Weise gestört; die Tuareg ließen sich in der Umgebung nicht wieder erblicken.

Am Nachmittage des 10. April machte die Abteilung an der Stelle halt, wo der zweite Kanal anfing, der die beiden Schotts in Verbindung setzen sollte.

Neuntes Kapitel

Der zweite Kanal

Der zweite Kanal, die Verbindung zwischen dem Rharsa und dem Melrhir, war nur etwa ein Drittel so lang wie der erste, und während die Strecke zwischen Gabes und dem Rharsa Bodenniveau-Unterschiede von fünfzehn bis sechsundvierzig Metern aufwies, überstiegen diese zwischen den beiden letzten Schotts an einer Bodenwelle bei Asloudje keine zehn Meter.

Hier sei auch hervorgehoben, daß die zweite Kanalstrecke – abgesehen von dem Rharsa und dem Melrhir –

durch mehrere einige Kilometer lange Senkungsgebiete unterbrochen wurde, deren bedeutendstes das Schott von El Asloudje war und die man für die Linienführung des Kanales berücksichtigt hatte.

Die Ausschachtung der zweiten Strecke hatte deshalb weit weniger Zeit erfordert als die der ersten, und sie war hier auch im ganzen leichter gewesen. Man hatte sie überhaupt erst später in Angriff genommen. Da hier die abschließenden Arbeiten mit der Provinz Constantine als Basis der Operationen und als Bezugsquelle für den Proviant ausgeführt werden konnten, war vor der Abreise von Schallers aus Gabes vereinbart worden, daß dieser beim Melrhir, am Ende des zweiten Kanales, unter der Leitung eines im Wege- und Brückenbau gründlich erfahrenen Werkmeisters einen Bauhof mit Arbeitern finden würde, die sich nach der Bahnfahrt bis Biskra und einem Marsche längs der Farfaria mit ihm ins Einvernehmen setzen sollten.

Nach Besichtigung des Standes der bisherigen Arbeiten brauchte von Schaller dann nur die Grenzen des Schotts in Augenschein zu nehmen und nach einem Ritt um diese nach seinem Ausgangspunkte zurückzukehren. Damit war dann seine Inspektionsreise abgeschlossen.

Als das Detachement das Ende des Rharsa erreichte, verwunderte sich der Ingenieur nicht wenig, hier keinen der arabischen oder der anderen Arbeiter zu treffen, die von der Gesellschaft von Biskra ausgesendet worden waren.

Was mochte da vorgefallen sein? Die Sache schien etwas beunruhigend, vorzüglich wenn man sich den Angriff auf die Karawane und das Wiedererscheinen Hadjars vergegenwärtigte. Lag etwa eine Veränderung des Arbeitsplanes vor, ohne daß der Ingenieur rechtzeitig davon hatte benachrichtigt werden können, oder handelte es sich gar um eine in letzter Stunde beschlossene Verlegung der Kanallinie? Von Schaller hing seinen Gedanken darüber nach, als Kapitän Hardigan ihn fragte:

»Waren denn die Arbeiten an dieser Kanalstrecke noch

nicht beendet?«

»O doch«, antwortete von Schaller, »und nach den veröffentlichten Berichten mußte die Durchbrechung der Bodenwellen zwischen den überflutbaren Teilen mit Berücksichtigung des nötigen Falles bis zum Melrhir hin fertig sein. Dieses selbst liegt ja im ganzen überall unter der Meeresfläche.«

»Warum wundern Sie sich dann, hier keine Arbeiter anzutreffen?«

»Weil mir der Leiter der Arbeiter schon seit mehreren Tagen einige seiner Leute entgegengeschickt haben sollte und weil ich mir keine Veranlassung vorstellen kann, durch die diese in Biskra oder am Melrhir zurückgehalten worden wären.«

»Und wie erklären Sie sich nun ihr Nichteintreffen?«

»Das erkläre ich mir überhaupt nicht«, gestand der Ingenieur, »es müßte sie denn irgendein Zwischenfall an der Hauptbaustelle, die am anderen Ende des Kanals liegt, zurückgehalten haben.«

»Nun, darüber werden wir ja bald Aufklärung erlangen«, meinte der Kapitän Hardigan.

»Mag sein; mir ist die Sache doch recht unangenehm, und gleichzeitig erfüllt es mich mit einiger Besorgnis, die Leute, die ich brauche, hier nicht vorzufinden, da deren Abwesenheit meine Pläne stört.«

»Wollen Sie, während das Lager instand gebracht wird, nicht vielleicht etwas weiter draußen Umschau halten?« schlug Kapitän Hardigan vor.

»Ja, das möcht' ich wohl«, antwortete Herr von Schaller.

Man rief nun den Wachtmeister herbei. Dieser wurde beauftragt, den Ruheplatz für die Nacht in der Nähe einer Palmengruppe an der Mündung des Kanals einzurichten. Unter dem Schutze der Bäume wucherte ein üppiger Graswuchs, und neben den Palmen schlängelte sich ein kleiner Bach hin. An Wasser und an Futter fehlte es hier also nicht, und was frischen Proviant betraf, so konnte dieser in einer der Oasen am Rande des El Asloudje bequem beschafft werden.

Nicol kam den Befehlen seines Kapitäns getreulich nach, und die Spahis schlugen das Lager in derselben Weise auf, wie das unter ähnlichen Umständen bisher geschehen war.

Von Schaller und die beiden Offiziere benützten die letzte helle Stunde des Tages, am nördlichen Ufer entlangzureiten, das sie wenigstens einen Kilometer weit verfolgen wollten.

Der kurze Ausflug belehrte den Ingenieur, daß die Ausschachtung der Strecke hier völlig beendet war und daß sich die Arbeiten in dem von ihm erwarteten guten Zustande befanden.

Der Erdboden des Einschnitts zwischen den Schotts gestattete ein ungehindertes Weiterströmen des Wassers aus dem Rharsa, sobald dieses mit dem des Golfs gefüllt war, und der Neigungswinkel war entsprechend dem Plane des Ingenieurs eingehalten.

Von Schaller und seine Begleiter dehnten ihren Ritt nicht über einen Kilometer weit aus. So weit der Blick in der Richtung nach El Asloudje reichte, war das Land völlig verlassen. Da sie jedoch noch vor dem Abenddunkel wieder zurück sein wollten, schlugen der Ingenieur, Kapitän Hardigan und Leutnant Vilette alsbald den Weg nach dem Lagerplatze wieder ein.

Hier war schon ein Zelt für sie aufgeschlagen. François bediente sie in gewohnter tadelloser Weise. Als dann noch die nötigen Maßregeln wegen der Bewachung in der Nacht getroffen waren, konnten alle ruhig einschlummern, um sich für den Marsch des folgenden Tages zu kräftigen.

Wenn aber von Schaller und die zwei Offiziere bei ihrem Ausfluge keinen Menschen bemerkt hatten und dieser Teil des zweiten Kanals ihnen völlig verlassen erschienen war, so traf das doch eigentlich nicht zu. Daß sie keinen der erwarteten Arbeiter entdecken konnten, darüber bestand ja kein Zweifel, und der Ingenieur hatte auch nirgends eine Spur von Arbeiten aus der letzten Zeit gesehen.

Er und die beiden Offiziere waren aber von zwei in einer

Lücke der Dünenwand hinter einem dichten Drißgebüsch versteckten Männern gesehen worden. Wäre Coupe-à-Cœur mit hiergewesen, so würde er die beiden jedenfalls aufgestöbert haben. Diesen kam es aber gar sehr darauf an, sich nicht zu zeigen. Aus der Entfernung von weniger als fünfzig Schritten beobachteten sie die drei Fremden, die sich am Kanalrande hinbewegten. Ebenso sahen sie die drei, als diese den Rückweg eingeschlagen hatten. Als es dann dunkler zu werden anfing, wagten sie sich auch näher an das Lager heran.

Coupe-à-Cœur zeigte sich, als jene heranschlichen, zwar etwas unruhig und ließ ein dumpfes Knurren hören, der Wachtmeister beruhigte ihn aber, nachdem er die Umgebung, so gut es noch anging, überblickt hatte, und das Tier legte sich neben seinem Herrn nieder.

Anfänglich waren die Eingeborenen am Saume des kleinen Gehölzes stehengeblieben; um acht Uhr war es aber schon völlig dunkel, denn in der dortigen Breite währt die Dämmerung nicht lange. Ohne Zweifel lag es ihnen daran, das am Anfang des zweiten Kanals rastende Detachement zu beobachten und zu erfahren, was es hier vorhatte und wer es befehligte.

Daß die Reiter einem Spahiregimente angehörten, wußten sie schon, denn sie hatten ja die beiden Offiziere in Begleitung des Ingenieurs bei deren kurzem Ausfluge gesehen. Jetzt wollten sie nur noch auskundschaften, wie zahlreich die Mannschaft der Abteilung wäre und welcherlei Material sie nach dem Melrhir befördern möge.

Die beiden Eingeborenen traten also in das Gehölz vollends hinein und krochen zwischen Gras und Gebüsch von einem Baum zum andern. Trotz der Dunkelheit konnten sie nun die am anderen Rande des Gehölzes errichteten Zelte erkennen und auch die Pferde sehen, die sich auf dem Weideplatze hingelegt hatten.

In diesem Augenblicke war es, wo das Knurren des Hundes sie zur Vorsicht mahnte, und sie wandten sich auch sofort nach den Dünen zurück, ohne daß jemand im Lager von ihrer Nähe etwas geahnt hätte.

Erst als sie wußten, von niemand mehr gehört werden zu können, begannen sie ein Gespräch über ihre Beobachtungen.

»Also ... er ist es doch ... der ... der Kapitän Hardigan?«

»Jawohl, derselbe, der Hadjar schon einmal gefangen hatte ...«

»Und auch derselbe Offizier, der damals unter seinem Befehle stand?«

»Ja, sein Leutnant. Oh, ich habe beide sehr gut wiedererkannt ...«

»Wie sie jedenfalls auch dich erkannt haben würden ...«

»Du aber ... mit dir sind sie niemals zusammengetroffen?«

»Niemals.«

»Gut! ... Vielleicht ... vielleicht gelingt es ... da bietet sich eine Gelegenheit, die nicht so bald wiederkehren wird.«

»Und wenn dieser Kapitän und sein Leutnant Hadjar in die Hände fallen ...«

»Dann ... werden die nicht wieder daraus loskommen, wie Hadjar aus dem Bordj entwichen ist!«

»Es waren nur ihrer drei, als wir sie sahen«, nahm der eine der Eingeborenen wieder das Wort.

»Ja, und auch die da unten im Lager ruhen, sind nicht besonders zahlreich«, antwortete der andere.

»Wer mochte aber jener dritte sein? ... Ein Offizier war es doch nicht.«

»Nein; irgendein Ingenieur von der verfluchten Gesellschaft. Er wird in Begleitung hierhergekommen sein, den Bestand der Kanalarbeiten zu besichtigen, ehe das Wasser eingelassen wird. Die ziehen offenbar alle nach dem Melrhir, und wenn sie erst am Schott angelangt sind ... und dann sehen werden ...«

»Daß sie es nicht überschwemmen können«, rief der heftigere von den beiden Männern, »und daß aus ihrem Saharameere nichts wird, dann werden sie stutzen, ziehen nicht weiter ... und nun bedarf's nur eines Hunderts getreuer Tuareg ...«

»Ja, das ist ganz gut; doch wie können wir sie benachrichtigen, damit sie rechtzeitig an Ort und Stelle sind?«

»Die Oase von Zenfig ist ja keine zwanzig Lieues weit von hier ... und wenn das Detachement nur bis an den Melrhir geht und wir es dort einige Tage zurückhalten können ...«

»Jaja, das wäre nicht unmöglich, freilich vorausgesetzt, daß sie keine Veranlassung haben, noch weiter zu ziehen.«

»Und wenn sie dort warten, daß das Wasser des Golfs sich in das Schott ergießen soll, da können sie gleich ihr Grab an derselben Stelle ausgraben, denn tot sind sie doch alle, ehe hier ein Tropfen Seewasser blinkt. – Komm, Harrig, komm!«

»Jaja, ich folge dir, Sohar!«

Diese Männer waren die beiden Tuareg, die bei Hadjars Flucht die Hand im Spiele gehabt hatten: Harrig, der Vermittler der Angelegenheit bei dem Mercanti von Gabes, und Sohar, der leibliche Bruder des Tuareghäuptlings. Sie verließen nun den Platz und verschwanden schnell in der Richtung nach dem Melrhir.

Am nächsten Tage gab der Kapitän Hardigan eine Stunde nach Sonnenaufgang das Zeichen zum Aufbruch. Die Pferde wurden angeschirrt, die Leute stiegen in den Sattel, und die kleine Truppe zog in gewohnter Ordnung am nördlichen Ufer des Kanalbettes hin. Frisch und sorgfältig rasiert, nahm François seinen gewohnten Platz an der Spitze der Proviant- und Materialwagen ein, und da sich der Brigadier Pistache zu Pferde neben ihm hielt, konnten beide bequem über allerlei plaudern.

»Na, wie geht's denn, mein Herr François?« fragte Pistache in dem humorvollen Ton, der ihm eigen war.

»Oh, vortrefflich«, antwortete der würdige Diener des Herrn von Schaller.

»Der Zug wird Ihnen doch nicht zu langweilig und zu anstrengend?«

»Nein, Brigadier; das ist ja nur ein Spaziergang durch

ein merkwürdiges Land.«

»Nun, das Schott wird bald ein anderes Gesicht haben, wenn es erst unter Wasser steht.«

»Freilich, ein ganz anderes«, antwortete François mit gemessener und schulmeisternder Stimme.

Der peinliche, sorgsame Mann hatte seine Worte überhaupt niemals halb verschluckt. Er »saugte sie vielmehr aus«, hätte man sagen können, wie einer, der ein feinschmeckendes Bonbon im Munde hat.

»Und wenn ich mir vorstelle«, fuhr Pistache fort, »daß hier, wo unsere Pferde hintrotten, bald Fische schwimmen und Schiffe dahindampfen sollen . . .«

»Jawohl, Brigadier, Fische jeder Art, Braunfische, Delphine und Haifische . . .«

»Und Walfische«, setzte Pistache hinzu.

»Nun, nein, das glaube ich denn doch nicht, Brigadier, für die dürfte es hier wohl an Wasser fehlen.«

»Oho, Herr François, nach der Aussage unseres Wachtmeisters wird die Tiefe des Rharsa zwanzig und die des Melrhir fünfundzwanzig Meter betragen.«

»Doch nicht überall, Brigadier, und diese Meeresriesen brauchen viel Wasser, sich austummeln und nach Belieben durch die Spritzlöcher blasen zu können.«

»Die Burschen haben wohl einen tüchtigen Atem, Herr François?«

»Das will ich meinen! Genug für einen Hochofen oder die Orgeln aller Kathedralen Frankreichs ertönen zu lassen!«

Daß »Herr« François höchst befriedigt war von seiner entscheidenden Antwort, die den wackeren Pistache nicht wenig Verwunderung abnötigte, bedarf wohl keiner besonderen Versicherung.

Weiter beschrieb er mit einer Handbewegung die Gestalt des zukünftigen Meeres und sagte:

»Ich sehe im Geise dieses Meer inmitten des Landes durchfurcht von Dampfern und Segelschiffen, die die kleine und große Küstenfahrt betreiben und dabei von Hafen zu Hafen fahren. Wissen Sie aber, was mein sehnlichster Wunsch wäre, Brigadier?«

»Nur heraus mit der Sprache, Herr François.«

»Nun, ich möchte mit an Bord des ersten Schiffes sein, das über die neuen Wasserflächen des alten algerischen Schotts hinsteuert. Ich rechne auch sehr darauf, daß der Ingenieur auf diesem Schiffe Plätze belegt hat und daß ich mit ihm diese Fahrt auf dem von unserer Hand geschaffenen Meere teile!«

Der gute Herr François war wirklich nahe daran zu glauben, daß er eine Art Mitarbeiter seines Herrn wäre, dem man die Schöpfung des zukünftigen Saharameeres mit zu verdanken habe.

Alles in allem – und damit beendigte der Brigadier Pistache diese interessante Unterhaltung – konnte man nach dem bisherigen glücklichen Verlauf der Expedition wohl erwarten, daß diese auch ein ebenso glückliches Ende nehmen werde.

Unter Beibehaltung des gewohnten Marschplanes – täglich zwei Etappen von sieben bis acht Kilometern – hoffte von Schaller, das Ende des zweiten Kanals in kurzer Zeit zu erreichen. Erst wenn das Detachement an der Grenze des Melrhir angelangt war, sollte entschieden werden, ob man diesen von dem nördlichen oder dem südlichen Rande ausgehend umkreisen wollte. Viel kam ja darauf nicht an, da es im Plane des Ingenieurs vorgesehen war, die Grenzlinie des Schotts in dessen ganzem Umfange zu besichtigen.

Die erste Strecke am Kanale hin wurde noch am Vormittage zurückgelegt. Dieser Teil reichte vom Rharsa bis zu der kleinen, unter dem Namen El Asloudje bekannten Bodensenkung, die von sieben bis zehn Meter hohen Dünen eingerahmt war.

Ehe das Melrhir erreicht wurde, mußte man aber noch durch eine Reihe kleiner Schotts oder an deren Rande hinziehen, die, einander staffelförmig folgend, eine fast ununterbrochene Linie seichterer und von niedrigeren Rändern eingeschlossener Vertiefungen bildeten und vom Wasser aus dem Mittelmeere unbedingt überflutet werden mußten.

Hieraus ergab sich also die Notwendigkeit, sie von einem Durchstich zum anderen mit Bojen auszustatten zur Bezeichnung der Fahrrinne durch diese Schotts, da sich auf diesem neuen, durch die Kenntnisse und die Tatkraft des Menschen geschaffenen Meere doch bald Schiffe aller Art einfinden würden. Dasselbe war ja bei der Anlage des Suezkanales, da, wo er die Bitterseen durchschneidet, notwendig gewesen, wo ein sicheres Steuern der Schiffe ohne zuverlässige Anhaltspunkte ebenso unmöglich gewesen wäre.

Auch hier waren die Arbeiten in erwünschter Weise vorgeschritten; die mächtigen Maschinen hatten tiefe Fahrrinnen bis zum Melrhir hin ausgehoben. Was hätte man da erst heute, wenn das erforderlich gewesen wäre, ausführen können, ausführen mit Hilfe der neuesten Maschinen, der riesigen Trockenbagger, der Gesteinsbohrer, denen nichts widerstehen kann, mit den Abraum-Transportwagen, die über provisorisch gelegte Gleise hinrollen, kurz, mit den gewaltigen Hilfswerkzeugen, von denen der Kommandant Roudaire und seine Nachfolger keine Ahnung haben konnten, von allem, was Erfinder und Ingenieure seit den Jahren erdacht und ausgeführt hatten, die zwischen dem Anfang der Ausführung des Roudaireschen Planes, nachher des von der französisch-orientalischen Gesellschaft entworfenen und von ihr wieder aufgegebenen Projektes lagen bis zur Wiederaufnahme der Angelegenheit durch die französische Gesellschaft des Saharameeres unter Leitung des Herrn von Schaller?

Alles, was bisher geschaffen worden war, erwies sich in dem guten Zustande, wie ihn der Ingenieur Schaller vorausgesehen und in der Versammlung in Gabes mit so beredten Worten dargelegt hatte, als er von den dem afrikanischen Klima eignen, konservierenden Eigenschaften sprach, die sogar die in der Vorzeit unter Sand begrabenen und erst vor nicht langer Zeit wieder aufgedeckten Ruinen geschont hatten. In der Umgebung der fast oder völlig vollendeten Kanalarbeiten herrschte aber die trostloseste Öde.

Wo sich früher eine geschäftige Arbeiterschar bewegt hatte, da lastete trauriges Schweigen auf dem Platze, wo man keinem menschlichen Wesen begegnete und nur die jetzt verlassenen Arbeiten dafür zeugten, daß hier einmal menschliche Tatkraft, Ausdauer und Energie geherrscht und der verlassenen Gegend vorübergehend den Schein frisch pulsierenden Lebens verliehen hatten.

Es war also eine Besichtigung in der Einöde, die von Schaller jetzt vornahm und die er völlig durchführen mußte, ehe er die neuen, und – alles deutete darauf hin – endgültigen Projekte in erwünschter Weise verwirklichen konnte. Gerade gegenwärtig erschien diese Verlassenheit aber besonders drückend, und der Ingenieur empfand es als eine schwere Enttäuschung, hier, wie es doch ausgemacht war, keinen der Leute von der Rotte aus Biskra anzutreffen.

Eine grausame Enttäuschung, wenn sich von Schaller auch sagte, daß man von Biskra zum Rharsa nicht so bequem gelangen könne wie von Paris nach Saint-Cloud und daß auf einem so langen Wege ein Zwischenfall nicht ausgeschlossen sei, der alle vorhergehenden Berechnungen und den Marschplan umstieße. Dennoch schien das kaum möglich, da der Gesellschaftsvertreter in Biskra ihm nach Gabes telegrafiert hatte, daß bis zu jener Stadt alles gutgegangen und man den von Paris selbst erhaltenen Instruktionen genau nachgekommen wäre. Es konnte also nur auf dem weiteren Marsche, vielleicht in der sumpfigen, oft überschwemmten und wenig bekannten Gegend der Farfaria, zwischen Biskra und dem Schott Melrhir, wo er bald einzutreffen hoffte, etwas vorgekommen sein, was die Leute zurückgehalten haben würde, die er hier zu finden hoffte. Betritt man nur einmal das Feld der Vermutungen, so kommt man kaum wieder davon weg. Die eine drängt mit peinlicher Beharrlichkeit die andere, und sie beschäftigten jetzt die Einbildungskraft von Schallers, ohne ihm doch eine gut annehmbare, ja nur eine wahrscheinliche Erklärung zu geben. Sein Erstaunen und seine Enttäuschung verwandelten sich, ohne daß er sich dessen bewußt wurde, zur wirklichen Besorgnis, und das Ende des halben Tagesmarsches kam heran, ohne seinen bedenklichen Gesichtsausdruck zu mildern. Der Kapitän Hardigan hielt es auch für angezeigt, die Umgebung absuchen zu lassen.

Auf seinen Befehl mußte der Wachtmeister mit einigen Reitern ein bis zwei Kilometer seitwärts vom Kanale hintrotten, während das übrige Detachement seinen Weg am Kanalbette fortsetzte.

Die Umgebung war öde, es sah jedoch aus, als ob sie erst seit kurzem so verlassen wäre. Nach Zurücklegung der zweiten Marschstrecke machte die Abteilung am Rande des kleinen Schotts halt. Ringsumher alles kahl und keine Oase in der Nähe. Bisher war das Nachtlager noch nie unter so ungünstigen Verhältnissen – ohne Bäume als Schutz, ohne Weideplätze für die Pferde – aufgeschlagen worden. Überall nichts als der Reg, das trostlose Gemenge von Kiesel und Sand, ohne die Spur eines grünen Halmes auf dem ebenen Boden. In den Wagen befand sich jedoch genug Futter für die Ernährung der Reit- und der Zugtiere. Längs des Melrhir, wo der Weg der kleinen Truppe von Oase zu Oase führte, war übrigens Gelegenheit genug, sich mit allem neu zu versorgen. Fehlte es hier auch an wirklichen Oueds (Bächen), so fanden sich doch einige »Ras« (Wüstenquellen), aus denen Menschen und Tiere ihren Durst löschen konnten; freilich hätte man fürchten können, sie völlig zu leeren, so erstickend war die Hitze dieses Tages gewesen.

Die Nacht verlief ganz ruhig; sie war sehr hell, da gerade der Vollmond von dem sternenbesäten Himmel leuchtete. Wie immer wurde die nächste Umgebung sorgsam überwacht. Bei dem überall offenen Terrain hätten übrigens weder Sohar noch Harrig den Lagerplatz umschleichen können, ohne bemerkt zu werden.

Dem wollten sie sich, da es ihren Absichten nicht entsprach, gewiß auch nicht aussetzen; der Ingenieur, der Kapitän Hardigan und seine Spahis sollten erst weiter nach den algerischen Schotts vorgedrungen sein.

Am nächsten Tage erfolgte der Aufbruch wieder in sehr

früher Morgenstunde. Von Schaller drängte es, das Ende des Kanals zu erreichen. Dort lag der Durchstich, der dem Schott Melrhir das Wasser des Golfs von Gabes zuführen sollte.

Noch immer zeigte sich aber keine Spur von der Arbeiterrotte aus Biskra, deren Ausbleiben ein wirkliches Geheimnis blieb.

Was mochte ihr zugestoßen sein? Von Schaller erschöpfte sich in den verschiedensten Vermutungen. An der vorher genau festgesetzten Stelle angekommen, fand er doch keinen von denen, die er erwartete und deren Nichterscheinen ihn mehr und mehr mit Besorgnis erfüllte.

»Da muß offenbar etwas Ernstes vorgekommen sein!« wiederholte er immer und immer.

»Das fürchte ich auch«, stimmte Kapitän Hardigan bei. »Wir wollen nur versuchen, vor Anbruch der Nacht das Melrhir zu erreichen.«

Die Mittagsrast wurde also möglichst abgekürzt. Die Wagen blieben bespannt, und die Pferde wurden nicht abgeschirrt . . . man gönnte sich nur die Zeit, etwas Nahrung zu sich zu nehmen. Nach dieser letzten Marschstrecke war ja Zeit genug, ordentlich auszuruhen.

Das Detachement, das auch auf dem weiteren Wege keiner lebenden Seele begegnete, beeilte sich nur dermaßen, daß schon um vier Uhr nachmittag die Höhe auftauchten, die das Schott an dieser Seite umschließen. Zur Rechten, beim Kilometersteine 347, befand sich der letzte Werkplatz der Gesellschaft, von wo aus die Arbeiten beendigt werden sollten; bis dahin hatte man nur noch den Durchstich nach dem Schott Melrhir und seines Eingangsteiles, des Schotts Sellna, zu passieren, um an den aufragenden Wall zu gelangen.

Wie der Leutnant Vilette bald bemerkte, kräuselte sich am Horizont aber keine Rauchsäule, und ebensowenig war aus der Ferne ein Geräusch zu vernehmen.

Die Pferde wurden soviel wie möglich angetrieben, und da der Hund immer vor diesen hersprang, konnte es Nicol nicht verhindern, daß sein Pferd der Spur Coupe-à-Cœurs folgte.

Schließlich setzten sich alle in Galopp, und, in eine dichte Staubwolke gehüllt, machten die Spahis an der Ausmündung des Kanals halt. Hier zeigte sich, ebensowenig wie beim Rharsa, auch nur eine Andeutung von dem Eintreffen der Arbeitergruppe, die von Biskra hatte kommen sollen, wie groß war dagegen die Überraschung, das schmerzliche Erstaunen des Ingenieurs und seiner Begleiter, als sie den Werkplatz verwüstet, das Kanalbett ein Stück weit ausgefüllt und jeden Durchgang von einer künstlichen Barre versperrt sahen. Ohne eine Wiederaufnahme der Arbeiten an dieser Stelle war es vorläufig also ganz unmöglich, daß sich zugeleitetes Wasser in die Bodensenke des Melrhir ergießen könnte!

Zehntes Kapitel

Am Kilometerstein 347

Die Stelle, wo die zweite Kanalstrecke am Melrhir mündete, hatte man ursprünglich Roudaire-Ville nennen wollen. Da der wirkliche Endpunkt des Kanals aber an der Westküste des Schotts Melrhir lag, war später beschlossen worden, diesen Namen durch den des Vorsitzenden der französisch-orientalischen Gesellschaft zu ersetzen und den Roudaires dem südlich von Mraier oder Setil anzulegenden Hafen vorzubehalten, der dann mit der Transsaharischen Eisenbahn oder durch eine neu zu erbauende Bahnstrecke mit dieser in Verbindung kommen sollte. Da inzwischen aber auch noch andere Vorschläge aufgetaucht waren, hatte sich die Gewohnheit erhalten, den erwähnten Punkt schlechtweg »Am Kilometerstein 347« zu nennen.

Von dem Einschnitte an diesem letzten Teile war jetzt keine Spur mehr unversehrt erhalten. Hohe Sandmassen lagerten in seiner ganzen Breite und mehrere hundert Meter weit darin. Vielleicht war die Ausschachtung an dieser

Stelle auch noch nicht gänzlich vollendet gewesen. Immerhin hätte jetzt – das wußte von Schaller recht gut – das Ende des Kanals nur noch eine mäßig dicke Wand absperren können, zu deren Beseitigung gewiß wenige Tage gereicht hätten. Offenbar hatten hier aufgehetzte und fanatische Nomadenhorden gehaust und vielleicht in einem Tage zerstört, was von der Zeit so gut verschont worden war.

Regungslos auf einem kleine Plateau, das den Kanal an seiner Verbindungsstelle überragte, stand der Ingenieur sprachlos da und konnte kaum seinen Augen trauen, als er trauernd die schreckliche Verwüstung betrachtete. Die beiden Offiziere neben ihm zeigten sich ebenso peinlich überrascht, während die Mannschaften am Fuße der Düne haltgemacht hatten.

»An Nomaden, die diesen Schurkenstreich ausgeführt haben könnten, fehlt es ja hier im Lande nicht«, sagte Kapitän Hardigan, »mögen das nun von ihrem Häuptlinge dazu angestachelte Stämme, Tuareg oder andere gewesen sein, die aus den Oasen des Melrhir herbeigeströmt waren. Die über das geplante Saharameer erbosten Karawanenplünderer werden in großen Massen gegen den Werkplatz am Kilometerstein 347 angestürmt sein. Hier wäre es unerläßlich nötig gewesen, die Umgebung Tag und Nacht durch Magzems überwachen zu lassen, um Angriffe der Nomaden zu verhindern.«

Die vom Kapitän Hardigan erwähnten Magzems bilden eine Ergänzungstruppe der regulären afrikanischen Armee. Sie rekrutieren sich aus Spahis und Zambas, die mit dem Polizeidienst im Innern und mit der summarischen Unterdrückung widerspenstiger Elemente betraut sind. Man wählt sie aus intelligenteren und sich freiwillig meldenden Leuten, die aus irgendwelchem Grunde bei ihrem Stamme nicht mehr bleiben wollen. Sie tragen zur Unterscheidung einen blauen Burnus, die Scheiks dagegen einen braunen, und der rote Burnus bildet die Uniform der Spahis und auch die Staatskleidung der großen Häuptlinge. In allen wichtigeren Ortschaften des Djerid trifft man Abteilungen dieser Magzems an. Es hätte aber ein ganzes Regiment von ihnen zusammengestellt werden müssen, während der Dauer der Arbeiten von einem Kanalteile zum anderen zu schwärmen, um einer stets möglichen Erhebung der Eingeborenen, deren feindliche Gesinnung man kannte, mit Erfolg entgegenzutreten. War das neue Meer erst geschaffen und durchfurchten Schiffe die überfluteten Schotts, so waren solche Feindseligkeiten weniger zu fürchten.

Bis dahin mußte das Land aber strengstens überwacht werden. Angriffe, wie sie hier die Endstrecke des Kanals zu erdulden gehabt hatte, konnten sich auch anderswo wiederholen, wenn die Militärbehörden nicht für Aufrechterhaltung der Ordnung sorgten.

Der Ingenieur und die beiden Offiziere beratschlagten miteinander, was unter den vorliegenden Verhältnissen zu tun wäre. Sollten sie zuerst versuchen, die von Norden her abgesandte Arbeiterrotte aufzufinden? Doch wie? Nach welcher Seite sollten sie sich deshalb wenden? Das war jedenfalls die wichtigste Frage. Zuerst müsse man sie – meinte von Schaller –, und wenn möglich, ohne Zeitverlust zu finden suchen, denn wie die Dinge lagen, wurde ihre Abwesenheit vom Treffpunkte immer beunruhigender. Alles Weitere bliebe einer späteren Entschließung vorbehalten.

Gelang es, diese Leute, Werkmeister und Arbeiter, hierherzuführen, so ließen sich die Beschädigungen, das glaubte von Schaller wenigstens, noch rechtzeitig ausbessern.

»Wenn sie dabei genügend geschützt werden«, sagte Kapitän Hardigan; »mit meinen wenigen Spahis wäre ich aber kaum der Aufgabe gewachsen, über sie, im Falle wir die Leute fänden, zu wachen und sie gleichzeitig gegen Überfälle vielköpfiger Räuberbanden zu schützen.«

»Ja, Herr Kapitän«, stimmte der Leutnant Vilette ein, »wir brauchen unbedingt Verstärkung und sollten uns diese so bald wie möglich zu verschaffen suchen.«

»Am nächsten läge uns dafür Biskra«, erklärte Kapitän

Hardigan.

Diese Stadt liegt im Nordwesten von Melrhir am Anfange der Großen Wüste und der Ebene von Ziban. Sie gehört seit 1845, wo die Algerier sie einnahmen, zur Provinz Constantine. Lange Zeit der vorgeschobenste Punkt in der Sahara, den Frankreich besaß, hatte sie jetzt einige tausend Einwohner und auch ein Militärkommando. Ihre Garnison konnte demnach, wenigstens zeitweilig, einen Truppenteil abgeben, der im Verein mit den Spahis des Kapitäns Hardigan genügte, die Arbeiter zu schützen, wenn es gelang, diese dem Werkplatze zuzuführen.

Beeilte man sich gebührend, so mußten wenige Tage genügen, Biskra zu erreichen, das weit näher als Tozeur und das ebenso entfernte Nefta lag. Diese beiden Ortschaften hätten aber keine solche Verstärkung liefern können wie Biskra, und wenn man sich dahin wendete, winkte außerdem noch die Aussicht, Pointar zu treffen.

»Ja«, bemerkte dazu der Ingenieur, »was soll es aber nützen, die Arbeiten zu beschützen, wenn die Arme fehlen, sie auszuführen? Von Wichtigkeit wäre es doch vor allem, zu erfahren, unter welchen Umständen die Arbeiter zerstreut worden sind und wohin sie sich von Goleah aus geflüchtet haben.«

»Gewiß«, gab der Leutnant Vilette zu, »hier ist aber niemand, darüber Aufschluß zu geben. Vielleicht finden wir dagegen bei Durchstreifung des Landes da oder dort einzelne Eingeborene, die uns – wenn sie wollen – darüber unterrichten könnten.«

»Jedenfalls«, nahm Kapitän Hardigan wieder das Wort, »kann jetzt nicht weiter davon die Rede sein, das Melrhir eingehend zu besichtigen. Wir haben uns nur zu entscheiden, ob wir nach Biskra gehen oder nach Gabes umkehren wollen.«

Von Schaller sah höchst bestürzt aus. Hier begegnete er einem Zwischenfalle, der unmöglich vorauszusehen gewesen war. Als dringlich, und sogar in kürzester Frist, lag ihm die Wiederfreimachung des Kanals am Herzen und grübelte er über die Maßnahmen, diesen vor jedem neuen Angriff zu schützen. Wie konnte man aber an dergleichen denken, ohne die Nachsuchung nach den Leuten aufzunehmen, deren Fernbleiben ihm schon seit der Ankunft an der zweiten Kanalstrecke so schwere Sorgen gemacht hatte!

Was den Grund betraf, der die Eingeborenen dieses Landesteiles veranlaßt hatte, die Arbeiten zu zerstören, so war dieser zweifellos in der Unzufriedenheit mit der bevorstehenden Unterwassersetzung der algerischen Schotts zu suchen.

Überdies konnte man nicht wissen, ob nicht noch eine allgemeine Erhebung der Eingeborenenstämme des Djerid zu befürchten sein und ob jemals die erwünschte Sicherheit auf der vierhundert Kilometer langen Strecke zwischen dem westlichen Ufer des Melrhir und den Uferhöhen von Gabes herrschen würde.

»Jedenfalls«, sagte noch der Kapitän Hardigan, »wollen wir, wie unsere Entscheidung auch ausfallen möge, für heute hier ein Lager beziehen und erst morgen aufbrechen.«

Es blieb ja auch kaum etwas anderes übrig. Nach einer unter glühendem Himmel zurückgelegten, also stark anstrengenden Marschstrecke mußte man sich wohl oder übel zu einer Rast bis zum nächsten Morgen entschließen. Es wurde also Befehl gegeben, die Zelte aufzuschlagen, die Wagen in gewohnter Weise zu ordnen und die Pferde auf der Weide der Oase grasen zu lassen, natürlich alles unter der hier gebotenen Vorsicht. Von einer Gefahr schien die Abteilung übrigens nicht bedroht zu sein. Der Angriff auf den Werkplatz war offenbar schon vor mehreren Tagen erfolgt, und die Oase von Goleah nebst ihrer Umgebung erschien völlig öde und menschenleer.

Während der Ingenieur und die beiden Offiziere hierüber sprachen, hatte sich der Wachtmeister mit zwei Spahis, wie erwähnt, nach dem Innern der Oase begeben. Coupe-à-Cœur begleitete seinen Herrn. Er sprang, unter dem Grase hinschnüffelnd, voraus, ohne zunächst auf etwas aufmerksam zu werden, bis er plötzlich mit erhobenem Kopfe stillstand wie der Vorstehhund eines Jägers.

Sollte hier ein Stück Wild, das Coupe-à-Cœur gewittert hatte, durch das Gehölz ziehen? Oder war es gar ein Raubtier, Löwe oder Panther, der vielleicht schon zum Sprunge bereitlag?

Der Wachtmeister erkannte jedoch sofort an der Art des Bellens, was das gescheite Tier damit sagen wollte.

»Aha, da sind gewiß Umherstreicher in der Nähe«, sagte er für sich. »Wenn man nur einen davon dingfest machen könnte!«

Coupe-à-Cœur wollte weiterlaufen, sein Herr hielt ihn jedoch zurück. Kam etwa ein Eingeborener von dieser Seite näher, so galt es, ihn nicht zu verscheuchen. Dieser hatte dann übrigens das Gebell des Hundes hören müssen, und vielleicht suchte er sich gar nicht zu verbergen ...

Nicol sollte darüber bald Gewißheit haben. Ein Mann, ein Araber, näherte sich zwischen den Bäumen und sah sich nach rechts und links um, doch offenbar ohne Scheu, gesehen zu werden oder nicht. Sobald er aber die drei Männer bemerkte, kam er ruhigen Schrittes auf sie zu.

Es war ein Eingeborener von dreißig bis fünfunddreißig Jahren, in der Tracht der Arbeitsleute Niederalgeriens, die hier oder da, wo sich gerade eine Beschäftigung bietet, vorzüglich zur Erntezeit, vorübergehend eingestellt werden.

Nicol sagte sich sofort, daß dieses Zusammentreffen für seinen Kapitän von Nutzen sein könnte. Mit Güte oder Gewalt wollte er ihm den Mann zuführen, als dieser ihm schon zuvorkam und fragte:

»Sind Franzosen hier in der Nähe?«

»Ja, eine Abteilung Spahis«, antwortete der Wachtmeister.

»Führt mich zu deren Kommandanten!« begnügte sich der Araber zu sagen.

Nicol und noch vor diesem Coupe-à-Cœur, der ein dumpfes Knurren hören ließ, wendete sich nach dem Saume der Oase. Die beiden Spahis gingen hinterher. Der Eingeborene verriet aber keine Neigung zu entfliehen.

Sobald dieser aus der letzten Baumreihe heraustrat, bemerkte ihn der Leutnant Vilette.

»Endlich doch einer!« rief der Offizier.

»Wahrlich«, sagte der Kapitän Hardigan, »dieser Glückspilz, der Nicol, hat da einen guten Fang gemacht!«

»Jawohl«, setzte von Schaller hinzu, »und vielleicht kann der Mann uns erwünschte Auskunft geben.«

Einen Augenblick später stand der Araber schon vor dem Ingenieur, und die Spahis sammelten sich um ihre Offiziere.

Nicol berichtete, unter welchen Umständen er den Mann gefunden habe. Der Araber irrte durch den Wald und war, sobald er den Wachtmeister und dessen Begleiter erblickte, auf diese zugekommen. Immerhin glaubte er hinzufügen zu müssen, daß der Fremdling ihm verdächtig erscheine und daß er sich für verpflichtet halte, den Eindruck, den er von dem Manne empfangen hätte, seinen Vorgesetzten nicht zu verhehlen. Der Kapitän begann sofort die Befragung des Neulings.

»Wer bist du?« redete er ihn französisch an.

In derselben Sprache antwortete ihm der Eingeborene:

»Ein Einwohner von Tozeur.«

»Und du heißt?«

»Mezaki.«

»Woher kommst du jetzt?«

»Von da unten, von El Zeribet.«

Das war der Name einer algerischen Oase, die etwa fünfundvierzig Kilometer vom Schott an dem gleichnamigen Oued lag.

»Was hattest du hier vor?«

»Oh, ich wollte mich nur einmal überzeugen, wie es hier aussähe.«

»Warum? ... Warst du etwa ein Arbeiter der Gesellschaft?« fragte von Schaller eifrig.

»Jawohl, früher, und seit langer Zeit habe ich die Arbeiten hier überwacht. Der Chef Pointar hatte mich seit seinem Eintreffen mitgenommen.«

So hieß tatsächlich der Leiter der Brücken- und Straßenbauten der Gesellschaft, der die von Biskra erwartete Arbeiterotte dahin geführt hatte, dieselbe, deren Abwesenheit den Ingenieur so lebhaft beunruhigte. Endlich sollte er über diese also Nachricht erhalten.

Da setzte der Eingeborene seinen Worten noch hinzu:

»Ich kenne Sie recht gut, Herr Ingenieur, denn ich habe Sie mehr als einmal gesehen, wenn Sie in die hiesige Gegend kamen.«

An dem, was Mezaki sagte, war nicht wohl zu zweifeln. Jedenfalls war er einer der zahlreichen Araber, die die Gesellschaft früher bei der Ausschachtung des Kanals zwischem dem Rharsa und dem Melrhir beschäftigt hatte und die die Vertreter der neuen Gesellschaft des Saharameeres mit Vorsicht ausgewählt hatten. Es war ein kräftiger Mann mit dem allen Zugehörigen seiner Rasse eigenen ruhigen Gesichtsausdrucke, aber mit lebhaftem, feurigem Blicke der dunklen Augen.

»Wo sind aber deine Kameraden, die sich doch hier auf dem Werkplatze einfinden sollten?« fragte von Schaller.

»Da draußen ... nach der Seite von Zeribet zu«, antwortete der Eingeborene, der dabei mit dem Arme nach Norden wies.

»Warum sind sie dorthin gegangen? ... Ist euer Lager vielleicht überfallen worden?«

»Ja, von einer Bande von Berbern.«

Diese Eingeborenen berberischer Abstammung besiedeln das Land Icham, ein Gebiet, das zwischen dem Touat im Norden, Timbuktu im Süden, dem Niger im Westen und Fessan im Osten liegt. Sie bilden zahlreiche Stämme, Arzchers, Ahaggars, Masingas, Thagimas u. a., die fast unausgesetzt mit den Arabern und vorzüglich mit ihren bittersten Feinden, den algerischen Chaambas, im Kampfe liegen.

Mezaki erzählte nun, was sich vor acht Tagen am Werkplatze zugetragen hatte.

Von ihren Häuptlingen angestachelt, waren mehrere hundert Nomaden über die Arbeiter hergefallen, als diese kaum an Ort und Stelle eingetroffen waren. Ihre gewohnte Beschäftigung als Karawanenführer würden sie ja nicht mehr ausüben können, wenn der Binnenverkehr zwischen Algerien und Tunis erst von den Schiffen auf dem Saharameer vermittelt würde. Deshalb waren die verschiedenen Stämme schon vor der Wiederaufnahme der Arbeiten darüber einig, den Kanal, den Zuleitungsweg für das Wasser der Kleinen Syrte, zu zerstören. Die Arbeiterabteilung Pointars war nicht stark genug, einen unerwarteten Überfall abzuwehren. Fast augenblicklich auseinandergetrieben, konnten die Leute dem Geschick, niedergemetzelt zu werden, nur dadurch entgehen, daß sie nach dem Djerid flüchteten. Nach Rharsa und von da nach der Oase von Nefta oder der von Tozeur zurückzukehren erschien zu gefährlich, da die Angreifer ihnen den Weg hätten verlegen können, und so konnten sie nur in der Richtung auf Zeribet hin Zuflucht suchen. Nach ihrem Abzuge hatten die Räuber und deren Spießgesellen den Werkplatz zerstört, in der Oase Feuer angelegt und die halbfertigen Arbeiten mit Unterstützung von Nomaden, die sich ihnen zu diesem Bubenstreich angeschlossen hatten, gründlich vernichtet. Nach Anfüllung des Kanalbettes, so daß von der Böschung nichts mehr zu sehen und die Ausmündung des Kanals am Melrhir vollständig abgesperrt war, verschwanden die Nomaden dann ebenso plötzlich, wie sie erschienen waren. Wenn die zweite Kanalstrecke, setzte der Araber noch hinzu, nicht stets unter militärischem Schutze stünde, würde sie Angriffen dieser Art stets ausgesetzt bleiben.

»Ja freilich«, sagte der Ingenieur, nachdem der Mann seinen Bericht beendet hatte, »es ist unbedingt notwendig, daß die Militärbehörden Maßregeln treffen, zur Wiederaufnahme der Arbeiten die Werkplätze zu beschützen. Später wird das Saharameer sich schon selbst Schutz genug sein.«

Jetzt richtete Kapitän Hardigan noch einige Fragen an Mezaki.

»Wie stark war denn etwa die Bande jener Schurken?«

»Sie mochte zwischen vier- und fünfhundert Köpfe zählen.«

»Ist es bekannt, wohin die Kerle sich zurückgezogen haben?«

»Nach Süden zu«, erklärte Mezaki.

»Und Tuareg sollen bei jenem Überfalle nicht beteiligt gewesen sein?«

»Nein, es waren nur Berber.«

»Der Häuptling Hadjar hat sich auch nicht im Lande hier blicken lassen?«

»Wie hätte er das gekonnt«, erwiderte Mezaki, »da er doch vor drei Monaten gefangen worden und seitdem im Bordj von Gabes eingeschlossen ist.«

Der Eingeborene wußte, hiernach zu urteilen, also noch nichts von der Entweichung Hadjars, und von ihm konnte man nicht erfahren, ob der Flüchtling in der hiesigen Gegend wiederaufgetaucht wäre. Dagegen mußte er imstande sein, über die Arbeiterrotte Pointars Auskunft zu geben, und auf eine diesbezügliche Frage des Ingenieurs antwortete Mezaki:

»Ich kann nur wiederholen, daß die Leute nach Norden, nach Zeribet zu, geflüchtet sind.«

»War denn Pointar bei ihnen?« fragte von Schaller.

»Der hat sie niemals verlassen, und die Werkmeister sind auch bei ihnen.«

»Wo denn jetzt?«

»In der Oase von Gizeb.«

»Ist diese weit entfernt?«

»Sie liegt etwa zwanzig Kilometer vom Melrhir.«

»Und könntest du sie benachrichtigen, daß wir mit einigen Spahis am Werkplatze von Goleah eingetroffen sind?« fragte Kapitän Hardigan.

»Das kann ich wohl, wenn Sie es wünschen«, antwortete Mezaki. »Wenn ich aber alleine gehe, zögert der Kolonnenführer Pointar am Ende doch . . .«

»Das wollen wir uns überlegen«, schloß der Kapitän das Gespräch, nachdem er noch angeordnet hatte, den Eingeborenen, der sehr hungrig und ruhebedürftig zu sein schien, mit Speise und Trank zu erquicken.

Der Ingenieur und die beiden Offiziere traten in einiger Enfernung zu einer Beratung zusammen. Daß der Araber, der Pointar offenbar kannte und auch den Ingenieur wiedererkannte, die Wahrheit gesprochen habe, ließ sich ja kaum bezweifeln. Jedenfalls gehörte er zu den für diesen Arbeitsteil angestellten Leuten.

Unter den vorliegenden Verhältnissen war es nun das dringendste, Pointar aufzufinden und die beiden Abteilungen zu vereinigen. Außerdem sollte der Kommandant von Biskra um schleunige Entsendung einer Verstärkungstruppe ersucht werden, und dann war es voraussichtlich möglich, die Aufräumungsarbeiten vornehmen zu lassen.

»Ich wiederhole Ihnen«, sagte der Ingenieur, »nach der Überflutung der Schotts wird nichts mehr zu befürchten sein. Vor allem gilt es aber, die Kanalstrecke wieder freizulegen und deshalb also die verschwundenen Arbeiter herbeizuholen.«

Im Hinblick auf diese Sachlage verständigten sich dann der Ingenieur und der Kapitän Hardigan in folgender Weise:

Von der Berberbande war jetzt, nach der Aussage Mezakis, nichts mehr zu fürchten, da sich diese nach dem Südwesten des Melrhir zurückgezogen hatte. Am Kilometerstein 347 drohte also keine weitere Gefahr, und es empfehle sich deshalb, hier ein dauerndes Lager einzurichten und die Rückkehr der Arbeiter abzuwarten. Der Leuntant Vilette, der Wachtmeister Nicol und mehrere andere gerade verfügbare Leute begleiteten Mezaki bis zur Oase von Gizeb, wo sich Pointar und seine Kolonne, der Aussage des Eingeborenen nach, jetzt aufhielt. In dieser von den Karawanen oft durchzogenen Gegend, wo Raubanfälle schon aus diesem Grunde nicht zu den Seltenheiten gehörten, war eine Begleitung des Eingeborenen ein Gebot einfacher Klugheit. Brach der Leutnant am folgenden Morgen mit Tagesgrauen auf, so hoffte er, die Oase noch am Vormittag zu erreichen und, am Nachmittage zurückkehrend, am Werkplatz vor Anbruch der Nacht wieder einzutreffen. Wahrscheinlich kam dann Pointar gleich mit dem Offizier an, der ihm ein Pferd zur Verfügung zu stellen gedachte. Die Arbeiter selbst würden, wenn sie am nächsten

Tage aufbrechen konnten, binnen achtundvierzig Stunden zur Stelle sein, und dann konnte die Arbeit sofort ihren Anfang nehmen.

Von einem Zuge zur näheren Besichtigung des Melrhir war also für den Augenblick keine Rede mehr.

Das waren die Maßnahmen, die vom Ingenieur und Kapitän Hardigan in völliger Übereinstimmung beschlossen wurden. Mezaki erhob dagegen keine Einwendung, erklärte sich vielmehr sehr befriedigt darüber, daß ihn der Leutnant Vilette mit mehreren Reitern nach der Oase von Gizeb begleiten sollte. Er versicherte auch, daß die Arbeiter gar nicht zögern würden, nach dem Werkplatze zurückzukehren, wenn sie von der Anwesenheit des Ingenieurs und des Kapitäns daselbst unterrichtet würden. Übrigens werde man zusehen, ob es sich nicht empfehle, eine starke Ableitung Magzems von Biskra heranzuziehen, die den Werkplatz dann bis zu dem Tage schützten, wo sich die Wasser des Golfs von Gabes in das Schott Melrhir ergießen würden.

Elftes Kapitel

Ein zwölfstündiger Ausflug

Um sieben Uhr morgens verließ der Leutnant Vilette mit seinen Leuten den Lagerplatz. Der Tag schien schwül und heiß zu werden, auch drohte wohl ein Gewitter, eines der heftigen Meteore, die sich über die Ebenen des Djerid nicht gerade selten entladen. Es war jetzt aber keine Zeit zu verlieren, denn von Schaller drängte mit vollem Rechte, Pointar und dessen Arbeiterrotte aufzufinden.

Selbstverständlich ritt der Wachtmeister seinen Va d'l'avant und wurde dieser wieder von Coupe-à-Cœur begleitet.

Vor dem Aufbruche hatten die Spahis ihre Pferde auch mit der voraussichtlich nötigen Menge von Nahrungsmitteln beladen.

Während der Abwesenheit des Leuntnants Vilette begannen der Ingenieur und der Kapitän Hardigan mit Hilfe des Brigadiers Pistache das Lager vollends herzurichten, und auch Herr François, die vier Spahis, die nicht zur Begleitmannschaft des Leutnants Vilette gehörten, sowie die Wagenführer mußten dabei natürlich mit Hand anlegen. Die Weidegründe der Oase zeigten einen üppigen Graswuchs und wurden von einem Oued bewässert, der in das Schott mündete.

Der Ausflug des Leutnants Vilette sollte nur zwölf Stunden in Anspruch nehmen. Die Entfernung zwischen dem Kilometerstein 347 und Gizeb betrug ja nur zwanzig Kilometer. Ohne die Pferde allzusehr anzustrengen, konnte diese Strecke im Laufe des Vormittags zurückgelegt werden. Nach zweistündiger Rast mußte dann der Nachmittag hinreichen, den kleinen Reitertrupp mit Pointar, dem Vormeister des Werkplatzes, hierher zurückzuführen.

Auch Mezaki hatte man ein Pferd überlassen und erkannte ihn auf den ersten Blick als vorzüglichen Reiter, wie das ja alle Araber sind. Er trabte an der Spitze neben dem Leutnant und dem Wachtmeister hin und schlug gleich jenseits der Grenze der Oase eine Richtung nach Nordosten ein.

Eine weite, da und dort von dürftigen Baumgruppen unterbrochene Ebene, durch die sich der Bach hinschlängelte, dehnte sich hier bis über Sehweite hin aus . . . eine richtige algerische »Outta« in all ihrer trostlosen Dürre. Kaum sproßten vereinzelte gelbliche Büschel Driß aus dem überhitzten Boden auf, auf dem die Sandkörner unter den Strahlen der Sonne gleich Edelsteinen erglänzten.

Dieser Teil des Djerid war vollständig öde. Auch keine Karawane zog durch ihn hin auf dem Wege nach irgendeiner bedeutenderen Stadt der Sahara oder nach Ouargla oder Mougrust an der Grenze der Wüste. Keine Wiederkäuerherde letzte sich an dem Wasser des Oued. Das tat aber Coupe-à-Cœur, den Va d'l'avant mit neidischen Blikken betrachtete, als er ihn Wassertropfen umherspritzend dahinspringen sah.

Der kleine Trupp folgte immer dem linken Ufer des Wasserlaufes, und auf eine von dem Offizier an Mezaki gerichtete Frage hatte dieser geantwortet:

»Ja, wir bleiben dicht an dem Oued bis zur Oase Gizeb, durch die er in ihrer ganzen Länge fließt.«

»Ist diese Oase bewohnt?«

»Nein«, erwiderte der Eingeborene. »Schon als wir den Flecken Zeribet verließen, mußten die nötigen Nahrungsmittel mitgenommen werden, da sich am Werkplatze bei Goleah von solchen ja nichts vorfand.«

»Pointar, euer Meister«, sagte Leutnant Vilette, »beabsichtigte also, nach der Kanalseite an der Stelle, die der Ingenieur als Treffpunkt bestimmt hatte, zurückzukehren?«

»Ja, freilich«, versicherte Mezaki, »und ich kam nur dahin, um mich zu überzeugen, ob die Berber von dort abgezogen wären oder nicht.«

»Du meinst also bestimmt, daß wir die Arbeiterschar in Gizeb antreffen werden?«

»Jawohl, da, wo ich sie verlassen habe und Pointar mich verabredetermaßen erwarten soll. Wenn wir die Pferde etwas antreiben, können wir binnen zwei Stunden an Ort und Stelle sein.«

Den Marsch bei der drückenden Hitze zu beschleunigen, das war ja nicht gut angängig, und der Wachtmeister erhob auch dagen Einspruch. Übrigens mußte die Oase auch bei mittelmäßig schneller Gangart zu Mittag erreicht werden, und nach mehrstündigem Ausruhen konnte der Leutnant Goleah vor Anbruch der Nacht immer noch wieder erreicht haben. Je höher die Sonne freilich über die warmen Schwaden am Horizonte emporstieg, desto unerträglicher wurde die Hitze, so daß die Lungen nur noch eine glühende Luft einatmeten.

»Ei, zum Teufel, Herr Leutnant«, rief der Wachtmeister stöhnend, »seit den drei Jahren, wo ich Afrikaner bin, glaub' ich eine so tolle Hitze noch nicht erlebt zu haben. Man atmet ja nur noch das reine Feuer, und Wasser, das man verschlänge, würde im Magen am Ende ins Kochen geraten. Könnte man sich nur wenigstens, wie mein Coupe-à-Cœur, durch Herausstrecken der Zunge Erleichterung verschaffen! Sehen Sie da den roten Lappen, der ihm bis zur Brust hinunterhängt?«

»Machen Sie's doch ebenso, Wachtmeister«, sagte Leutnant Vilette lachend, »machen Sie's nur, wenn's auch nicht gerade ordonnanzmäßig ist!«

»Hu, da würde mir's bloß noch wärmer«, erwiderte Nicol. »Am besten wär's, den Mund geschlossen und den Atem anzuhalten. Doch wie soll einer das anfangen?«

»Der Tag wird nicht vorübergehen«, bemerkte der Leutnant, »ohne daß ein Gewittersturm ausgebrochen wäre.«

»Das glaub' ich auch«, stimmte ihm Mezaki bei, der als Eingeborener weniger an der außerordentlich hohen Temperatur litt, die in der Wüste so häufig vorkommt.

»Vielleicht«, setzte er hinzu, »sind wir vorher schon in Gizeb. Dort können wir unter dem Schutz der Bäume das Gewitter sich ruhig austoben lassen.«

»Das wäre allerdings wünschenswert«, antwortete der Leutnant. »Die dicken Wolken scheinen noch kaum nordwärts zu ziehen, und Wind ist bis jetzt auch noch nicht zu spüren.«

»Oho, Herr Leutnant«, rief der Wachtmeister, »diese afrikanischen Gewitter brauchen keinen Wind, die ziehen ganz allein ihres Wegs wie die Paketboote von Marseille nach Tunis! Man möchte wirklich glauben, sie hätte eine richtige Maschine im Leibe!«

Wie übermäßig aber auch die Hitze war und wie große Erschöpfung sie zur Folge haben mochte: Leutnant Vilette trieb doch zur Eile an, soweit das möglich war . . . Ihm lag vor allem daran, diese Etappe, eine Strecke von zwanzig Kilometern, durch die völlig schutzlose Ebene ohne Aufenthalt zurückgelegt zu haben. Dadurch hoffte er auch, vor Ausbruch des Unwetters am Ziele zu sein, und während der Rast in Gizeb konnte sich dieses dann entladen. Die Spahis ruhten inzwischen in der Oase aus und stärkten sich mit den Nahrungmitteln, die sie in ihrem Futtersacke mitgebracht hatten. War dann die schlimmste Mittagshitze vorüber, so würden alle, am Nachmittage gegen vier Uhr, wieder aufbrechen, und sie konnten dann vor der tiefen Dämmerung am Lagerplatze eingetroffen sein.

Die Pferde litten von diesem Marsche aber so arg, daß die Reiter sie unmöglich trabend erhalten konnten. Bei dem mehr und mehr drohenden Gewitter wurde die Luft geradezu unatembar. Die schweren, dunklen Wolken, die die Sonne hätten verschleiern können, stiegen nur sehr langsam höher, und der Leutnant hatte voraussichtlich die Oase erreicht, ehe sie am Himmel bis zum Zenit hinaufgezogen waren. Jetzt bemerkte man selbst tief unten am Horizonte noch nichts von elektrischen Entladungen, und auch das schärfste Ohr konnte kein entferntes Donnerrollen wahrnehmen.

Immer ging es weiter . . . weiter, und die von der Sonne verbrannte Ebene blieb ebenso öde, wie sie ohne Grenzen zu sein schien.

»He, Arbico«, rief der Wachtmeister wiederholt den Führer, »man sieht sie ja aber gar nicht, deine verteufelte Oase? . . . Die liegt wohl da oben in den Wolken, und man sieht sie erst in dem Augenblicke, wo sich diese über uns auftun.«

»Du hast dich doch in der Richtung nicht geirrt?« fragte Leutnant Vilette den Araber.

»Nein«, versicherte Mezaki, »man kann hier gar nicht fehlgehen, da man nur dem Bette des Oued bis Gizeb zu folgen braucht.«

»Wir müßten sie jetzt aber eigentlich in Sicht haben, da die Aussicht ja nach allen Seiten unbehindert ist«, bemerkte der Offizier.

»Dort . . . dort draußen«, begnügte sich Mezaki zu antworten, während er mit der Hand nach dem Horizonte wies.

Wirklich wurde jetzt, etwa in der Entfernung von einer Lieue, etwas wie ein Gehölz sichtbar. Es waren das die ersten Bäume der Oase, und mit einer kurzen Strecke Galopp mußte der kleine Trupp deren Rand bald erreicht haben. Leider erschien es unmöglich, den Pferden diese letzte Anstrengung zuzumuten, und selbst Va d'l'avant hätte, wie groß auch seine Ausdauer war, eher den Namen Va d'l'arrière (rückwärts!) verdient, so mühsam schleppte des Tier sich jetzt dahin.

Erst gegen elf Uhr überschritt nun der Leutnant die Grenze der Oase.

Etwas auffallend konnte es erscheinen, daß die kleine Abteilung nicht schon längst auf der weiten Ebene bemerkt worden wäre, daß der Werkmeister und seine Leute sie nicht gesehen hätten, da diese sie doch nach der Aussage Mezakis hier in Gizeb erwarten sollten.

»Sollten sie nicht mehr hier sein?« fragte der Leutnant etwas verwundert.

»Das scheint fast so«, antwortete der Araber, der sein Erstaunen wenigstens heuchelte.

»Und warum sollten sie nicht hiergeblieben sein?« fragte der Offizier.

»Ja, das kann ich mir nicht erklären«, erwiderte Mezaki. »Gestern waren sie jedenfalls noch hier. Vielleicht haben sie aus Furcht vor dem Gewittersturme mehr Schutz in der Mitte der Oase gesucht; doch ich werde sie schon finden.«

»Bis dahin, Herr Leutnant«, meldete sich der Wachtmeister, »halte ich es wohl für angezeigt, unsere Leute ruhen zu lassen.«

»Halt!« kommandierte der Offizier.

Etwa hundert Schritt weiter hin zeigte sich eine von hohen Palmen eingeschlossene Lichtung, wo sich die Pferde recht gut lagern konnten. Daß sie daraus wegliefen, war gegenwärtig gar nicht zu befürchten, und zur Löschung des Durstes bot ihnen der an einer Seite des offenen Platzes hinfließende Oued Wasser in Überfluß. Von hier aus verlief der Bach nach Nordosten, wobei er die Oase an der nach Zeribet zu gelegenen Seite begrenzte.

Nach der Besorgung ihrer Pferde beschäftigten sich die Reiter mit sich selbst und verzehrten die einzige Mahlzeit, die hier in Gizeb genossen werden sollte.

Inzwischen hatte sich Mezaki, begleitet vom Wachtmeister, vor dem Coupe-à-Cœur herlief, längs des rechten

Ufers des Oued einige hundert Schritt weit entfernt. Nach der Ansicht des Arabers sollte sich die Arbeiterrotte Pointars, die ihn zurückerwartete, voraussichtlich in der Nähe befinden.

»Und hier war es, wo du deine Genossen verlassen hast?«

»Hier an dieser Stelle«, antwortete Mezaki. »Wir lagerten schon einige Tage in Gizeb, und wenn sie nicht gezwungen gewesen sind, nach Zeribet zurückzukehren . . .«

»Alle Teufel!« wetterte Nicol. »Wenn wir uns auch noch dahin schleppen sollten!«

»Nein, das glaub' ich nicht«, meinte Mezaki. »Der Werkmeister Pointar kann nicht weit von hier sein.«

»Vorläufig wollen wir jedenfalls nach dem Halteplatze zurückkehren«, sagte der Wachtmeister. »Der Leutnant könnte sich wegen unseres längeren Ausbleibens beunruhigen, und übrigens wollen wir endlich auch etwas essen. Später kann die Oase abgesucht werden, und wenn die Arbeiter hier noch aufzufinden sind, dann werden wir schon mit ihnen fertig werden.«

Dann wendete er sich an seinen Hund.

»Na, du witterst nichts, Coupe-à-Cœur?«

Das Tier hob bei der Stimme seines Herrn den Kopf in die Höhe.

»Such . . . such . . .!« wiederholte dieser.

Der Hund sprang nur hier und da umher, nichts verriet aber, daß er auf irgendwelche Fährte gestoßen sei. Dann sperrte er das Maul weit auf, eine Andeutung, die der Wachtmeister nicht mißverstehen konnte.

»Ja, ja«, sagte dieser . . . »weiß schon, was du sagen willst: Du kommst vor Hunger um und würdest gern etwas zu verzehren haben . . . ich übrigens ebenfalls. Ich habe den Magen sogar in den Fersen! Doch gleichviel; wenn sich aber Pointar mit seinen Leuten hier aufgehalten hat, ist es doch wunderlich, daß Coupe-à-Cœur von ihnen keine Spur aufgefunden hätte!«

Der Araber und er traten nun längs des Oued den Rückweg an. Als Leutnant Vilette von der Lage der Dinge unterrichtet worden war, schien er darüber nicht weniger zu erstaunen als vorher Nicol.

»Du bist wirklich sicher«, fragte er Mezaki, »dich nicht geirrt zu haben?«

»Nein, gewiß nicht; denn um nach der als Kilometer dreihundertsiebenundvierzig bezeichneten Stelle zu kommen, bin ich dem nämlichen Wege gefolgt wie heute hierher.«

»Und das ist hier die Oase Gizeb?«

»Jawohl, Gizeb«, versicherte der Araber; immer neben dem Oued, der nach dem Melrhir fließt, hingehend, konnte ich mich gar nicht täuschen.«

»Wo sollten dann aber Pointar und seine Arbeiterabteilung sein?«

»Jedenfalls an einer anderen Stelle des Waldes, denn ich kann mir nicht vorstellen, daß sie nach Zeribet zurückgekehrt wären.«

»Nach Verlauf einer Stunde«, antwortete noch Leutnant Vilette, »wollen wir die ganze Oase absuchen.«

Mezaki holte aus seinem Futterbeutel die mitgebrachten Lebensmittel hervor, setzte sich etwas abseits an den Rand des Oued und begann zu essen.

Der Leutnant und der Wachtmeister nahmen, an eine Dattelpalme gelehnt, ihre Mahlzeit zusammen ein, und der Hund schnappte begierig nach den Stücken, die sein Herr ihm hinwarf.

»Auffallend bleibt es doch«, meinte Nicol, »daß wir hier keinen Menschen gesehen und keine Spur eines Lagers entdeckt haben.«

»Und Coupe-à-Cœur hat auch nichts aufgespürt?«

»Nicht das geringste.«

»Sagen Sie mir, Nicol«, fuhr der Leutnant mit einem kurzen Seitenblick auf den Araber fort, »hätten wir vielleicht Ursache, dem Mezaki zu mißtrauen?«

»Ja, Herr Leutnant, wir wissen freilich nicht, woher er zu uns kam und wer und was der Bursche eigentlich ist. Anfänglich ist er mir etwas verdächtig vorgekommen, und ich habe daraus auch kein Hehl gemacht. Nachher aber und bis jetzt ist mir nichts aufgefallen, was ihn verdächtig erscheinen ließe, und welches Interesse hätte er auch daran, uns zu täuschen? Warum sollte er uns hierher nach Gizeb geführt haben, wenn Pointar und dessen Leute wirklich nicht hier gewesen wären? Ich weiß wohl, diesen Teufeln von Arbicos ist niemals ganz zu trauen. Nun ist der aber doch aus freien Stücken gleich nach unserem Eintreffen in Goleah zu uns gekommen. Den Ingenieur mußte er schon früher gesehen haben, da er ihn sofort wiedererkannte. Nein, alles spricht dafür, daß er zu den von der Kanalgesellschaft angeworbenen Arabern gehört hatte.«

Der Leutnant ließ Nicol ruhig ausreden, da dessen Auffassung der Sache im ganzen ja annehmbar war. Und doch mußte es mindestens seltsam erscheinen, daß die Oase von Gizeb sich völlig verlassen erwies, während hier nach der Aussage des Arabers zahlreiche Arbeiter vereinigt gewesen sein sollten. Befand sich Pointar gestern, wenn auch nur mit einem Teile seiner Leute, noch hier, warum hatte er dann die Rückkehr Mezakis nicht abgewartet? Warum war er der kleinen Spahitruppe, die er doch schon von weit her hatte bemerken müssen, nicht entgegengekommen? Und wenn er sich tiefer in den Palmenwald zurückgezogen hatte, war er dazu überhaupt und wodurch denn genötigt gewesen? Ließ sich vielleicht gar annehmen, daß er wieder bis Zeribet zurückgewichen wäre, und mußte der Leutnant seine Nachforschungen dann bis dahin ausdehnen? Nein, das jedenfalls nicht. War es erst festgestellt, daß sich Pointar mit seinen Leuten nicht hier befand, so galt es nur, sich dem Ingenieur und dem Kapitän Hardigan so schnell wie möglich wieder anzuschließen. Hier war kein Zögern am Platze. Welches Ergebnis sein Zug nach Gizeb auch haben mochte, am Abend mußte der Leutnant nach dem Lagerplatze wieder zurückgekehrt sein.

Gegen halb zwei Uhr erhob sich der Leutnant Vilette, als er sich gestärkt und genügend ausgeruht hatte. Zunächst betrachtete er den Himmel, an dem die Wolken immer weiter heraufgezogen waren.

»Bevor wir aufbrechen«, wandte er sich dann an den

Araber, »will ich die Oase durchsuchen, und du wirst uns dabei führen.«

»Wie Sie wünschen«, antwortete Mezaki, der sich gleich zum Gehen zurechtmachte.

»Wachtmeister«, fügte der Offizier seinen Worten hinzu, »nehmen Sie noch zwei unserer Leute, und auch Sie werden uns begleiten. Die anderen mögen hier warten.«

»Zu Befehl, Herr Leutnant«, erwiderte Nicol, während er schon zwei Spahis heranwinkte.

Was Coupe-à-Cœur betraf, war es ja selbstverständlich, daß er seinem Herrn folgte; dazu bedurfte es keiner Aufforderung.

Mezaki, der dem Offizier und seinen Leuten vorausritt, schlug eine Richtung nach Norden ein. Damit entfernte man sich von dem Oued, rückwärts wollte man sich dagegen an dessen rechtem Ufer halten, womit dann die Oase in ihrer ganzen Ausdehnung besichtigt war. Ihre Ausdehnung überschritt übrigens nicht fünfundzwanzig bis dreißig Hektar, und, von seßhaften Eingeborenen niemals bewohnt, diente sie eigentlich nur als Raststelle für die Karawanen, die von Biskra nach der Küste zogen.

Eine halbe Stunde lang zog der Offizier mit seinem Führer in derselben Richtung weiter. Das Gezweig der Bäume war nicht so dicht, daß es den Ausblick nach dem Himmel verhindert hätte, an dem sich schwerfällig dicke Dunstmassen hinwälzten, die jetzt schon den Zenit erreichten. Vom Horizonte her vernahm man das dumpfe Grollen des Donners, und im Norden zuckten dann und wann grelle Blitzstrahlen auf.

An der Grenze der Oase nach dieser Seite angekommen, machte der Leutnant halt. Vor ihm dehnte sich in gelblichem Scheine die totenstille, öde Wüste aus.

War die Arbeiterrotte von Gizeb, wo sie Mezaki seiner Aussage nach gestern verlassen hatte, wieder abgezogen, so mußte sie jetzt schon weit entfernt sein, ob Pointar nun den Weg nach Zeribet oder den nach Nefta eingeschlagen hatte. Immerhin mußte festgestellt werden, ob er – so wenig die Wahrscheinlichkeit dafür sprach – an irgendeiner anderen Stelle der Oase gelagert hätte, und deshalb wurden auf dem Rückwege zum Oued die Nachsuchungen noch weiter fortgesetzt.

Noch eine Stunde lang ritten der Offizier und seine Leute zwischen den Bäumen hin, doch ohne eine Spur von einem Lagerplatze zu entdecken. Der Araber schien darüber sehr erstaunt zu sein, doch auf jeden fragenden Blick, der sich auf ihn richtete, antwortete er unabänderlich:

»Sie waren aber hier ... noch gestern ... der Werkmeister und die anderen. Pointar selbst hat mich ja nach Goleah geschickt ... sie können erst seit diesem Morgen weg sein.«

»Und wohin hätten sie sich, deiner Meinung nach, gewendet?« fragte der Leutnant Vilette.

»Doch wohl nach dem Werkplatze ...«

»Da müßten wir ihnen aber auf unserem Wege hierher begegnet sein ...«

»Nein, das nicht, wenigstens wenn sie nicht am Oued hingegangen sind.«

»Warum sollten sie denn einen anderen Weg gewählt haben als wir?«

Mezaki blieb hierauf die Antwort schuldig.

Als der Offizier nach dem Halteplatze zurückkam, war es fast um vier. Die Nachsuchungen waren erfolglos gewesen; auch der Hund hatte keinerlei Fährte aufgespürt. Allem Anschein nach war die Oase seit langer Zeit von niemand, weder von der Arbeiterabteilung noch von dem Personal einer Kafila, betreten worden.

Der Wachtmeister, der einen ihn erfüllenden Gedanken nicht mehr unterdrücken konnte, näherte sich Mezaki und sah ihm gerade ins Gesicht.

»He, Arbico«, sagte er, »du hast uns doch nicht etwa hinters Licht geführt?«

Ohne die Augen vor dem Blicke des Wachtmeisters niederzuschlagen, machte Mezaki mit den Schultern nur eine so verächtliche Bewegung, daß Nicol ihn am liebsten gleich an der Gurgel gepackt hätte, wenn der Leutnant Vilette nicht dazwischengetreten wäre.

»Ruhig, Nicol, ruhig!« rief er. »Wir kehren jetzt nach Goleah zurück, und Mezaki wird uns dahin folgen.«

»Aber zwischen zwei Mann . . .«

»Ich bin bereit«, antwortete der Araber kühl, und wenn sein Auge zuerst im Zorne aufgeblitzt hatte, so gewann er doch bald wieder die gewohnte Ruhe.

Die Pferde, die sich auf dem Weideplatze gesättigt und ihren Durst mit dem Wasser aus dem Oued gelöscht hatten, waren jetzt wieder kräftig genug, die Strecke, die Gizeb vom Melrhir trennte, zurückzulegen. Die kleine Truppe erreichte ihr Ziel also jedenfalls noch vor Anbruch der Nacht.

Um vier Uhr vierzig Minuten gab der Leutnant das Zeichen zum Abmarsch. Der Wachtmeister ritt neben ihm, und dem Araber wurde ein Platz zwischen zwei Spahis angewiesen, die ihn scharf im Auge behielten. Hierzu sei erwähnt, daß die Kameraden Nicols jetzt dessen Verdacht bezüglich Mezakis teilten, und wenn der Offizier es sich auch nicht merken lassen wollte, erfüllte ihn doch ohne Zweifel dasselbe Mißtrauen gegen den Eingeborenen. Ihm lag auch daran, bei dem Ingenieur und dem Kapitän Hardigan möglichst bald wieder einzutreffen. Dann sollte entschieden werden, was zunächst zu tun sei, da die Arbeiter morgen doch nicht wieder eingestellt werden konnten.

Die Pferde trabten ziemlich schnell dahin. Offenbar wirkte auf sie das Gewitter ein, das nun bald losbrechen mußte. In der Luft lag eine starke elektrische Spannung, und jetzt reichten die Wolken von einem Horizont zum anderen. Überall zuckten sich kreuzende Blitze, die das Himmelsgewölbe zu zerreißen schienen, und immer krachte der trockene, knatternde Donner, der den Wüstenebenen eigen ist, wo er kein Echo findet, das ihn an- und abschwellend wiederholte. Übrigens hatte sich noch kein Windhauch spüren lassen und war noch kein Regentropfen gefallen. Man erstickte fast in der schwülen Atmosphäre, wo die Lungen nur eine glühheiße Luft atmeten.

Verschlimmerte sich der Zustand des Wetters nicht beträchtlich, so glaubte Leutnant Vilette immerhin, daß er mit seinen Leuten den Rückweg, zwar unter großer Anstrengung, doch ohne wesentliche Verzögerung zurücklegen würde. Am meisten war nur zu befürchten, daß das Gewitter einen Sturm zur Folge haben könnte. Wo sollte man gegen das Wüten des Windes und gegen einen Regenguß in dieser dürren Ebene, in der kein einziger Baum aufragte, den geringsten Schutz finden?

Vor allem galt es also, den Kilometerstein 347 so bald wie möglich zu erreichen. Die Pferde waren aber leider nicht imstande, dem Antreiben ihrer Reiter zu entsprechen, obgleich sie es, freilich vergeblich, versuchten. Zuweilen blieben sie sogar gänzlich stehen, als wären ihre Hufe an den Boden gefesselt, trotzdem daß ihre Seiten unter den Sporen bluteten. Doch auch die Menschen fühlten sich bald erschöpft und außerstande, die letzten Kilometer des Weges zu überwinden. Selbst der sonst so ausdauernde Va d'l'avant war mit seinen Kräften zu Ende, und bei jedem Schritte fürchtete sein Herr, ihn auf dem glühenden Sande des Erdbodens zusammensinken zu sehen.

Immerhin waren unter den anfeuernden Zurufen des Leutnants gegen sechs Uhr abends drei Viertel des Weges zurückgelegt. Wäre die am westlichen Horizonte schon tief stehende Sonne nicht von einer dicken Wolkenwand verhüllt gewesen, so hätte man in der Entfernung einer Lieue jetzt schon die glitzernden Effloreszenzen des Melrhir sehen müssen. An seiner Grenze zeigten sich schon undeutlich die Baumdickichte der Oase, und angenommen, es bedürfte noch einer Stunde, sie zu erreichen, so konnte es doch noch nicht völlig Nacht sein, wenn die kleine Truppe bei den ersten Bäumen anlangte.

»Vorwärts, Kameraden!« rief der Leutnant wiederholt. »Nur noch eine letzte Anstrengung!«

So willig und ausdauernd die Mannschaften aber auch waren, sah er doch den Zeitpunkt herannahen, wo die kleine Reiterschar in Unordnung kommen würde. Schon jetzt blieben einzelne Leute bisweilen zurück, und um sie nicht ihrem Schicksal zu überlassen, war man gezwungen, auf die Nachzügler zu warten.

Es schien wirklich wünschenswert, daß das schon so lange drohende Unwetter in anderer Weise als nur mit Blitz und Donner zum Ausbruche käme. Besser war es auf jeden Fall, wenn der Wind die Luft leichter atembar machte und die mächtigen Dunstmassen sich zu Regen verwandelten. An der Luft . . . an der Luft fehlt es am meisten, und die Lungen arbeiteten nur unzulänglich in der erstickenden Atmosphäre.

Endlich erhob sich der Wind, doch gleich mit der Heftigkeit, die man beim Vorhandensein großer Elektrizitätsmengen in der Luft zu beobachten pflegt. Überdies kam es zu einander entgegengesetzten Luftströmen, die da, wo sie aufeinanderprallten, furchtbare Wirbel bildeten. Ein betäubendes Geräusch, ein Pfeifen von kaum glaublicher Schärfe, begleitete noch das Krachen und Knattern des Donners. Da noch kein Regen den Staub auf der Erde festhielt, entstand eine ungeheure Windhose, die sich unter dem Einflusse des elektrischen Fluidums mit entsetzlicher Geschwindigkeit drehte und deren saugendem Zuge kaum jemand zu widerstehen vermochte. Man hörte auch das Kreischen der von dem Wirbel gepackten Vögel, von denen sich selbst die stärksten nicht daraus zu befreien vermochten.

Die Pferde befanden sich gerade in der Bahn dieser Trombe. Von ihr wurden sie eins vom dem anderen weggerissen, und mehrere Reiter waren bald aus dem Sattel geworfen. Keiner sah, keiner hörte mehr den anderen, aller Zusammenhang war zerrissen. Die Windhose hüllte alles ein, während sie langsam nach den südlichen Ebenen des Djerid abzog.

Über die Richtung, der der Leutnant Vilette unter diesen Umständen folgte, konnte er sich nicht im geringsten Rechenschaft geben. Wahrscheinlich waren seine Leute und er weiter nach dem Schott hin, doch nicht gerade auf den Lagerplatz zugetrieben worden. Zum Glück stürzte jetzt bald ein gewaltiger Platzregen herab, und die vom Sturme gejagte Trombe zerriß inmitten der schon recht starken Dunkelheit.

Die kleine Abteilung war inzwischen aber ganz zerstreut worden; sie mußte sich erst, und das war ziemlich schwierig, wieder sammeln. Beim Aufleuchten der Blitze hatte der Leutnant aber sehen können, daß die Oase nur noch etwa einen Kilometer im Südosten entfernt lag.

Nach vielfach wiederholten Rufen, wenn es eben etwas stiller war, hatten sich Reiter und Pferd endlich wieder zusammengefunden, als der Wachtmeister plötzlich rief:

»Doch wo ist denn der Arbico?«

Die mit Mezakis Überwachung betrauten beiden Spahis konnten darüber keine Auskunft geben. Was aus ihm geworden war, wußten sie nicht, da alle drei auseinandergerissen worden waren, als sie in den Bereich der Trombe gerieten.

»Der Schurke!... Er ist davongelaufen!« wetterte der Wachtmeister. »Davongelaufen und sein Pferd, oder vielmehr unser Pferd, mit ihm! Er hat uns getäuscht, der Arbico, getäuscht ... betrogen ... !«

Der Offizier schwieg in Gedanken versunken still.

Da ertönte plötzlich ein wütendes Gebell, und ehe Nicol nur daran denken konnte, seinen Hund zurückzuhalten, jagte dieser schon in tollen Sprüngen auf das Schott zu.

»Hierher ... Coupe-à-Cœur ... hierher!« rief der Wachtmeister sehr beunruhigt.

Doch ob das Tier nicht mehr hatte hören können oder vielleicht nicht hören wollen, jedenfalls verschwand es bald inmitten der Dunkelheit.

Wahrscheinlich hatte Coupe-à-Cœur die Fährte Mezakis entdeckt und eilte diesem jetzt nach, Nicol hätte seinem geschwächten Pferde aber nicht zumuten können, die Verfolgung des Eingeborenen aufzunehmen.

Da drängte sich dem Leutnant Vilette die Frage auf, ob hier nicht ein Unglück geschehen sein könnte, ob in der Zeit, wo er sich nach Gizeb begab, der Ingenieur, der Kapitän Hardigan und die in Goleah zurückgebliebenen Mannschaften nicht von schwerer Gefahr bedrängt gewesen wären. Das unerklärliche Verschwinden des Arabers ließ ja alle Vermutungen als annehmbar erscheinen, denn die weggerittene Abteilung hatte es ja, worauf Nicol wiederholt hinwies, mit einem Verräter zu tun gehabt.

»Nach dem Lagerplatze!« kommandierte Leutnant Vilette. »Und so schnell wie möglich!«

Zur Zeit wütete das Gewitter noch immer weiter, während sich der Wind, wie wir schon sahen, fast ganz gelegt hatte. Der Platzregen aber, der an Heftigkeit eher noch zunahm, hatte viele breite Löcher und Spalten im Erdboden aufgerissen. Dazu war es nun, wie man sagt, pechschwarze Nacht, obgleich die Sonne kaum hinter dem Horizonte versunken war.

Nach der Oase konnte man also nur unter großer Beschwerde vordringen, und obendrein verriet kein Lichtschein die Stelle des Lagerplatzes.

Und doch war das eine Vorsichtsmaßregel, die der Ingenieur gewiß nicht vernachlässigt hätte, da ihm ein Lichtschein das letzte Stück Weg erleichtern mußte. An Brennmaterial fehlte es ja nicht; dürres Holz gab es in der Oase in Überfluß. Trotz des Windes und des Regens hätte man gewiß ein Feuer erhalten können, dessen Schein doch schon in einiger Entfernung sichtbar gewesen wäre, und die kleine Truppe mußte jetzt wenigstens bis auf einen halben Kilometer an den Lagerplatz herangekommen sein. Den Leutnant Vilette beschlichen recht unheimliche Befürchtungen, Befürchtungen, die auch der Wachtmeister hegte und denen er dem Offizier gegenüber Worte verlieh.

»Nur vorwärts, vorwärts«, antwortete dieser, »und Gott gebe, daß wir nicht zu spät kommen!«

Die von den Reitern eingehaltene Richtung war aber nicht die ganz richtige gewesen, und so erreichten sie das Schott ziemlich weit an der linken Seite der Oase. So mußten sie an deren Nordgrenze nach Osten zurückkehren, und es wurde halb neun Uhr, ehe sie am Ende des Melrhir haltmachten.

Bisher hatte sich noch kein Mensch blicken lassen, obgleich die Spahis ihre Anwesenheit durch laute Rufe kundgaben.

Wenige Minuten später erreichte der Leutnant die

Waldblöße, wo die Wagen stehen und die Zelte aufgeschlagen sein sollten...

Noch immer zeigte sich niemand, weder Herr von Schaller noch der Kapitän oder einer der bei ihnen zurückgebliebenen Leute.

Man rief... feuerte mehrere Gewehre ab... keine Antwort ließ sich hören. Einige harzige Zweige wurden angezündet, die ihren bleichen Schein auf die Bäume umher warfen...

Von Zelten war kein einziges da, und an den Wagen zeigte es sich deutlich, daß diese geplündert und unbrauchbar gemacht worden waren. Die Maultiere, die die Wagen zogen, die Pferde des Kapitäns Hardigan und seiner Leute... alles war verschwunden.

Das Lager mußte also überfallen worden sein, und Mezaki hatte nur die Hand im Spiele gehabt, um den neuen Angriff an dieser Stelle dadurch zu erleichtern, daß er den Leutnant Vilette mit mehreren Spahis nach Gizeb zu verlocken wußte.

Selbstverständlich war der Araber nicht wiederaufgetaucht. Was Coupe-à-Cœur betraf, so rief ihn der Wachtmeister vergeblich, und alle Stunden der Nacht vergingen, ohne daß er am Lagerplatz von Goleah wieder erschien.

Zwölftes Kapitel

Was vorgefallen war

Als der Leutnant Vilette nach der Oase Gizeb weggeritten war, begann der Ingenieur sofort die nötigen Veranstaltungen für einen Aufenthalt, der voraussichtlich längere Zeit dauern mußte. Keinem war es in den Sinn gekommen, Mezaki zu mißtrauen, und keiner zweifelte daran, daß Pointar und er noch denselben Abend mit einer Anzahl von Leutnant Vilette geführter Arbeiter an dem Endpunkte des Kanals eintreffen würde.

Wir wissen schon, daß hier, am Kilometerstein 347, mit Einschluß des Herrn von Schaller und des Kapitäns Hardigan, nur zehn Mann zurückgeblieben waren: der Brigadier Pistache, »Herr« François, vier Spahis und die zwei Wagenführer. Alle waren eifrig beschäftigt, an der Grenze der Oase und nahe bei dem Werkplatze das Lager einzurichten. Nach dieser Stelle wurden also die Wagen befördert, denen man das nötige Material entnahm, die Zelte in gewohnter Weise aufzuschlagen. Für die Pferde wählten die Wagenführer und die Spahis einen Weideplatz, wo die Tiere reichlich Futter finden mußten. Das Detachement selbst hatte für sich noch Lebensmittel für mehrere Tage in Vorrat. Voraussichtlich brachten auch Pointar, seine Vorarbeiter und die übrigen Leute, was sie brauchten, mit, da sie sich in Zeribet leicht hatten alles Nötige verschaffen können.

Überdies rechnete man auf Unterstützung aus den nächstgelegenen Ortschaften, aus Nefta, Tozeur und La Hamma. In Zukunft würden dann die Eingeborenen nichts mehr gegen das große Werk der Nachfolger Roudaires ausrichten können.

Da es aber höchst wichtig erschien, die Versorgung des Werkplatzes am Kilomterstein 347 schon vom ersten Tage ab sicherzustellen, beschlossen der Ingenieur und der Kapitän Hardigan, nach Nefta und Tozeur Boten zu schicken. Die Wahl fiel auf die beiden Wagenführer, die die Wege dahin genau kannten, da sie diese mit Karawanen schon wiederholt zurückgelegt hatten. Die Leute waren Tunesier, denen man volles Vertrauen schenken konnte. Ritten die beiden am nächsten Morgen frühzeitig auf ihren eigenen Pferden fort, so erreichten sie gewiß bald die nächste Ortschaft, von der dann nach wenigen Tagen frische Nahrungsmittel nach dem Melrhir geliefert sein konnten. Die Boten sollten auch zwei Briefe mitnehmen: einen vom Ingenieur, gerichtet an einen höheren Beamten der Gesellschaft, und einen vom Kapitän Hardigan an den Militärkommandanten von Tozeur.

Nach dem ersten Morgenimbiß, den sie in ihrem Zelte

unter dem Schutze der Bäume der Oase verzehrt hatten, sagte von Schaller zum Kapitän:

»Jetzt, lieber Hardigan, wollen wir Pistache, François und unsere Leute die letzten Einrichtungen treffen lassen. Ich will mich zunächst genauer unterrichten, welche Reparaturen an dieser letzten Kanalstrecke nötig sein werden.«

So ging er denn längs dieser Strecke hin, um die Menge des Sandes und Abraums abzuschätzen, die in das Kanalbett geworfen worden war.

»Offenbar«, äußerte er bei dieser Gelegenheit gegen seinen Begleiter, »sind die Eingeborenen hier in sehr großer Zahl aufgetreten, und das erklärt es wohl, daß Pointar und seine Leute sich gegen sie nicht haben halten können.«

»Ja, es genügt aber nicht, daß diese Araber, Tuareg oder andere, hier mit Gewalt eingedrungen sind; wie haben sie nur nach Verjagung der Arbeiter die Arbeiten so gründlich zerstören, so viel Füllmaterial ins Kanalbett werfen können? – Das muß doch eine beträchtliche Zeit in Anspruch genommen haben, was freilich mit Mezakis Mitteilungen nicht übereinstimmt.«

»Das kann ich nur auf eine Weise erklären«, antwortete von Schaller. »Sie hatten ja nichts auszuschachten, sondern nur auszufüllen, indem sie die Uferwände in das Kanalbett stürzten. Da hier nichts als Sand lagerte, ist die Arbeit mit Hilfe der von Pointar und seinen Leuten hinterlassenen Gerätschaften, vielleicht auch noch mit solchen, die sich von der früheren Baugesellschaft her vorfanden, wahrscheinlich viel einfacher gewesen, als ich je geglaubt hätte.«

»Dann«, meinte Kapitän Hardigan, »könnten wohl achtundvierzig Stunden genügt haben . . .«

»Ja, freilich«, fiel der Ingenieur ein, »und die Reparaturen werden wohl auch binnen vierzehn Tagen auszuführen sein.«

»Das wäre ja sehr schön«, bemerkte der Kapitän, »eins aber erscheint mir vor allem nötig: den Kanal bis zur völligen Überflutung der beiden Schotts, hier an dieser Strecke bei dem großen Schott Melrhir wie an allen anderen Stellen, genügend zu beschützen. Was hier vorgekommen ist, kann sich anderswo ebenso wiederholen. Es zeigt sich ja deutlich, daß die Volksstämme des Djerid, vor allen die Nomaden unter ihnen, entschiedene Starrköpfe sind, daß ihre Häuptlinge sie gegen die Schaffung eines Saharameeres aufhetzen, und so werden Angriffe ihrerseits vorläufig immer zu befürchten sein. Hier gilt es also, die Militärbehörden über die Sachlage aufzuklären. Mit den Besatzungen von Biskra, Nefta, Tozeur und Gabes kann es nicht schwierig sein, eine wirksame Überwachung einzurichten und die Arbeiten vor jedem weiteren Handstreiche zu sichern.«

Unzweifelhaft war das jetzt dringend geboten, und es kam nun vor allem darauf an, den Generalgouverneur von Algerien und den Generalresidenten von Tunis unverzüglich über die Verhältnisse zu unterrichten. Ihnen lag es ob, für die verschiedenen, mit dem weitschichtigen Unternehmen verquickten Interessen tatkräftig einzutreten.

Andererseits war es, wie der Ingenieur wiederholt äußerte, sicher, daß das Saharameer, wenn es erst seine volle Ausdehnung hatte, sich schon allein verteidigen würde. Immerhin war nicht zu vergessen, daß man den Zeitraum, der zur Anfüllung des Rharsa und des Melrhir nötig sein würde, beim Beginn des Unternehmens auf zehn Jahre geschätzt hatte. Nach gründlicherer Aufnahme des in Frage kommenden Gebietes wurde der Zeitraum aber um die Hälfte verkürzt.

Eine dauernde Überwachung erforderten auch nur die verschiedenen Stationen der beiden Kanalteile, nicht die später unter Wasser zu setzenden Schotts. Doch auch mit dieser Einschränkung blieb immer noch eine recht große Strecke lange Zeit zu beaufsichtigen.

Als Antwort auf eine Bemerkung, die ihm gegenüber der Kapitän Hardigan über diesen Punkt machte, konnte der Ingenieur nur wiederholen, was er schon bezüglich der Überflutung der Schotts gesagt hatte.

»Ich habe immer den Gedanken, daß uns der Boden des Djerid auf der Strecke zwischen der Küste und dem

Rharsa und Melrhir noch manche Überraschung bereiten werde. Er besteht ja eigentlich nur aus einer salzhaltigen Kruste, und ich habe selbst beobachtet, daß er gewissen Schwankungen innerhalb recht beträchtlicher Grenzen ausgesetzt ist. Deshalb kann man auch annehmen, daß sich der Kanal, wenn das Wasser ihn erst durchströmt, von selbst verbreitern werde, und darauf, als eine Selbstvollendung der Arbeit, hatte einst Roudaire gewiß mit gutem Grunde gerechnet. Daß die Natur da einmal mit dem Menschengeiste sozusagen Hand in Hand ginge, würde mich keineswegs verwundern. Was die Depressionen betrifft, sind das die Betten ausgetrockneter ehemaliger Seen, und sie werden sich schneller oder langsamer unter der Einwirkung des Wassers jedenfalls weiter, als jetzt angenommen wird, vertiefen. Ich hege also die Überzeugung, daß die völlige Überflutung weniger Zeit beanspruchen wird, als man bisher dafür angenommen hat. Ich wiederhole auch, daß das Djerid nicht gegen gewisse seismische Erschütterungen gefeit ist; diese Bewegungen können es aber nur in einem unserem Unternehmen günstigen Sinne verändern. Doch, lieber Kapitän, das wird sich ja später zeigen. Ich gehöre nicht zu denen, die der Zukunft mißtrauisch entgegensehen, sondern zu denen, die auf sie zählen. Was würden Sie wohl sagen, wenn eine richtige Handelsflotte schon vor Ablauf zweier, vielleicht gar nur eines Jahres die Oberfläche des bis zum Rande gefüllten Rharsa und Melrhir belebte?«

»Oh, ich nehme Ihre Hypothesen an, lieber Freund«, antwortete Kapitän Hardigan. »Ob es nun aber ein oder zwei Jahre bis zu ihrer Verwirklichung dauert, jedenfalls müssen bis dahin die Arbeiten und die Arbeiter durch ausreichende Kräfte geschützt werden.«

»Das versteht sich«, schloß von Schaller das Gespräch, »ich bin ganz Ihrer Ansicht, Hardigan; es ist vor allem nötig, daß für die Überwachung und den Schutz des Kanals sofort in seiner ganzen Ausdehnung gesorgt wird.«

Natürlich empfahlen sich solche Maßregeln höchst dringend, und schon am nächsten Tage wollte sich der Kapitän Hardigan, nach dem Wiedereintreffen der Arbeiter am Werkplatze, mit dem Militärkommandanten von Biskra durch Absendung eines Boten in Verbindung setzen. Inzwischen genügten jedenfalls auch die wenigen hier anwesenden Spahis, die Teilstrecke zu verteidigen, und unter diesen Verhältnissen war ein erneuter Angriff von Eingeborenen wohl kaum zu befürchten.

Nach Beendigung ihrer Besichtigung kehrten der Ingenieur und der Kapitän zum Lager zurück, das bereits ziemlich fertig hergestellt war, und nun hatte man nur noch auf den Leutnant zu warten, der voraussichtlich vor dem Dunkelwerden zurückkam.

In den Verhältnissen, in denen sich die Expedition augenblicklich befand, war eine der wichtigsten Fragen die bezüglich der Versorgung mit Proviant.

Bisher war ihre Ernährung teils durch die in den beiden Wagen vorhandenen, teils durch die Vorräte gesichert gewesen, die in den Flecken und Dörfern des Djerid eingekauft worden waren. Es hatte daher niemals weder an Nahrungsmitteln für die Menschen noch an Futter für die Tiere gefehlt.

Hier auf dem beim Kilometersteine 347 gelegenen Werkplatze mußte für den jedenfalls mehrwöchentlichen Aufenthalt aber für einen regelmäßigeren Ersatz gesorgt werden.

Gleichzeitig mit der Benachrichtigung der Militärbehörden in den benachbarten Standquartieren wollte deshalb Kapitän Hardigan darum ersuchen, daß ihm für die ganze Zeit seines Aufenthaltes an der Oase die nötigen Nahrungsmittel geliefert würden.

Wie früher erwähnt, verhüllten an diesem Tage, am 13. April, schon von Sonnenaufgang an schwere Dunstmassen den fernen Horizont. Alles deutete darauf hin, daß der Vormittag wie der Nachmittag estickend schwül sein würde. Ohne Zweifel zog sich im Norden ein sehr heftiges Unwetter zusammen.

Als Antwort auf die Beobachtungen, über die sich der Brigadier Pistache in dieser Beziehung aussprach, erklärte

François:

»Ja, mich soll's nicht wundern, wenn wir heute ein tüchtiges Gewitter bekommen; schon seit dem Morgen erwarte ich einen Aufruhr der Elemente über diesem Teile der Wüste.«

»So? . . . Warum denn?« fragte Pistache.

»Das will ich Euch sagen, Brigadier. Als ich mich in früher Morgenstunde rasierte, da sträubten sich alle meine Barthaare und wurden so hart, daß ich das Rasiermesser zwei- oder dreimal abziehen mußte. Es sah dabei aus, als ob aus jeder Haarspitze ein Fünkchen aufleuchtete . . .«

»Das ist ja merkwürdig«, antwortete der Brigadier, ohne übrigens in die Worte eines Mannes wie des »Herrn« François den leisesten Zweifel zu setzen.

Daß die Haare dieses würdigen Dieners seines Herrn elektrische Eigenschaften gezeigt hätten wie das Fell einer Katze, mochte wohl nicht ganz richtig sein. Pistache glaubte es aber ohne Widerrede.

»Na, und dann . . . diesen Morgen?« fuhr er fort mit einem spähenden Blicke auf das glattrasierte Gesicht seines Genossen.

»Ja, diesen Morgen . . . 's ist wirklich kaum zu glauben! Meine Backen und mein Kinn waren wie mit leuchtenden Büschelchen übersät . . .«

»Sapperment, das hätt' ich wohl sehen mögen!« rief Pistache.

Übrigens lag es, abgesehen von der meteorologischen Beobachtung des gelehrten François, auf der Hand, daß sich von Nordosten her ein schweres Wetter heranwälzte und die Luft sich mehr und mehr mit Elektrizität sättigte.

Die Hitze wurde allmählich erstickend. Nach dem Mittagsmahle gönnten sich der Ingenieur und der Kapitän eine längere Ruhe. Obwohl sie in ihrem Zelte wohlgeschützt lagen und dieses unter den ersten Bäumen der Oase aufgeschlagen war, drang doch eine ausdörrende Wärme hinein, während kein Windhauch die schwüle Luft bewegte.

Der Zustand der Dinge verursachte Herrn von Schaller

und dem Kapitän doch einige Unruhe. Augenblicklich tobte das Gewitter noch nicht über dem Schott Selam, es war aber kaum daran zu zweifeln, daß es im Nordosten und gerade über der Oase von Gizeb zum Ausbruch kommen werde. Zuweilen zuckten nach dieser Seite hin schon bläuliche Blitzstrahlen über den Himmel, während man das Rollen des Donners hier noch nicht vernehmen konnte. Hatte nun der Leutnant aus dem oder jenem Grunde nicht schon vor dem Gewitter den Rückmarsch antreten können, so konnte man wohl annehmen, daß er dieses unter dem Schutze der Bäume abgewartet haben würde, selbst auf die Gefahr hin, daß sich sein Wiedereintreffen am Lagerplatze bis zum nächsten Morgen verzögerte.

»Wahrscheinlich sehen wir ihn diesen Abend noch nicht wieder«, bemerkte der Kapitän Hardigan. »Wäre Vilette heute nachmittag gegen zwei Uhr aufgebrochen, so müßte er jetzt schon in Sicht der Oase sein.«

»Da es auf eine Verspätung bis morgen nicht ankommen kann«, antwortete von Schaller, »hat unser Leutnant ganz recht daran getan, sich bei einem so drohenden Himmel nicht hinauszuwagen. Es wäre doch weit schlimmer gewesen, sich mit seinen Leuten von dem Unwetter mitten auf der Ebene überraschen zu lassen, die nirgends den geringsten Schutz bietet.«

»Das ist meine Ansicht ebenfalls«, stimmte ihm Kapitän Hardigan zu.

Der Nachmittag verstrich ohne eine Spur von der kleinen Gruppe, nicht einmal Coupe-à-Cœur war zu hören, und der wäre ihr doch gewiß vorausgelaufen.

Jetzt leuchteten die Blitze fast ohne Unterbrechung kaum in der Entfernung von einer Lieue. Die schweren Wolkenmassen, die den Zenit erreicht hatten, wälzten sich langsam auf das Melrhir zu. Vor Ablauf einer halben Stunde mußte das Gewitter über dem Lagerplatze stehen und sich über das Schott hin ausbreiten.

Der Ingenieur, der Kapitän Hardigan, der Brigadier und zwei der Spahis hatten sich nach dem Rande der Oase begeben. Vor ihnen dehnte sich die weite Ebene aus, auf der die Effloreszenzen da und dort beim Scheine der Blitze aufglänzten.

Vergeblich spähten alle nach dem Horizonte hinaus: Auf dieser Seite war nirgends ein Reitertrupp zu erblicken.

»Wir dürfen wohl nun bestimmt annehmen«, sagte der Kapitän, »daß sich die Abteilung noch nicht wieder in Bewegung gesetzt hat; vor morgen können wir sie gar nicht erwarten.«

»Das glaub' ich auch, Herr Kapitän«, meinte Pistache. »Selbst nach dem Gewitter würde es in der Dunkelheit der Nacht schwierig sein, den Weg nach Goleah zurückzulegen.«

»Nun, Vilette ist ja ein erfahrener Offizier, auf dessen Klugheit und Vorsicht wir rechnen können. Doch nun zurück zum Lagerplatze, der Regen wird nicht mehr lange auf sich warten lassen.«

Kaum hatten die vier zehn Schritte getan, da blieb der Brigadier plötzlich stehen.

»Hören Sie nichts, Herr Kapitän?« fragte er.

Alle hatten sich wieder umgedreht.

»Das klingt ja wie Hundegebell. Sollte es vom Hunde des Wachtmeisters herrühren?«

Die Männer lauschten. Nein, man vernahm kein Bellen, wenn es in der Natur einmal einen Augenblick still war. Pistache hatte sich jedenfalls getäuscht.

Der Kapitän Hardigan und seine Begleiter gingen nach dem Lager weiter, und nach Durchmessung der Oase, deren Bäume sich vor der Gewalt des Sturmes beugten, erreichten sie noch glücklich ihre Zelte.

Nur wenige Minuten später, und sie wären selbst von der Windsbraut erfaßt worden, die unter strömendem Regen einhersauste.

Es war jetzt sechs Uhr. Der Kapitän traf noch die nötigen Maßregeln für die kommende Nacht, allem Anscheine nach eine der schlimmsten, seit die Expedition Gabes verlassen hatte.

Ohne Zweifel konnte man annehmen, daß das Ausbleiben des Leutnants Vilette durch das furchtbare Unwetter verursacht war, das ihn bis zum nächsten Tage in der Oase von Gizeb zurückhalten würde.

Immerhin konnten sich der Ingenieur und der Kapitän Hardigan gewisser unheilvoller Ahnungen nicht entschlagen. Daß Mezaki sich für einen von Pointars Arbeitern ausgegeben hätte, ohne es zu sein, oder gar, daß er einen verbrecherischen Anschlag gegen die nach dem Melrhir entsandte Expedition vorbereitete . . . das kam ihnen freilich nicht in den Sinn. Doch wie hätten sie so gänzlich die Stimmung vergessen können, die unter den nomadisierenden und den seßhaften Sippen des Djerid bezüglich der Herstellung des Saharameeres herrschte?

War doch erst unlängst ein Angriff auf den Werkplatz von Goleah erfolgt, ein Angriff, der sich wahrscheinlich erneuerte, wenn die Arbeiten wiederaufgenommen waren. Mezaki hatte zwar versichert, daß die Angreifer sich nach Verjagung der Arbeiter nach dem Süden des Schotts zu zerstreut hätten, vielleicht schwärmten aber andere Banden in der Ebene umher, und wenn sie auf den Leutnant Vilette trafen, so müßte dieser sicherlich der großen Übermacht erliegen.

Bei ruhiger Überlegung erschienen solche Befürchtungen wohl etwas übertrieben; von Schaller und Hardigan kamen aber immer wieder darauf zurück.

Wie hätten sie aber voraussehen können, daß, wenn jetzt irgendeine Gefahr vorlag, diese nicht dem Leutnant Vilette nebst seinen Leuten auf dem Wege von Gizeb her, sondern Herrn von Schaller und den übrigen hier in der Oase drohte?

Gegen halb sieben Uhr wütete das Unwetter mit tollster Gewalt. Mehrere Bäume wurden vom Blitze getroffen, und es fehlte nicht viel, daß das Zelt des Ingenieurs vom elektrischen Fluidum entzündet worden wäre. Der Regen stürzte in Strömen herab, und, von Tausenden von plötzlichen Wasserläufen durchflossen, verwandelte sich der Boden der Oase in eine Art sumpfiger Outta. Gleichzeitig brauste der Wind mit unwiderstehlicher Gewalt daher.

Wie sprödes Glas brachen Äste und Zweige ab, und an den Wurzeln geknickt wurden sogar ganze Palmen fortgeschwemmt.

Es wäre jetzt unmöglich gewesen, einen Fuß ins Freie zu setzen. Zum Glück waren die Pferde noch rechtzeitig unter dem Schutz einer Gruppe mächtiger Bäume, die dem Orkan widerstanden, in Sicherheit gebracht worden, und trotz des Schrecks, den das Gewitter ihnen einjagte, konnten sie an Ort und Stelle erhalten werden.

Anders lag es bezüglich der Maultiere, die auf der Waldblöße zurückgelassen worden waren. Durch die blendenden Blitze erschreckt, zerstreuten sie sich, trotz der Bemühung ihrer Führer, in der ganzen Oase.

Einer der Spahis meldete das dem Kapitän, und dieser rief sofort:

»Sie müssen um jeden Preis wieder eingefangen werden . . .«

»Die beiden Führer haben sich schon zu ihrer Verfolgung aufgemacht«, bemerkte der Brigadier.

»Dann sollen sich ihnen noch zwei von unseren Leuten anschließen«, befahl der Offizier. »Laufen die Maultiere bis über die Oase hinaus, so sind sie rettungslos verloren. Draußen auf der Ebene bekämen wir sie niemals wieder!«

Trotz des Sturmes und der Regengüsse, die das Lager zu zerstören drohten, brachen zwei von den vier Spahis nach der Waldblöße hin auf, wobei sie dem Geschrei der Führer nachgingen, das sich zuweilen hören ließ.

Wenn die Gewalt der Blitze und der Donnerschläge jetzt auch noch nicht abnahm, so schien das Unwetter doch schon einigermaßen gebrochen, denn der Sturm und der Platzregen schwächten sich plötzlich ab. Dagegen blieb es noch immer so dunkel, daß man einander nur beim Scheine der Blitze sehen konnte.

Der Ingenieur und der Kapitän Hardigan traten aus dem Zelte heraus, und ihnen folgten François, der Brigadier und die zwei im Lager zurückgebliebenen Spahis.

Selbstverständlich war bei der schon vorgeschrittenen Stunde und bei der Heftigkeit des Gewitters, das voraussichtlich die ganze Nacht über anhielt, auf die Rückkehr des Leutnants Vilette nicht mehr zu rechnen. Seine Leute und er brachen jedenfalls erst am nächsten Morgen auf, wenn der Weg durch das Djerid wieder etwas gangbarer war.

Wie groß war da aber das Erstaunen und die Befriedigung des Kapitäns und seiner Begleiter, als sie von Norden her Hundegebell vernahmen.

Diesmal war es keine Täuschung: Ein Hund lief auf die Oase zu und näherte sich dieser auch mit großer Geschwindigkeit.

»Das ist Coupe-à-Cœur . . . ja, das ist er!« rief der Brigadier. »Ich erkenne ihn an der Stimme . . .«

»Dann kann Vilette also auch nicht mehr fern sein«, sagte Kapitän Hardigan.

Wenn das treue Tier der kleinen Abteilung vorauslief, so ließ er diese doch nicht um mehr als ein paar hundert Schritte hinter sich zurück.

In diesem Augenblicke stürzten sich aber, ohne daß etwas ihr Auftauchen verraten hätte, gegen dreißig Eingeborene, die sich längs der Lichtung herangeschlichen hatten, über das Lager. Der Kapitän, der Ingenieur, der Brigadier, François und die beiden Spahis wurden umringt, ehe sie sich's versahen, und gepackt, bevor sie an eine Abwehr denken konnten. Was hätten sie auch bei ihrer geringen Zahl ausrichten können gegen die starke Rotte, die sie überrascht hatte?

Fast in einer Minute war alles geraubt und waren die Pferde zum Melrhir hinweggeschleppt.

Die voneinander getrennten Gefangenen, die sich nicht mehr gegenseitig verständigen konnten, wurden ebenfalls nach dem Schott hingetrieben, und ihnen folgte nur der Hund, der ihre Spur sogleich gewittert hatte. Sie waren schon weit weg, als der Leutnant Vilette am Lagerplatze eintraf, wo er keinen von denen mehr vorfand, die er erst am Morgen verlassen hatte, und auch keines der Pferde, die jedenfalls während des Unwetters entflohen waren.

Dreizehntes Kapitel

Die Oase von Zenfig

Im großen und ganzen hat das Schott Melrhir, wenn man im Norden die Sumpfgebiete von Farfaria und im Süden andere Bodensenkungen derselben Art, wie das Schott Merouan, hinzurechnet, ziemlich genau die Form eines rechtwinkligen Dreiecks. Von Norden nach Osten bildet seine Hypotenuse fast eine ganz gerade Linie, die von Tahir-Nassou bis unter den dreiundvierzigsten Breitengrad und bis zum Endpunkte des zweiten Kanalteiles hinunterreichte. Seine regellos durchschnittene lange Seite verläuft parallel mit dem genannten Grade und ist, wie im Osten, durch sekundäre Schotts verlängert. Die kurze Kathete (Seitenlinie) des Dreiecks verläuft nach dem Flecken Tahir-Nassou zu und hält dabei eine Richtung ein, die ziemlich parallel zu der Transsaharischen Bahnlinie liegt, welche als Verlängerung der Linie Philippeville–Constantine–Batna–Biskra geplant ist, deren Richtung etwas verändert werden mußte, um die Anlage eines Seitenzweigs zu vermeiden, der sie, gegenüber der Einmündung des zweiten Kanals, mit einem Hafen des neuen Meeres verbinden sollte.

Die Breite dieser großen Bodensenke – die übrigens weniger ausgedehnt ist als die Oberfläche des Djerid und des Fedjedj – mißt fünfundfünfzig Kilometer zwischen dem Endpunkte der letzten Kanalstrecke und dem an der Westküste zu errichtenden Hafen, dessen genaue Lage zwischen der Signalstation von Chegga und dem Oued Itel noch festzustellen war, nachdem man das Projekt, das mehr südlich gelegene Mraier zu wählen, endgültig aufgegeben zu haben schien. Die Vertiefung kann jedoch nur auf sechstausend Quadratkilometer (oder 600 000 Hektar) unter Wasser gesetzt werden, da der noch übrige Teil zwar tiefer als seine Umgebung, doch schon höher als die Oberfläche des Mittelländischen Meeres liegt. Im ganzen würde das neue Meer im Rahmen der beiden Schotts achttausend

Quadratkilometer umfassen, während fünftausend Quadratkilometer Land nach der völligen Überflutung des Rharsa und des Melrhir noch darüber herausragen müßten.

Die nicht überschwemmten Strecken würden also Inseln werden, die im Innern des Melrhir dann eine Art Archipel, mit zwei großen Inseln neben den anderen, bildeten. Die eine, Henguiz genannt, stieg dann als verschobenes Rechteck mehr in der Mitte des Schotts auf, das sie in zwei Hälften teilte; die andere würde zwischen den beiden Seiten des rechten Winkels und nahe bei Straria aufragen. Kleinere Inseln und Eilande entständen mehr im Südosten, wo sie in parallelen Reihen lagen.

Wenn später Schiffe in die Wasserstraßen dieses Archipels einliefen, mußten sie sorgsam auf die dann errichteten hydrographischen Zeichen achten, um das Risiko dieser gefährlichen Fahrt zu vermindern.

Das Gebiet der beiden Schotts, das vom Wasser bedeckt werden sollte, umschloß auch einige Oasen mit ihren Dattelhainen und ihren Feldern. Selbstverständlich mußten diese Besitzungen den jetzigen Inhabern abgekauft werden. Nach der Schätzung des Kapitäns Roudaire sollte die Entschädigungssumme zu Lasten der französisch-orientalischen Gesellschaft fünf Millionen Franc jedenfalls nicht übersteigen, und diese hoffte, sich durch die zwei Millionen fünfhundertausend Hektar Land- und Waldfläche, die die Regierung ihr überlassen hatte, dafür schadlos zu halten.

Unter den verschiedenen Oasen des Melrhir nahm eine der bedeutendsten drei bis vier Quadratkilometer in dem nach Norden vorgelagerten Gebiete des Henguiz ein. Ihren Saum mußten nach der Überflutung also die nördlichen Gewässer des Schotts bespülen.

Diese Oase war reich an Dattelpalmen der besten Art, deren Früchte von den Kafilas auf den Märkten des Djerid sehr gesucht waren. Sie führte den Namen Zenfig, und ihre Beziehungen zu den Hauptorten, wie La Hamma, Nefta, Tozeur, Gabes und zu anderen, beschränkten sich auf das

Eintreffen einiger Karawanen zur Zeit der Ernte.

Unter den hohen Bäumen von Zenfig wohnte eine Bevölkerung von drei- bis vierhundert Eingeborenen, die dem Stamme der Tuareg, einem der unruhigsten der Sahara, angehörten. Die Häuser der Ansiedlung, etwa hundert an der Zahl, standen alle längs dem Teile der Oase, der später Uferland werden sollte.

Nach der Mitte hin und nach beiden Seiten auch am Saume dehnten sich angebaute Feldstücke und Weideplätze aus, die für den Stamm und seine Haustiere die nötige Nahrung lieferten. Ein Oued, der später ein Arm des neuen Meeres werden sollte und dem noch mehrere kleine Wasserläufe der Insel zuflossen, genügte für die Bedürfnisse der Bevölkerung.

Wie schon erwähnt, stand die Oase Zenfig nur dürftig in Verbindung mit den anderen Oasen der Provinz Constantine. Hier versorgten sich nur die nomadisierenden Tuareg, die durch die Wüste schweiften, gelegentlich mit frischem Proviant. Im übrigen war sie gefürchtet, und das mit Recht. Die Karawanen vermieden es soviel wie möglich, in ihrer Nähe vorüberzuziehen, denn es waren schon zu viele von Banden, die aus Zenfig hervorbrachen, in der Umgebung des Melrhir überfallen und beraubt worden.

Die Zugänge zur Oase waren dagegen sehr beschwerlich, ja sogar höchst gefährlich. Überall in der Umgebung des Henguiz mangelte dem Erdboden des Schotts jede Festigkeit. Nichts als beweglicher Sand, worin eine Kafila hätte gänzlich versinken können. Durch diese pliozänen Bodenstrecken mit Sandmassen, die mit Gips und Salz vermengt waren, zogen sich kaum einige nur den Einwohnern bekannte, gangbare Stege, denen man achtsam folgen mußte, wenn man, ohne die Gefahr, in morastige Pfühle einzusinken, die Oase erreichen wollte. Es lag nun auf der Hand, daß das Henguiz leicht von Fahrzeugen angelaufen werden konnte, wenn das Wasser erst die lockere Kruste überdeckte, auf der der Fuß keinen sicheren Stützpunkt fand. Gerade das wollten die Tuareg aber auf keinen Fall zulassen, und so lag denn auch hier der eifrigste und hitzigste Herd des Widerstandes.

Von Zenfig gingen unausgesetzt Aufrufe zu dem »Heiligen Kriege« gegen die Fremdlinge aus.

Unter den verschiedenen Volksstämmen des Djerid nahm der von Zenfig die erste Stelle ein, und groß war der Einfluß, den er von jeher auf die Gesamtmenge der Eingeborenen ausübte. Er konnte diesen auch in voller Sicherheit geltend machen, da er eine Störung in seinem so gut wie unzugänglichen Zufluchtsorte kaum zu fürchten hatte. Diese hervorragende Stellung mußte die Oase aber vollständig an dem Tage einbüßen, wo die aus der Kleinen Syrte einströmenden Fluten das Schott bis zu seinen Rändern ausfüllten und damit Henguiz zur Zentralinsel des Melrhir machten.

In der Oase von Zenfig hatte sich der Stamm der Tuareg in ursprünglicher Reinheit erhalten, hier hatten sich die übererbten Sitten und Gebräuche in keiner Weise verändert. Die Männer zeigten einen schönen Typus mit ernsten Gesichtszügen, eine stolze Haltung und eine gemessene Art der Bewegung. Alle tragen einen Ring aus grünem Serpentin, der ihrem Arme, wie sie glauben, besondere Kraft verleiht.

Von Natur sehr mutig, kennen sie keine Furcht vor dem Tode. Sie kleiden sich noch immer in der Tracht ihrer Vorfahren, tragen die Gandura aus gestreiftem Kattun des Sudans, ein blau und weißes Hemd, am Knöchel zugebundene Beinkleider, lederne Sandalen, auf dem Kopfe die von einem turbanartig gewundenen Tuche gehaltene Chechia, von der ein Schleier bis zu den Lippen herabhängt, der den Mund vor dem Staube schützt.

Die Frauen, ein prächtiger Menschenschlag mit blauen Augen, dichten Brauen und langen Wimpern, gehen mit offenem Gesicht, das sie nur aus Achtung vor Fremden gelegentlich verhüllen. In den Häusern der Tuareg findet man sie nicht in der Mehrzahl, denn dieser Stamm läßt, entgegen den Vorschriften des Korans, keine Vielweiberei zu, gestattet dagegen die Ehescheidung.

In dieser Gegend des Melrhir bildeten die Tuareg eine

für sich abgeschlossene Bevölkerung, die sich niemals mit anderen Sippen des Djerid vermischte. Führten die Häuptlinge ihre Getreuen aus der Oase heraus, so geschah das nur zu einer beuteversprechenden Razzia, zur Plünderung einer Karawane oder zu einem Vergeltungs- und Rachezuge gegen eine feindliche Oase. Die Tuareg von Zenfig waren in der Tat furchtbare Räuber, die sich zu Überfällen nicht selten durch die Ebenen Niedertunesiens bis in die Nähe von Gabes vorwagten. Zwar sandten die Militärbehörden oft genug bewaffnete Abteilungen gegen die Räuberrotten aus, immer aber gelang es den Tuareg, sich beizeiten nach irgendeinem unzugänglichen Schlupfwinkel des Melrhir zu flüchten.

Obwohl der Targi im allgemeinen sehr nüchtern ist, sich weder von Wild oder Fischen ernährt, obwohl er nur wenig Fleisch ißt und sich mit Datteln, Feigen, den Beeren der *Salvadora persica*, mit Mehlspeisen, Milch und Eiern begnügt, so hält er sich zu seiner Bedienung doch Sklaven, hier »Inerhad« genannt, denen alle groben Verrichtungen obliegen, denn er selbst verachtet jede Art Arbeit. Was die »Ifgunas«, die Marabuts und die Amulettenhändler angeht, so haben diese, vorzüglich in der betreffenden Gegend des Melrhir, einen weitreichenden Einfluß. Gerade diese Fanatiker waren es auch, die den gewaltsamen Widerstand gegen den Plan eines Saharameeres predigten. Der Targi ist übrigens abergläubisch, er glaubt an Geister und fürchtet sich vor Gespenstern so sehr, daß er nicht einmal seine Toten beweint ... aus Angst, sie könnten ihm wieder erscheinen, und so verlischt in den Familien der Name des Verstorbenen gleichzeitig mit diesem.

So war, in kurzen Zügen, der Stamm von Zenfig, dem Hadjar angehörte. Er hatte ihn schon lange als seinen Häuptling anerkannt, bis zu dem Tage, wo Hadjar dem Kapitän Hardigan in die Hände gefallen war.

Hier stand auch die Wiege seiner Familie, die sowohl in der abgesonderten Bevölkerung von Zenfig als auch bei anderen Stämmen des Melrhir fast allmächtig war.

Auf dem Gebiete des Schotts gab es noch zahlreiche Oasen ebenso wie an verschiedenen Stellen des Henguiz und an manchen Punkten im weiten Umkreise der Depression.

Neben Hadjar stand dessen Mutter bei den Tuaregstämmen in höchster Achtung. Bei den Frauen von Zenfig ging das bis zur wirklichen Verehrung. Alle teilten den Haß, der Djemma gegen die Fremden erfüllte. Sie fanatisierte diese ebenso wie ihr Sohn die Männer, und wir haben schon gesehen, welchen Einfluß Djemma auf Hadjar ausübte ... einen Einfluß, den man bei allen Tuaregfrauen wiederfindet. Diese sind übrigens gebildeter als ihre Männer und ihre Brüder. Sie können sogar schreiben, während der Targi höchstens lesen kann, und in den Schulen sind sie es, die den Unterricht in der Sprache und der Grammatik erteilen.

Bezüglich des Unternehmens des Kapitäns Roudaire war ihr Widerspruch noch keinen einzigen Tag verstummt.

Derart war die Sachlage vor der Gefangennahme des Tuareghäuptlings. Die verschiedenen Stämme des Melrhir sahen sich, ganz wie der in Zenfig, durch die Überflutung der Schotts dem Untergange preisgegeben. Ihr Räuberhandwerk würden sie dann nicht mehr fortsetzen können, denn durch das Djerid zwischen Biskra und Gabes zogen dann keine Kafilas mehr. Obendrein mußte es leicht werden, in ihre Schlupfwinkel einzudringen, wenn erst Schiffe an diese anlaufen konnten, wenn sie als Schutzmauer nicht mehr den beweglichen Boden hatten, wo Pferde und Reiter Gefahr liefen, bei jedem Schritte zu versinken.

Wir wissen, unter welchen Umständen Hadjar bei einem Scharmützel mit den Spahis des Kapitäns Hardigan gefangen worden war, wie man ihn im Fort von Gabes eingekerkert hatte und wie es ihm mit Hilfe seiner Mutter, seines Bruders und einiger seiner Anhänger (Ahmets, Harrigs und Horebs) gelungen war, gerade am Tage vorher zu entweichen, wo ein Aviso ihn nach Tunis zur Aburteilung durch ein Kriegsgericht überführen sollte. Bekanntlich glückte es Hadjar auch, nach seiner Flucht durch die Sebchas und Schotts zu entkommen und die Oase von Zenfig zu erreichen, wo Djemma mit ihm bald wieder zusammentraf.

Als die Nachricht von Hadjars Gefangennahme in Zenfig bekannt wurde, erweckte sie dort eine außergewöhnliche Aufregung. Der Tuareghäuptling, dem seine Parteigänger bis zum Tode ergeben waren, in den Händen seiner unerbittlichen Feinde!

War da noch zu hoffen, daß er von ihnen wieder frei werden würde?... War er nicht schon im voraus verurteilt?

Mit welcher Begeisterung begrüßten da alle seine Rückkehr! Der Flüchtling wurde im Triumph umhergetragen. Überall knatterten Freudenschüsse, überall wirbelten die »Tabel« (die Tamboure) und erklangen die »Rebazah«, die Geigen des tuaregschen Orchesters. Bei diesem unglaublichen Enthusiasmus hätte es von Hadjar nur eines Winkes bedurft, alle seine Anhänger gegen die Ortschaften des Djerid zu führen.

Hadjar verstand jedoch, die überquellende Leidenschaft seiner Tuareg im Zaume zu halten. Im Hinblick auf die bevorstehende Wiederaufnahme der Arbeiten galt es vor allem, die Sicherheit der Oase an der Südwestecke des Schotts zu gewährleisten. Den Fremden durfte nicht gestattet werden, das Melrhir in ein großes schiffbares Bekken zu verwandeln, das Fahrzeuge in allen Richtungen durchfurchen könnten. Zuerst erschien es also geboten, die bis jetzt vollendeten Kanalarbeiten zu zerstören.

So kam es zu dem Überfalle am Ende der Kanalstrecke, der von Hadjar persönlich geleitet wurde und die Vertreibung der Arbeiter der Gesellschaft zur Folge hatte. Mehrere hundert Tuareg hatten sich dabei beteiligt und sich dann, nach der Zuschüttung des Kanalbettes, nach Zenfig zurückgezogen.

Zur gleichen Zeit erfuhr aber Hadjar, daß die Expedition unter Führung des Kapitäns Hardigan vor Verlauf von achtundvierzig Stunden am Ende des Kanals haltmachen werde, wo sie eine andere, ihr aus der Provinz Constantine entgegengesendete Arbeiterschar antreffen sollte.

Wenn sich Mezaki an derselben Stelle befand, kam das

daher, daß sein Häuptling ihn daselbst zurückgelassen hatte. Das Hadjar mit dem Angriffe auf den Werkplatz nichts zu tun gehabt hätte, erklärte er natürlich nur, um den Kapitän zu täuschen, und wenn er behauptete, daß die Arbeiter sich nach Gizeb geflüchtet hätten, bezweckte er damit nur, daß mehrere Leute von der Abteilung dahin geschickt würden. Jetzt waren aber der Ingenieur, der Kapitän und vier von dessen Mannschaft die Gefangenen Hadjars, die etwa von dreißig Tuareg überrascht worden waren, welche unter der Führung Sohars bei Goleah im Hinterhalt gelegen hatten. Dann waren die Gefangenen nach der Oase von Zenfig zu abgeführt worden, ehe der Leutnant Vilette mit seinen Spahis am Lagerplatze wieder eintraf.

Gleichzeitig mit ihren Gefangenen hatten sich die Tuareg der hier vorgefundenen Pferde, derer des Ingenieurs, des Offiziers, des Brigadiers und der zwei Spahis, bemächtigt. François, der seither immer auf einem der Wagen der Expedition Platz gefunden hatte, war nicht beritten. Gegen zweihundert Schritte vom Werkplatze warteten jedoch die Pferde und die Meharis, auf denen die Tuaregbande hierhergekommen war.

Die Gefangenen mußten nun ihre eigenen Pferde besteigen, während eins der Kamele François zugewiesen wurde, der sich wohl oder übel auf dem Tiere zurechtsetzen mußte. Dann verschwand der ganze Trupp noch in der Gewitternacht, wo der ganze Himmel immer in Feuer zu stehen schien.

Zur Zeit des Überfalls war nun aber der Hund des Wachtmeisters Nicol am Lagerplatz erschienen, und da Sohar nicht wußte, daß dieser der zurückkehrenden Abteilung vorausgeeilt war, ließ er ihn den Gefangenen ohne Argwohn nachtrotten.

In der Voraussicht des von Hadjar organisierten Handstreichs hatten sich die Tuareg für mehrere Tage mit Lebensmitteln versorgt, und zwei mit Proviant beladene Meharis sicherten den Lebensunterhalt der Bande bis zu deren Heimkehr.

Der Marsch sollte jedoch recht beschwerlich werden, denn zwischen dem Ostende des Schotts und der Oase Zenfig lag eine Wegstrecke von fünfzig Kilometern.

Am Ende der ersten Etappe erreichten die Gefangenen die Stelle, wo Sohar vor dem Angriffe auf das Lager bei Goleah haltgemacht hatte. Hier rasteten die Tuareg, nachdem sie alle Maßregeln getroffen hatten, ein Entkommen des Kapitäns Hardigan und seiner Begleiter zu vereiteln. Es war eine entsetzliche Nacht, denn das schlimme Wetter dauerte fast bis zum Tagesanbruch fort, und dazu hatten die Unglücklichen als Schutz nur das Blätterdach einer kleinen Palmengruppe. Einer an den anderen gedrängt, während die Tuareg um sie herumstreiften, konnten sie, wenn auch nicht entfliehen, wenigstens miteinander sprechen, und natürlich betraf das Gespräch den gänzlich unerwarteten Angriff, dem sie zum Opfer gefallen waren. Daß Hadjar dabei die Hand im Spiele haben sollte, konnten sie freilich nicht ahnen. Die aufrührerische Stimmung, die unter den verschiedenen Stämmen des Djerid herrschte, erklärte den Vorfall ja zur Genüge. Es brauchten ja nur einzelne Tuareghäuptlinge etwas von dem bevorstehenden Eintreffen einer Spahiabteilung am Werkplatze gehört zu haben, denen die oder jene Nomaden gemeldet hatten, daß da ein Ingenieur mitkommen würde, die Grenzen des Melrhir noch einmal zu besichtigen, bevor die letzten Hackenschläge die Bodenwelle bei Gabes durchbrachen.

Jetzt mußte sich der Kapitän Hardigan auch ernsthaft fragen, ob er nicht schmählich getäuscht worden sei von dem Eingeborenen, den er bei Goleah angetroffen hatte, und er verhehlte seine Vermutung auch nicht vor seinen Begleitern.

»Natürlich haben Sie damit recht, Herr Kapitän«, erklärte der Brigadier, »mir ist der Bursche von Anfang an verdächtig vorgekommen.«

»Was mag dann aber«, fragte der Ingenieur, »aus dem Leutnant Vilette geworden sein? Er hat doch weder Pointar noch einen von dessen Arbeitern in der Oase von Gizeb angetroffen.«

»Wenn er überhaupt bis dahin gekommen ist. War Mezaki der Verräter, für den wir ihn halten, so konnte er nur den Zweck haben, Vilette nebst seinen Begleitern von uns zu entfernen und sich dann von ihnen unterwegs wegzuschleichen.«

»Und wer weiß, ob er sich nicht der Bande wieder anschließen wird, die uns überfallen hat?« rief einer der Spahis.

»Verwundern würde mich das nicht«, meinte Pistache, »und wenn ich nun daran denke, wie wenig – kaum eine Viertelstunde – nötig gewesen wäre, daß der Leutnant zeitig genug eintraf, sich auf die schurkischen Arbicos zu werfen und uns zu befreien!«

»Ja, freilich«, ließ sich François vernehmen, »das Detachement konnte nicht mehr fern sein, da wir das Bellen des Hundes fast in dem Augenblicke hörten, wo die Tuareg uns überfielen.«

»Ah . . . Coupe-à-Cœur . . . Coupe-à-Cœur!« wiederholte der Brigadier Pistache. »Wo mag er wohl sein? Ist er uns bis hierher nachgefolgt, oder sollte er nicht zu seinem Herrn zurückgelaufen sein, diesen zu benachrichtigen?«

»Da . . . da ist er ja!« sagte in diesem Augenblicke einer der Spahis.

Man kann sich wohl vorstellen, wie freudig Coupe-à-Cœur jetzt empfangen wurde, wie viele Liebkosungen die Gefangenen an ihn verschwendeten, die so weit gingen, daß Pistache ihm sogar einen Kuß auf den Kopf gab.

»Ja, ja, Coupe-à-Cœur, ja, wir sind es! . . . Und die anderen . . . und unser Wachtmeister Nicol, dein Herr . . . ist der auch eingetroffen?«

Coupe-à-Cœur hätte gern durch ein bezeichnendes Bellen geantwortet, dem Brigadier gelang es aber, das zu verhüten. Die Tuareg mußten übrigens annehmen, daß der Hund sich mit dem Kapitän im Lager bei Goleah befunden hätte, und es erschien dann ja natürlich, daß er den Gefangenen nachgelaufen war.

Bis wohin sollten diese nun verschleppt werden? Nach

welchem Teile des Djerid? Vielleicht nach einer im Schott Melrhir verlorenen Oase ... vielleicht bis tief hinein in die ungeheure Sahara? ...

Als der Morgen gekommen war, wurden den Gefangenen Nahrungsmittel zugestellt, eine Art Kuchen, aus Kuskussu und Datteln bereitet, als einziges Getränk aber nur Wasser, das aus einem am Saume des kleinen Gehölzes verlaufenden Oued geschöpft war.

Von da aus, wo sie sich befanden, bot sich eine weite Aussicht auf das Schott, dessen Salzkristalle in den Strahlen der aufgehenden Sonne erglänzten. Nach Osten zu traf der Blick dagegen auf die Dünenkette, die sich an dieser Seite ziemlich schroff erhob. Von der Oase von Goleah war also von diesem Standpunkte aus nichts zu sehen.

Es war demnach vergeblich, daß von Schaller, der Kapitän Hardigan und ihre Leute sich nach Osten zu umdrehten, vielleicht in der Hoffnung, den Leutnant Vilette nach diesem Teile des Schotts heranziehen zu sehen.

»Auf keinen Fall«, erklärte der Offizier, »ist daran zu zweifeln, daß Vilette noch gestern abend in Goleah angekommen ist. Da er uns nun dort nicht mehr antraf und das Lager gänzlich verlassen fand, müssen wir da nicht annehmen, daß er sich sofort aufgemacht hat, uns zu suchen?«

»Wenn er auf dem Wege zur Oase von Gizeb nicht selbst überfallen worden ist«, bemerkte der Ingenieur.

»Ja ... ach ja«, antwortete Pistache, »bei dem Mezaki ist alles, alles möglich! ... Oh, wenn der Kerl mir jemals in die Hände fällt, dann wünschte ich, daß mir sofort Krallen an den Fingern wüchsen, um dem Schurken das Fell über die Ohren ziehen zu können!«

Eben jetzt gab Sohar Befehl zum Aufbruch. Kapitän Hardigan trat an ihn heran.

»Was habt ihr mit uns vor?« fragte er.

Sohar gab keine Antwort.

»Wohin führt man uns?«

»Aufgesessen!« Das war alles, was Sohar zu erwidern beliebte.

Hier galt es zu gehorchen; ganz besonders unangenehm

war es diesen Morgen aber »Herrn« François, daß es ihm unmöglich gemacht wurde, sich zu rasieren. Als aufgebrochen werden sollte, stieß der Brigadier plötzlich einen Schrei tiefster Entrüstung aus.

»Da ist er! . . . Da ist er!« rief er wütend.

Aller Augen richteten sich auf einen Mann, den Pistache den anderen bezeichnete.

Das war Mezaki. Nachdem er die kleine Abteilung nach Gizeb geführt hatte, war er verschwunden und im Laufe der Nacht wieder mit der Bande Sohars zusammengetroffen.

»Kein Wort an diesen elenden Wicht!« ermahnte der Kapitän Hardigan, und als Mezaki ihn herausfordernd anstarrte, drehte er diesem den Rücken zu.

François äußerte nur noch mit gedämpfter Stimme:

»Wahrhaftig, dieser Targi ist doch ein höchst empfehlenswerter Bursche . . .«

»Glaub's dir . . . das stimmt!« antwortete Pistache, der beim Gebrauch dieses volkstümlichen Ausdrucks »Herrn« François zum ersten Male duzte, ohne daß der »feine Mann« sich dadurch verletzt fühlte.

Auf das Gewitter des vorigen Tages folgte das herrlichste Wetter. Am Himmel hing kein Wölkchen, kein Windhauch strich über das Schott hin. Der Marsch verlief aber doch unter großen Beschwerden. In diesem Teil der Bodensenke traf man auf keine einzige Oase, und auf den Schutz von Bäumen konnte die Truppe erst an der Grenze des Henguiz rechnen.

Sohar trieb zur Eile an. Ihn verlangte es, Zenfig zu erreichen, wo ihn sein Bruder erwartete. Den Gefangenen freilich konnte auf keine Weise der Gedanke kommen, daß sie Hadjar in die Hände gefallen wären. Kapitän Hardigan und Herr von Schaller glaubten vielmehr und doch mit einigem Rechte, daß der letzte Überfall nicht allein der Beraubung des Lagers bei Goleah gegolten habe, denn das hätte sich kaum der Mühe gelohnt. Der Handstreich, meinten sie, wäre vielmehr ein Racheakt der Stämme des Melrhir, und wer konnte wissen, ob der Kapitän und seine

Begleiter das Projekt eines Saharameeres nicht mit ihrer Freiheit, vielleicht mit ihrem Leben büßen sollten.

Am ersten Tage wurden zwei Etappen, zusammen eine Strecke von fünfundzwanzig Kilometern, zurückgelegt. Die Hitze war, wenn auch nicht erstickend schwül, da kein Gewitter drohte, immerhin sehr stark. Wer während des Marsches am meisten zu leiden hatte, das war jedenfalls François, der auf dem Rücken eines Mehari hockte.

Wenig gewöhnt an diese Art des Reitens, fühlte er sich, wie man sagt, vollkommen zerschlagen, und um nicht herunterzufallen, mußte er sich verzweifelt anklammern, so hart war die Gangart des Tieres.

Die Nacht verlief ruhig, die Stille wurde nur durch ein entferntes Gebrüll von Raubtieren unterbrochen, die auf dem Schott unherschweiften.

Auf diesen ersten Wegstrecken hatte Sohar gewissen Pfaden folgen müssen, die er genau genug kannte, um nicht im Moraste daneben zu versinken. Am nächsten Tage ging der Weg dagegen über den Boden des Henguiz, der überall fest und sicher war.

Der Marsch am 15. April verlief also unter weit günstigeren Umständen als der am Tage vorher, und am Abend langte Sohar mit seinen Gefangenen an der Oase Zenfig an.

Wie erstaunten aber alle und welch gerechtfertigte Beunruhigung erfüllte sie, als sie hier plötzlich Hadjar gegenüberstanden!

Vierzehntes Kapitel

In Gefangenschaft

Das Bauwerk, wohin die Gefangenen Sohars geführt wurden, war der alte Bordj des Fleckens. Schon seit einer Reihe von Jahren lag er in Ruinen. Seine verfallenen Mauern krönten einen mäßig hohen Hügel an der Westgrenze der Oase. Früher, zur Zeit der großen Kämpfe zwischen den verschiedenen Stämmen des Djerid, hatte diese Befestigung, ein einfaches Fort, den Tuareg von Zenfig als Stützpunkt und Rückhalt gedient; nach der Beruhigung des Landes hatte sich aber niemand darum bemüht, es wieder auszubessern und in gutem Zustande zu erhalten.

Ein an vielen Stellen durchlöcherter »Sour« diente dem Bordj als Umwallung, und über das Ganze erhob sich ein seiner Spitze beraubtes Minarett, von dem aus man nach allen Seiten eine weitreichende Aussicht hatte.

So verfallen der Bordj auch war, enthielt er in seinem mittleren Teile doch noch einige bewohnbare Räume. Zwei oder drei nach einem inneren Hofe zu gelegene Gemächer, die freilich ohne alle Möbel und ohne Wandbekleidung waren und die dicke Wände voneinander schieden, konnten noch gegen gelegentliche Unwetter in der guten und gegen die Kälte in der schlechten Jahreszeit Schutz gewähren.

Hierher waren nun der Ingenieur, der Kapitän Hardigan, der Brigadier Pistache, »Herr« François und die beiden Spahis sofort nach dem Eintreffen in Zenfig gebracht worden.

Hadjar hatte kein Wort an sie gerichtet, und Sohar, der sie unter der Bedeckung von einem Dutzend Tuareg nach dem Bordj führte, gab auf ihre Fragen keine Antwort.

Bei dem Überfalle auf das Lager war es dem Kapitän Hardigan und seinen Begleitern natürlich unmöglich gewesen, ihre Waffen – Säbel, Revolver und Karabiner – zu ergreifen. Sie wurden zu schnell überwältigt, durchsucht und des Geldes, das sie bei sich hatten, beraubt. François aber schnaubte vor gerechter Entrüstung, daß die Räuber ihm auch sein gesamtes Rasierzeug entrissen hatten.

Als Sohar sie allein gelassen hatte, besichtigten der Kapitän und der Ingenieur zunächst den Bordj etwas eingehender.

»Wenn man in ein Gefängnis eingesperrt ist«, meinte von Schaller, »ist es die erste Pflicht, es zu untersuchen . . .«

»Und die zweite«, fiel der Kapitän ein, »daraus zu entfliehen.«

Alle durchstreiften nun den inneren Hof, in dessen Mitte sich das Minarett erhob. Hier zeigte es sich, daß die gegen zwanzig Fuß hohen Umfassungsmauern entschieden unübersteigbar waren. Darin befand sich auch keine Öffnung oder Schießscharte wie in dem äußeren Sour, der den Rundpfad für die Wachtposten abschloß. Nur eine einzige nach diesem Wege zu aufschlagende Pforte bildete den Zugang zum inneren Hofe. Diese hatte Sohar sorgsam abgeschlossen, und ihre dicken, mit Eisenbeschlag verstärkten Flügel zu zertrümmern, daran war gar nicht zu denken. Nur durch diese Türe konnte man aber hinausgelangen, und dann war noch obendrein darauf zu rechnen, daß auch die Umgebung des Bordj stets überwacht würde.

Langsam kam die Nacht, eine Nacht, die die Gefangenen in völliger Finsternis verbringen sollten, denn eine Beleuchtung hatten sie sich nicht beschaffen können, nur einige Lebensmittel besaßen sie, nichts weiter. In den ersten Stunden erwarteten sie noch, daß ihnen etwas Nahrung gebracht würde und auch Wasser, denn sie kamen vor Durst schon bald um. Die Pforte öffnete sich jedoch nicht.

Im gebrochenen Lichte der kurzen Dämmerung hatten die Gefangenen den Hof besichtigt und dann sich in eines der Zimmer zurückgezogen, wo mehrere Haufen getrockneter Alfa ihnen als Lagerstätten dienten. Hier bemächtigten sich ihrer recht trübe Gedanken. In dem Gespräch, das sie noch miteinander führten, äußerte der Brigadier unter anderem:

»Sollten die Schurken uns hier verhungern lassen wollen?«

Das war ja nicht gerade zu befürchten. Vor der letzten Marschstrecke, etwa zehn Kilometer vor Zenfig, hatte die Tuaregbande haltgemacht, und die Gefangenen hatten ihr Teil erhalten von den Nahrungsmitteln, womit die Meharis beladen waren. Natürlich hätten der Kapitän und seine Begleiter am Abend gern etwas gegessen, wirklich quälend konnte ihr Hunger aber erst am folgenden Tage werden, wenn man ihnen nicht frühzeitig Nahrungsmittel in ausreichender Menge zukommen ließ.

»Wir wollen nun versuchen zu schlafen«, sagte der Ingenieur.

»Und zu träumen, wir säßen vor einem gedeckten Tisch mit Koteletts, einer gebratenen Gans, Salat und ...«

»Halt ... nicht weiter, Brigadier«, ließ sich François vernehmen, »wir wären wohl auch mit einer guten Suppe mit Speck zufrieden!«

Was mochte nun Hadjar bezüglich seiner Gefangenen beschlossen haben? Den Kapitän Hardigan hatte er ohne Zweifel wiedererkannt; würde er sich jetzt, wo er diesen in seiner Gewalt hatte, nicht an ihm rächen oder ihn gar samt seinen Begleitern töten wollen?

»Das glaub' ich nicht«, erklärte von Schaller. »Unser Leben dürfte schwerlich bedroht sein. Die Tuareg haben im Gegenteil ein Interesse daran, uns schon mit Rücksicht auf spätere Ereignisse als Geiseln zurückzubehalten. Es ist auch anzunehmen, daß Hadjar und die Tuareg, um die Vollendung der Kanalarbeiten zu verhindern, ihre Angriffe auf den Werkplatz am Kilometerstein dreihundertsiebenundvierzig wiederholen werden, sobald die Arbeiter der Gesellschaft dahin zurückgekehrt sind. Ein neuer Versuch könnte Hadjar aber mißglücken. Er kann dabei den Behörden in die Hände fallen, und dann würde man ihn so gut bewachen, daß ihm eine nochmalige Flucht unmöglich wäre. Für ihn ist es also von Wichtigkeit, uns in seiner Gewalt zu behalten ... bis zu dem Tage, wo Hadjar, von einer neuen Ergreifung bedroht, sagen würde: ›Mein Leben und das meiner Gefährten gegen das meiner Gefangenen‹, und damit würde er jedenfalls Gehör finden. Ich glaube auch, daß dieser Tag nicht mehr fern ist, denn der zweifache kühne Handstreich Hadjars muß zur Stunde schon bekannt sein, und bald genug wird er Magzems und Goums oder andere zu unserer Befreiung entsendete Truppen vor sich auftauchen sehen.«

»Möglicherweise haben Sie damit recht«, antwortete Kapitän Hardigan. »Wir dürfen trotzdem aber nicht vergessen, daß Hadjar ein rachsüchtiger und grausamer Mann ist. Der Stimme der Vernunft zu lauschen, wie wir es tun würden, ist wider seine Natur ... er denkt jedenfalls nur daran, seine persönliche Rache zu üben ...«

»Und sie an Ihnen auszulassen, Herr Kapitän«, setzte der Brigadier Pistache hinzu, »an Ihnen, weil Sie den Burschen erst vor wenigen Wochen festgenommen hatten.«

»Jawohl, Brigadier, und mich wundert's selbst nicht wenig, daß er sich, da er wußte, wer ich war, und er mich wiedererkannt hatte, nicht gleich zur schlimmsten Gewalttätigkeit hatte hinreißen lassen. Doch ... das wird sich ja noch zeigen. Jedenfalls sind wir vorläufig in seiner Hand und wissen über das Schicksal Vilettes und Pointars ebensowenig wie über das unsere. Ich, lieber Schaller, bin aber, wie die Sachen liegen, nicht der Mann, als Preis für die Freiheit Hadjars zu dienen, auch nicht eine Trophäe seines Räuberlebens zu bilden.

Koste es, was es will: Wir müssen von hier entfliehen, und wenn mir der dazu geeignete Augenblick gekommen scheint, werde ich auch das Unmögliche versuchen, von hier wegzukommen. Doch was mich betrifft, will ich frei sein, nicht ein ausgewechselter Gefangener, wenn ich vor meine Kameraden trete, und mein Leben will ich hüten, um – den Revolver oder den Säbel in der Faust – mich dem Räuber gegenüberzustellen, der sich unser jetzt bemächtigt hat.«

Während der Kapitän Hardigan und der Herr von Schaller über Fluchtpläne nachsannen, rechneten Pistache und François, obwohl entschlossen, ihren Vorgesetzten zu folgen, doch mehr auf Hilfe von draußen, vielleicht sogar auf die Findigkeit ihres Freundes Coupe-à-Cœur.

So lagen vorläufig also die Dinge, deren Erkenntnis sich niemand enthalten konnte.

Wie bekannt, war Coupe-à-Cœur den Gefangenen bis Zenfig nachgelaufen, ohne daß die Tuareg ihn wegzujagen versucht hätten. Als der Kapitän nebst seinen Begleitern aber in den Bordj eingesperrt wurden, hatte man das treue Tier nicht mit zu ihnen hineingelassen. Ob das mit Absicht geschehen war, ließ sich schwer beurteilen. Jedenfalls bedauerten alle, den Hund nicht bei sich zu haben. Und doch, was hätte er ihnen trotz seiner Intelligenz und seiner Ergebenheit hier nützen können?

»Ja, das kann man nicht wissen«, meinte der Brigadier Pistache bei einem Gespräch mit François. »Den Hunden kommen durch ihren Instinkt Eingebungen, die den Menschen abgehen. Erwähnte jemand Coupe-à-Cœur gegenüber seinen Herrn Nicol und seinen Freund Va d'l'avant, so würde er sich vielleicht selbst aufmachen, diese zu suchen. Da wir freilich aus diesem verwünschten Hofe nicht hinauskommen können, könnte das Coupe-à-Cœur wohl ebensowenig. Doch gleichviel, ich sähe ihn gern an unserer Seite. Wenn die Schufte ihm nur kein Leid angetan haben!«

»Herr« François begnügte sich statt einer Antwort mit den Achseln zu zucken und rieb sich nur Kinn und Wangen, die von den frischen Bartstoppeln schon recht rauh aussahen.

Nachdem die Gefangenen vergeblich gewartet hatten, daß man ihnen etwas Nahrung bringen würde, konnten sie nur daran denken, der ihnen recht notwendigen Ruhe zu pflegen. So streckten sie sich denn auf den Alfahaufen aus und schliefen, der eine eher, der andere später, ein und erwachten nach einer ziemlich schlechten Nacht auch erst beim nächsten Tagesgrauen.

»Sollen wir«, bemerkte François sehr zutreffend, »aus dem gestrigen Ausbleiben des Abendessens nun etwa schließen, daß wir kein Frühstück erhalten werden?«

»Das wäre schändlich . . . geradezu abscheulich!« antwortete der Brigadier Pistache, der laut gähnte, um die Kinnladen beweglich zu machen, doch nicht infolge des Schlafes, sondern diesmal rein aus Hunger.

Die Gefangenen sollten über die interessante Frage bald im klaren sein. Nach Verlauf einer Stunde kamen Ahmet und ein Dutzend Tuareg in den Hof und brachten etwas von demselben Kuchen wie am Tage vorher, ferner so viel kaltes Fleisch und Datteln, daß es für sechs Personen und einen Tag genügen mußte. Daneben stellten sie einige Krüge mit frischem Wasser hin, das aus dem die Oase Zenfig durchströmenden Oued geschöpft war.

Noch einmal versuchte Kapitän Hardigan sich über das Schicksal zu erkundigen, das ihnen von dem Tuareghäuptling beschieden wäre, und er stellte deshalb diese Frage an Ahmet.

Dieser ließ sich jedoch, ebensowenig wie Sohar am vorigen Abend, zu einer Antwort herbei. Er folgte damit jedenfalls einem gewissen Befehle und verließ den Hof wieder, ohne ein Wort gesprochen zu haben. So verstrichen drei Tage ohne die geringste Änderung der Sachlage. Aus dem Bordj zu entweichen erwies sich als unmöglich, wenigstens wenn das nur durch Übersteigen der Mauern geschehen konnte, woran doch wegen Mangels einer Leiter gar nicht zu denken war. Gelangten sie über die Mauern, so hätten der Kapitän Hardigan und die übrigen unter dem Schutze der Dunkelheit wohl aus der Oase entfliehen können.

Der Bordj schien an der Außenseite tatsächlich nicht überwacht zu werden, wenigstens war, am Tage wie in der Nacht, niemals der Schritt eines Wachtpostens zu hören. Wozu wäre es auch nötig gewesen, da die Mauern ein unübersteigliches Hindernis bildeten und die feste Tür des Hofes doch nicht zu sprengen war.

Vom ersten Tage ihrer Einkerkerung an war es übrigens dem Brigadier Pistache gelungen, die Lage und Gestalt der Oase zu erkunden. Mit vieler Mühe und hundertmal in Gefahr, den Hals zu brechen, hatte er die verfallene Treppe des Minaretts erstiegen und war bis zu dessen seiner Haube beraubtem oberstem Teile hinaufgekommen.

Von hier betrachtete er, um nicht beobachtet zu werden, nur durch die letzten noch übrigen Zinnen das weite Panorama, das sich vor seinen Augen entrollte.

Unter ihm und rings um den Bordj lag der Flecken verstreut zwischen den Bäumen der Oase von Zenfig. Weiter draußen zeigte sich das Gesicht des Henguiz, von Osten nach Westen etwa in der Länge von drei bis vier Kilometern. Mit der Vorderseite nach Norden lagen die meisten Wohnstätten, die inmitten des dunklen Grüns um so weißer aussahen. An der von einer dieser Wohnungen eingenommenen Stelle, an der Gesamtheit der Bauten, die deren Mauern umschlossen, an dem regeren Verkehr, der vor der Tür herrschte, und an der Zahl der Fahnen, die vor dem Eingange im Winde flatterten, glaubte der Brigadier Pistache mit Recht zu erkennen, daß sich da die Wohnung Hadjars befinden müsse, und er täuschte sich tatsächlich nicht.

Als der Brigadier am Nachmittage des 20. seinen Beobachtungsposten auf der Höhe des Minaretts wieder eingenommen hatte, bemerkte er eine außergewöhnliche Bewegung in dem Flecken, dessen Häuser sich nach und nach entleerten. Eine große Zahl Eingeborener schien überdies von verschiedenen Punkten des Henguiz aus nach der Oase zu ziehen.

Handelskarawanen waren das nicht, denn kein Mehari, kein Saumtier war dabei zu erblicken.

Vielleicht trat hier auf eine Aufforderung Hadjars hin an diesem Tage eine wichtige Versammlung in Zenfig zusammen. Jedenfalls war dessen Hauptplatz bald von einer großen Menschenmenge besetzt.

Da er sah, was hier vorging, sagte sich der Brigadier, daß sein Kapitän davon unterrichtet werden müsse, und er rief diesen deshalb herbei.

Der Kapitän zögerte nicht, sich zu Pistache nach dem engen Reduit des Minaretts zu begeben, doch nur unter größten Beschwerden gelang es ihm, bis zu diesem emporzuklimmen.

Richtig: Zu einer Art Palaver hatten sich hier mehrere

hundert Tuareg in Zenfig versammelt. Von der Höhe der »Soumah« vernahm man lautes Geschrei und sah man eine heftige Bewegung unter der Menschenmenge, was erst ein Ende nahm, als ein Mann, dem nebst einer Frau ein anderer folgte, aus dem Hause trat, das der Brigadier schon vorher als das des Tuareghäuptlings bezeichnet hatte.

»Das ist Hadjar! . . . Ja, ja, das ist er!« rief Kapitän Hardigan. »Ich erkenne ihn wieder.«

Es war in der Tat Hadjar mit seiner Mutter Djemma und seinem Bruder Sohar, die bei ihrem Erscheinen stürmisch begrüßt wurden.

Als etwas Ruhe eingetreten war, ergriff der von der Volksmenge umringte Hadjar das Wort und redete eine Stunde lang, nur wiederholt von rauschendem Beifall unterbrochen, auf die Eingeborenen ein. Was er da sagte, konnten der Kapitän und der Brigadier freilich nicht verstehen. Aufs neue ertönten endlich laute Rufe, als die Versammlung sich auflöste, und nachdem Hadjar in seine Behausung zurückgekehrt war, trat in der Ortschaft wieder die gewohnte Ruhe ein.

Der Kapitän Hardigan und Pistache stiegen nun wieder nach dem Hofe hinunter und machten ihren Gefährten Mitteilung von dem, was sie beobachtet hatten.

»Ich glaube«, sagte darauf der Ingenieur, »daß diese Volksversammlung zusammengerufen war, um gegen die Überflutung des Schotts Einspruch zu erheben, und wahrscheinlich werden die Folgen davon neue Überfälle sein, jedenfalls . . .«

»Ja, das glaub' ich auch«, bemerkte Kapitän Hardigan. »Das könnte übrigens darauf hindeuten, daß Pointar bei der Sektion Goleah wieder eingetroffen ist.«

»Wenn sich's bei der Sache nur nicht um uns gehandelt hat«, meinte der Brigadier Pistache, »und wenn die Spitzbuben nicht etwa nur zusammengekommen sind, um der Abschlachtung der Gefangenen beizuwohnen.«

Alle schwiegen eine Zeitlang still. Der Kapitän und der Ingenieur wechselten einen Blick, der ihre innersten Gedanken verriet. Leider war es ja zu befürchten, daß der

Tuareghäuptling Wiedervergeltung zu üben gedachte, daß er zur Abschreckung eine öffentliche Hinrichtung plante und daß die verschiedenen Stämme aus dem Henguiz nur zu diesem Zwecke zusammengerufen worden waren. Und wie konnte man andererseits noch Hoffnung auf eine Hilfe von außen, von Biskra oder von Goleah, bewahren, da der Leutnant Vilette ja nicht wußte, wohin die Gefangenen geschleppt worden und in die Hände welches Eingeborenenstammes sie gefallen waren.

Vor dem Abstieg vom Minarett hatten der Kapitän Hardigan und der Brigadier Pistache noch einmal Umschau gehalten über das ganze Gebiet des Melrhir, das sich vor ihren Augen ausdehnte. Alles öde und leer im Norden wie im Süden, ebenso verlassen der Teil, der im Osten und im Westen von beiden Seiten das Henguiz umschloß, das nach der Unterwassersetzung des Schotts zu einer Insel werden sollte. Auf der weiten Bodensenke war nirgends eine Karawane zu erblicken. Und was die Abteilung des Leutnants Vilette betraf, was hätten die wenigen Mann, angenommen, daß seine Nachsuchungen ihn nach Zenfig geführt hätten, wohl ausrichten können gegen die ziemlich bevölkerte Ortschaft?

Hier blieb also nichts anderes übrig, als die Entwicklung der Dinge – doch mit welcher Besorgnis – abzuwarten. Von einer Minute zur anderen konnte sich ja die Tür des Bordj öffnen und Hadjar mit den Seinigen eintreten. Wäre es dann möglich, ihnen Widerstand zu leisten, wenn der Tuareghäuptling sie nach dem offenen Platze zur Hinrichtung abführen ließ? Und was heute nicht geschah, konnte das nicht morgen geschehen?

Der Tag verlief jedoch, ohne daß eine Änderung der Sachlage eintrat. Der am Morgen im Hofe niedergelegte Proviant genügte den Gefangenen, und als der Abend kam, streckten sie sich auf den Alfalagerstätten in dem Raume aus, wo sie die vergangenen Nächte zugebracht hatten.

Kaum war aber eine halbe Stunde verflossen, als sich von draußen ein Geräusch vernehmen ließ. Sollten vielleicht einige Tuareg als Wächter um den Bordj patrouillieren, oder sollte sich die Pforte öffnen und Hadjar die Unglücklichen zum letzten Gange abholen lassen?

Der Brigadier war sofort aufgesprungen und lauschte, an die Tür gelehnt, dem unerwarteten Geräusche. Ein Laut von Tritten schlug ihm aber nicht ans Ohr, sondern eine Art dumpfen und kläglichen Gekläffs. Offenbar lief ein Hund an der äußeren Seite des Sour umher.

»Coupe-à-Cœur! . . . Das ist Coupe-à-Cœur!« rief Pistache.

Er duckte sich bis zur Türschwelle nieder.

»Coupe-à-Coeur! . . . Coupe-à-Cœur!« wiederholte er. »Bist du es, mein treuer Hund?«

Das Tier erkannte die Stimme des Brigadiers, wie es die seines Herrn Nicol erkannt hätte, und antwortete durch erneutes, halb verhaltenes Bellen.

»Ja, ja . . . wir sind es . . . Coupe-à-Cœur . . . wir sind hier!« rief Pistache ihm zu. »Ach, wenn du doch den Wachtmeister aufspüren könntest und seinen alten Bruder, deinen Freund Va d'l'avant . . . Va d'l'avant, verstehst du, und sie unterrichten könntest, daß wir in dieser Hütte eingesperrt sind!«

Kapitän Hardigan und die übrigen hatten sich der Tür genähert. Oh, wenn sie sich hätten des Hundes bedienen können, mit ihren Gefährten in Verbindung zu treten! Nur ein Zettel, an seinem Halsband befestigt! Wer weiß, ob das treue Tier dann, durch seinen Instinkt geleitet, den Leutnant Vilette nicht hätte finden können. Erfuhr dieser aber, wo sich seine Gefährten befanden, so setzte er gewiß alles daran, sie zu befreien.

Auf keinen Fall durfte Coupe-à-Cœur aber auf dem Gange vor der Tür des Bordj überrascht werden. Deshalb rief der Brigadier ihm zu:

»Geh, mein guter Hund . . . fort von hier.«

Coupe-à-Cœur verstand ihn und trottete mit einem letzten Abschiedsgebell davon. Am nächsten Morgen wurden, wie am Tage vorher, zu früher Stunde Lebensmittel in den Hof geschafft, und alles deutete darauf hin, daß die Lage der Gefangenen auch heute noch keine Änderung erfahren würde.

In der folgenden Nacht erschien der Hund nicht wieder, wenigstens hörte Pistache, der immer auf der Lauer lag, von ihm nichts. Da fragte er sich, ob das arme Tier nicht vielleicht einen tödlichen Schlag erhalten habe und ob er es nie wiedersehen sollte.

Die beiden nächstfolgenden Tage wurden durch keinen Zwischenfall unterbrochen, und auch im Orte blieb es still wie vorher.

Erst am 24., gegen elf Uhr, bemerkte der Kapitän Hardigan, der sich zur Beobachtung auf dem Minarett befand, in Zenfig eine lebhaftere Bewegung. Es klang wie ein Getrappel von Pferden und wie ein Klirren von Waffen, das man bis dahin niemals gehört hatte. Gleichzeitig strömte die Bevölkerung in großer Menge nach dem freien Platze, wohin auch zahlreiche Reiter unterwegs waren.

Sollte der Kapitän Hardigan nebst seinen Gefährten heute etwa Hadjar vorgeführt werden?

Nein, auch heute geschah das nicht, vielmehr deutete alles auf einen Aufbruch des Tuareghäuptlings hin. Mitten auf dem Platze zu Pferde sitzend, ließ er gegen hundert Reiter wie zur Besichtigung an sich vorüberziehen.

Eine halbe Stunde später setzte sich Hadjar an die Spitze des Trupps und ritt von dem Flecken aus in der Richtung des Henguiz hin.

Der Kapitän begab sich sofort nach dem Hofe hinunter und berichtete seinen Gefährten von dem Aufbruche der Reiter.

»Das handelt sich wieder um einen Angriff auf Goleah, wo die Arbeiten jedenfalls wiederaufgenommen worden sind«, meinte der Ingenieur.

»Wer weiß da, ob Hadjar nicht unterwegs mit Vilette und seiner Abteilung zusammenstößt«, sagte der Kapitän.

»Ja . . . möglich ist wohl alles, sicher aber ist das nicht«, antwortete der Brigadier. »Gewiß ist nur das eine, daß sich uns jetzt, wo Hadjar mit seinen Spießgesellen abgezogen ist, der Augenblick zum Entfliehen bietet.«

»Wie aber?« fragte einer der Spahis.

»Ja ... wie? ... Wie können wir die Gelegenheit benützen, die sich uns jetzt darbietet? Sind die Mauern des Bordj heute nicht ebenso unübersteigbar wie vorher? Vermöchten wir denn die von außen sorgsam verwahrte Tür zu sprengen? Und wenn das möglich wäre, von wo könnten wir auf Unterstützung hoffen?«

Diese Unterstützung kam jedoch, und zwar unter folgenden Umständen:

In der folgenden Nacht ließ der Hund, wie schon beim ersten Male, ein dumpfes Bellen hören, und gleichzeitig scharrte er auf dem Erdboden neben der Tür. Von seinem Instinkt geleitet, hatte Coupe-à-Cœur eine Öffnung unter diesem Teile des Sour aufgespürt, ein halb mit Erde gefülltes Loch, das vom Innern nach außen eine Verbindung herstellte.

Und plötzlich sah ihn der Brigadier ganz wider Erwarten im Hofe auftauchen.

Ja ... Coupe-à-Cœur stand neben ihm, sprang bellend hin und her, und es kostete einige Mühe, das brave Tier etwas zu beruhigen.

Sofort stürmten der Kapitän Hardigan, Herr von Schaller und die übrigen aus dem Schlafraum hervor und folgten dem Hunde, der wieder nach dem Loche lief.

Dieses bildete die Mündung eines schlauchartigen Ganges, und es mußte genügen, rings herum noch einige Steine auszubrechen, damit ein Mensch sich hindurchwinden könnte.

»Da winkt uns eine Aussicht zur Flucht!« rief Pistache.

Ja ... eine sehr unerwartete, die noch in derselben Nacht und ehe Hadjar nach Zenfig zurückkehrte, benützt werden mußte.

Und doch bot der Weg durch den Flecken und weiter durch die Oase gewiß noch die ernstesten Schwierigkeiten. Wohin sollten sich die Flüchtlinge inmitten der tiefen Finsternis wenden? Liefen sie nicht Gefahr, der Reitertruppe Hadjars zu begegnen? Wie sollten sie überhaupt die fünfzig Kilometer bis Goleah ohne Lebensmittel zurücklegen, da sie zu ihrer Ernährung ja nichts hatten als die Früchte und die eßbaren Wurzeln der Oase?

Doch keiner von ihnen wollte sich durch solche Gefahren abschrecken lassen. Sie zögerten keinen Augenblick zu entfliehen. Alle folgten dem Hunde durch die Öffnung, durch die dieser zuerst verschwand.

»Nun vorwärts«, sagte der Offizier zu Pistache.

»Nach Ihnen, Herr Kapitän«, antwortete der Brigadier.

Es mußte eine gewisse Vorsicht beobachtet werden, um ein Nachstürzen von Steinen aus der Mauer zu verhüten. Das glückte jedoch den Gefangenen, und etwa zehn Minuten später standen sie auf dem Ringwege des Bordj.

Die Nacht war sehr dunkel, wolkig und sternenlos. Der Kapitän Hardigan und seine Gefährten hätten nicht gewußt, welche Richtung sie einschlagen sollten, wenn der Hund ihnen nicht als Führer gedient hätte. So brauchten sie sich nur auf das intelligente Tier zu verlassen. Übrigens begegneten sie niemand in der nächsten Umgebung des Bordj, von dessen Abhängen sie sich bis zum Saume der ersten Bäume hinabgleiten ließen.

Es war jetzt elf Uhr nachts. In der Ortschaft herrschte tiefe Stille, und durch die Fensteröffnungen – wirkliche Schießscharten – der Wohnstätten drang kein Lichtstrahl.

Vorsichtigen Schrittes wagten sich die Flüchtlinge unter die Bäume, und bis zum Ausgange des Fleckens waren sie noch mit niemand zusammengetroffen.

Da plötzlich trat ihnen ein Mann mit brennender Laterne in der Hand entgegen. Sie erkannten ihn und er sie nicht minder.

Es war Mezaki, der von dieser Seite des Fleckens nach seiner Wohnung zurückkehrte.

Mezaki gewann nicht einmal Zeit, einen Schrei auszustoßen: Der Hund war ihm an die Kehle gesprungen, und der Verräter sank leblos zur Erde.

»Gut . . . brav gemacht, Coupe-à-Cœur«, sagte der Brigadier.

Der Kapitän und seine Genossen brauchten sich nun nicht mehr zu beunruhigen wegen des elenden Schurken, der vor ihnen tot am Boden lag, und schnellen Schrittes folgten sie erst der Grenze des Henguiz und wandten sich dann nach Osten dem Melrhir zu.

Fünfzehntes Kapitel

Auf der Flucht

Erst nach reiflicher Überlegung, was infolge der gelungenen Entweichung zu tun sei, hatte sich der Kapitän Hardigan für die Marschrichtung nach Osten entschieden. An der entgegengesetzten Seite, etwas westlich jenseits der Grenze des Melrhir, lag zwar der mehr besuchte Ort Tougourt, der neben der späteren Transsaharischen Bahnlinie hin verlief, von wo es leicht gewesen wäre, Biskra mit Sicherheit in der gewöhnlich dazu nötigen Zeit zu erreichen. Diesen Teil des Schotts kannte er aber nicht, da er von Goleah nach Zenfig von Osten her gekommen war, und nach Westen vom Henguiz hinauszugehen, das bedeutete für ihn nicht nur einen Sprung ins Dunkle, sondern brachte auch die Gefahr mit sich, Mannschaften von Hadjar zu begegnen, die von Biskra aus auf dieser Seite heranziehen könnten. Übrigens war der Weg zwischen Zenfig und dem Kanalende ziemlich gleich lang, und die Arbeiter konnten jetzt in größerer Zahl nach dem Werkplatze zurückgekehrt sein. Begab er sich nach Goleah, so begegnete er vielleicht sogar der Abteilung des Leutnants Vilette, der ja Nachsuchungen in diesem Teile des Djerid unternehmen mußte. Endlich war auch Coupe-à-Cœur von der Oase aus in dieser Richtung hingelaufen, der, wie der Brigadier dachte, dafür seine »guten Gründe« haben werde, und empfahl es sich denn nicht, sich auf die Findigkeit Coupe-à-Cœurs zu verlassen?

»Herr Kapitän«, äußerte deshalb auch Pistache, »wir brauchen ihm nur zu folgen, er irrt sich jedenfalls nicht. Obendrein sieht er in der Nacht ebensogut wie am Tage.

Ich versichere Ihnen, das ist ein Hund mit den Augen der Katze!«

»Nun, so gehen wir ihm nach«, hatte Kapitän Hardigan geantwortet.

Das war wohl auch das Beste, was sie tun konnten. In der tiefen Finsternis und in dem Labyrinth der Oase wären die Flüchtlinge Gefahr gelaufen, rund um den Flecken zu irren, ohne davon wegzukommen. Da sie aber Coupe-à-Cœur folgten, gelangten sie glücklich und schnell nach der nördlichen Grenze des Henguiz, längs dessen Seite sie hinziehen konnten.

Es war um so notwendiger, sich davon nicht zu entfernen, als der Boden des Melrhir weiter draußen ziemlich unsicher war und vielfach sumpfige Stellen enthielt, aus denen es fast unmöglich wäre, sich wieder zu befreien. Die dazwischen verlaufenden gangbaren Wege waren nur den Tuareg von Zenfig und einigen Nachbarorten bekannt, die als Führer zu dienen pflegten, ihre Dienste aber häufig nur anboten, um die betreffenden Karawanen zu plündern.

Die Flüchtlinge schritten schnell dahin und hatten keine gefährliche oder unliebsame Begegnung gehabt, als sie bei Tagesanbruch in einem Palmenwäldchen haltmachten. Unter Berücksichtigung der Schwierigkeit, in voller Dunkelheit dahinzumarschieren, konnten sie die auf dieser ersten Wegstrecke zürckgelegte Entfernung höchstens auf sieben bis acht Kilometer schätzen. Es blieben also noch zwanzig bis zur äußersten Spitze des Henguiz und von da etwa noch ebenso viele durch das Schott bis zur Oase vor Goleah.

Von dem nächtlichen Marsche stark ermüdet, hielt es der Kapitän Hardigan für angezeigt, hier eine Stunde auszuruhen. Das Gehölz war verlassen, und die nächsten Ortschaften lagen am südlichen Rande der zukünftigen Zentralinsel. Diese konnten leicht vermieden werden. So weit der Blick nach Osten reichte, war von der Reiterschar Hadjars nicht das geringste zu sehen. Da sie aus Zenfig vor fünfzehn Stunden aufgebrochen war, mußte sie wohl schon sehr weit gelangt sein.

Wenn die Müdigkeit aber die Flüchtlinge nötigte, einmal auszuruhen, so genügte diese Ruhe doch nicht, sie auch wieder zu kräftigen, wenn sie sich nicht irgendwelche Nahrung verschaffen konnten. Da ihr Proviant noch in den letzten Stunden des Aufenthalts in Bordj aufgezehrt worden war, konnten sie nur darauf rechnen, auf dem Wege durch die Oasen des Henguiz Früchte zu pflücken, eigentlich nur Datteln und verschiedene Beeren, vielleicht auch einige eßbare Wurzeln, die Pistache sehr gut kannte. Feuerstein und Schwamm fehlte weder den einen noch den anderen, und, über einem Feuer von dürrem Holz geröstet, boten solche Wurzeln eine stoffreichere Nahrung.

Unter den vorliegenden Verhältnissen konnten der Kapitän Hardigan und seine Gefährten wohl darauf rechnen, ihren Hunger zu stillen und auch ihren Durst zu löschen, denn durch das Henguiz schlängelten sich verschiedene Oueds. Vielleicht gelang es ihnen auch, mit Hilfe des schnellfüßigen Coupe-à-Cœur ein Stück Haar- oder Federwild zu erbeuten. Jede Aussicht auf eine solche Möglichkeit schwand aber, wenn sie erst durch die sandigen Ebenen des Schotts über das salzgeschwängerte Gebiet wanderten, worauf höchstens vereinzelte Bündel von uneßbaren Driß dem Boden entsproßten.

Da die Gefangenen aber unter Führung Sohars binnen zwei Tagen von Goleah nach Zenfig gekommen waren, durften sie wohl hoffen, die Strecke von Zenfig nach Goleah in der gleichen Zeit zu überwinden? Nein, leider nicht, und zwar aus zwei Gründen: Erstens hatten sie jetzt keine Pferde, und da ihnen zweitens die gangbaren Wege unbekannt waren, mußte mit deren Aufsuchung gewiß viel Zeit verstreichen.

»Alles in allem«, bemerkte der Kapitän, »handelt es sich doch nur um fünfzig Kilometer. Heute abend werden wir schon die Hälfte hinter uns haben. Nach einer Nacht der Ruhe brechen wir wieder auf, und wenn wir für die zweite Hälfte auch die doppelte Zeit brauchten, werden wir doch übermorgen abend in Sicht des Kanals sein.«

Nach einstündiger Rast, während deren sie sich ausschließlich mit Datteln gesättigt hatten, folgten die Flüchtlinge, sich möglichst verbergend, dem Saume des Gehölzes. Der Himmel war bedeckt, nur dann und wann blitzte ein Sonnenstrahl durch einen Riß zwischen den Wolken. Diese drohten zwar mit Regen, doch kam es zum Glück nicht dazu.

Die erste Wegstrecke wurde zu Mittag beendet, ohne daß ein Zwischenfall eingetreten oder auch nur ein einziger Eingeborener sichtbar geworden wäre. Was die Rotte Hadjars betraf, so befand sich diese ohne Zweifel schon vierzig bis fünfzig Kilometer weiter im Osten.

Die Mittagsrast dauerte eine Stunde. An Datteln fehlte es nicht, und der Brigadier grub Wurzeln aus, die man über glühenden Kohlen röstete. Damit sättigten sich alle, so gut es eben anging, und auch Coupe-à-Cœur mußte sich damit begnügen.

Am Abend waren von Zenfig aus fünfundzwanzig Kilometer zurückgelegt, und der Kapitän Hardigan ließ am Ende des Henguiz haltmachen.

Das war die Grenze der letzten Oase. Weiter draußen dehnten sich die gewaltigen Einöden der Bodensenke aus, das scheinbar grenzenlose, von Salzauswüchsen flimmernde Gebiet, über das zu gehen beim Mangel eines Führers ebenso beschwerlich wie gefahrvoll war.

Die Flüchtlinge waren aber doch wenigstens fern von ihrem Kerker, und wenn Ahmet und die anderen ihre Verfolgung aufgenommen hatten, so hatten sie wenigstens ihre Fährte nicht entdeckt.

Alle empfanden ein dringendes Verlangen nach Ruhe. Soviel ihnen auch daran lag, möglichst bald nach Goleah zu kommen, mußten sie doch die nächste Nacht an dieser Stelle zubringen. Es wäre auch unklug gewesen, sich im Dunkeln auf das bewegliche Gebiet jenseits des Henguiz hinauszuwagen, konnten sie sich doch am Tage da nur mühsam zurechtfinden. Da zur jetzigen Jahreszeit und in der kommenden Nacht nichts von Kälte zu befürchten war, streckten sich alle am Fuße einer Palmengruppe zum Schlummer nieder.

Nun wäre es gewiß angezeigt gewesen, daß wenigstens einer von der Gesellschaft die Umgebung des Platzes überwacht hätte. Der Brigadier hatte sich auch erboten, das für die ersten Stunden zu übernehmen, während ihn dann die beiden Spahis ablösen sollten. Seine Gefährten versanken bald in tiefen Schlummer, und er blieb zuerst in Gesellschaft Coupe-à-Cœurs wach. Nach kaum einer Viertelstunde konnte Pistache dem Verlangen nach Schlaf jedoch nicht mehr widerstehen. Fast unabsichtlich setzte er sich zuerst nieder, streckte sich dann auf dem Boden aus, und wider seinen Willen schloß er endlich die Augen.

Glücklicherweise war Coupe-à-Cœur ein besserer Wächter, denn kurz vor Mitternacht erwachten die Schläfer durch sein dumpfes Bellen.

»Achtung ... Achtung!« rief der Brigadier, der sofort aufgesprungen war. Gleich darauf stand auch der Kapitän Hardigan schon auf den Füßen.

»Horchen Sie, Herr Kapitän!« sagte Pistache.

Von der linken Seite der Baumgruppe her ertönte ein lauter Lärm, ein Knirschen und Knistern von abgebrochenen Zweigen und zerrissenen Gebüschen, etwa aus der Entfernung von einigen hundert Schritten.

»Sollten die Tuareg von Zenfig uns verfolgen und uns vielleicht auf der Spur sein?«

Ja, es war ja nicht zu bezweifeln, daß die Tuareg sich nach Bekanntwerden der Entweichung zur Verfolgung aufgemacht hatten. Kapitän Hardigan lauschte dem Geräusche, stimmte dann aber der Ansicht des Brigadiers nicht zu und sagte:

»Nein, das sind keine Eingeborenen! Die würden versucht haben, uns zu überraschen, und ein solches Geräusch machten sie dann nicht.«

»Was wäre es aber dann?« fragte der Ingenieur.

»Das sind Tiere ... vielleicht Raubtiere, die durch die Oase schweifen«, erklärte der Brigadier.

Wirklich war der Lagerplatz jetzt nicht von Tuareg, sondern von ein oder mehreren Löwen bedroht, deren Anwesenheit keine geringere Gefahr bildete. Wenn diese das Lager überfielen, wie hätte man sie beim Fehlen aller Waffen abwehren können?

Der Hund verriet durch Zeichen die lebhafteste Erregung. Der Brigadier hatte große Mühe, ihn etwas zu beruhigen, am Bellen zu verhindern und ihn zurückzuhalten, da er immer nach der Stelle fortstürmen wollte, woher das Geräusch und ein wütendes Gebell herübertönte.

Was mochte dort vorgehen? Kämpften die Raubtiere selbst miteinander, machten sie einander in ihrer Wut eine Beute streitig? Oder hatten sie die Flüchtlinge unter der Baumgruppe aufgespürt und standen sie schon auf dem Sprunge, sie zu überfallen?

Einige Minuten ängstlichen Schweigens. Waren sie entdeckt, so mußten der Kapitän Hardigan und seine Gefährten bald eingeholt sein. Besser schien es, an Ort und Stelle zu warten und schleunigst auf die Bäume zu klettern, um einem Überfall zu entgehen.

Der Kapitän gab einen diesbezüglichen Befehl, und der sollte eben ausgeführt werden, als der Hund den Händen des Brigadiers entschlüpfte und rechtshin von der Lagerstelle verschwand.

»Hierher ... Coupe-à-Cœur! ... Hierher!« rief Pistache.

Das Tier hörte ihn jedoch nicht oder wollte ihn nicht hören und kam nicht zurück.

In diesem Augenblicke schienen der Lärm und das Gebrüll sich zu entfernen; es wurde allmählich schwächer und verstummte endlich ganz. Man hörte nur noch das Bellen Coupe-à-Cœurs, der auch bald wieder erschien.

»Abgezogen ... die Raubtiere sind offenbar davongetrottet«, sagte der Kapitän. »Von unserer Anwesenheit haben sie nichts gewittert. Jetzt haben wir nichts mehr zu fürchten.«

»Doch was hat denn Coupe-à-Cœur?« rief Pistache, der, als er den Hund streichelte, bemerkte, daß seine Hände von Blut feucht geworden waren. Sollte er verletzt sein? Sollte er da draußen einen Tatzenschlag abbekommen haben?

Nein ... Coupe-à-Cœur klagte oder winselte ja nicht; er sprang lustig in die Höhe und lief wiederholt nach rechts hin und zurück. Es sah so aus, als ob er den Brigadier auffordern wollte, mit dahin zu kommen, und dieser war auch schon bereit, dem Tiere zu folgen.

»Nein, bleiben Sie hier, Pistache«, rief ihm der Kapitän zu. »Erst wollen wir etwas Tageslicht abwarten und dann sehen, was zu tun ist.«

Der Brigadier gehorchte. Jeder nahm den Platz wieder ein, den er beim ersten Gebrüll der Raubtiere verlassen hatte, und alle verfielen bald aufs neue in Schlaf.

Dieser sollte auch nicht weiter gestört werden, und als die Flüchtlinge erwachten, stieg die Sonne schon über den Horizont im Osten des Melrhir empor.

Da sprang Coupe-à-Cœur nochmals in den Wald hinein, und als er zurückkehrte, sah man deutlich frische Blutspuren auf seinem Felle.

»Jedenfalls«, meinte der Ingenieur, »liegt dort drin ein verwundetes oder totes Tier, vielleicht einer der Löwen, die miteinander gekämpft haben ...«

»Schade, daß ein solcher nicht eßbar ist, sonst würde man gern etwas von ihm verzehren!« sagte einer der Spahis.

»Wir wollen doch erst nachsehen«, antwortete der Kapitän Hardigan.

Alle folgten dem Hunde, der sie lustig bellend führte, und nach etwa hundert Schritten fanden sie ein Tier, das in seinem Blute lag.

Ein Löwe war es aber nicht, sondern eine sehr große Antilope, die die Löwen erwürgt, um die sie gekämpft und die sie zuletzt, da ihre Kampfwut sie noch aufeinanderhetzte, einfach liegengelassen hatten.

»Ah, das ist ja prächtig ... das kommt wie gerufen!« jubelte der Brigadier. »Ein Stück Wild, das wir nimmermehr erbeutet hätten! Ha, gerade zur rechten Zeit beschert ... nun wird's auf dem weiteren Wege nicht an Fleisch fehlen!«

Es war in der Tat ein glücklicher Zufall. Die Flüchtlinge

sahen sich nicht mehr darauf beschränkt, nur von Wurzeln und Datteln zu leben. Die Spahis und Pistache gingen sofort an die Arbeit und schnitten von der Antilope die besten Stücke ab; natürlich bekam auch Coupe-à-Cœur sein reichliches Teil. Die Antilope lieferte mehrere Kilo vortreffliches Fleisch, das nach der Lagerstätte gebracht wurde. Hier zündete man ein Feuer an, legte ein halbes Dutzend Schnitte über die glühenden Kohlen, und es bedarf wohl keiner besonderen Versicherung, daß sich alle an dem saftigen Rostbraten mit Vergnügen erquickten.

Wie fühlten sich die Flüchtlinge neu gekräftigt durch dieses unerwartete Frühstück, wo endlich Fleisch anstelle der Früchte getreten war; doch nachdem es zu aller Befriedigung beendigt war, trieb der Kapitän Hardigan schon zum Aufbruch.

»Vorwärts«, rief er, »wir dürfen nicht säumen! Eine Verfolgung durch die Tuareg ist noch immer zu befürchten.«

Das war gewiß richtig, und ehe sie ihren Lagerplatz verließen, überblickten die Flüchtlinge aufmerksam die ganze Grenze des Henguiz, die bis zu dem Flecken hin reichte. Alles erschien verlassen, und auf der gesamten Fläche des Schotts zeigte sich, im Westen ebenso wie im Osten, kein lebendes Wesen.

Und nicht allein die Raubtiere und die Wiederkäuer hielten sich von diesem trostlosen Gebiete fern, auch Vögel sah man fast nie darüberziehen. Warum auch? Die verschiedenen Oasen des Henguiz boten den Tieren ja Hilfsquellen, an denen es auf der dürren Fläche des Schotts vollständig fehlte.

Auf eine Bemerkung dieser Art, die der Kapitän Hardigan hatte fallenlassen, erwiderte der Ingenieur:

»Ganz recht, doch sie werden hier bald zu gewöhnlichen Gästen werden, mindestens Seevögel, wie Meerschwalben, Möwen, Fregattvögel und Taucherkönige, wenn das Melrhir erst zu einem großen See verwandelt ist, und unter dem Wasser schlüpfen dann Fische hin und tummeln sich Cetaceen aus dem Mittelmeere! Oh, ich sehe im Geiste, unter Segel oder Dampf, Kriegs- und Handelsflottillen das neue Meer durchfurchen.«

»Nun ja, wenn das Schott einmal gefüllt ist, Herr Ingenieur«, ließ sich der Brigadier Pistache vernehmen, »jetzt aber, wo das noch nicht der Fall ist, wollen wir den Weg darüber benutzen, nach unserem Kanale zu kommen. Wollten wir darauf warten, daß uns ein Schiff von hier abholte . . . Na, das würde doch eine arge Geduldprobe werden!«

»Gewiß«, stimmte ihm von Schaller zu, »ich bleibe aber dabei, daß die völlige Überflutung des Melrhir und des Rharsa eher Tatsache sein wird, als man glaubt.«

»Und wenn es nur noch ein Jahr dauerte«, warf der Kapitän lachend ein, »so wäre es zu viel für uns. Nein, sobald alles dazu bereit ist, werde ich das Zeichen zum Aufbruch geben.«

»Also aufgepaßt, Herr François«, sagte darauf der Brigadier, »jetzt gilt's, die Beine zu rühren, und ich wünsche Ihnen nur, eine Ortschaft zu entdecken, wo ein Barbier wohnt, denn sonst laufen wir doch alle bald mit Sappeurbärten umher.«

»Sappeurbärten!« murmelte »Herr« François, der sich schon nicht mehr kannte, wenn das Wasser eines Oued sein Gesicht widerspiegelte.

Unter den Verhältnissen, in denen sich die Flüchtlinge jetzt befanden, konnten die Vorbereitungen zum Aufbruch weder lange dauern noch schwierig sein. Verzögert wurden sie an diesem Morgen nur durch die Notwendigkeit, die Ernährung des kleinen Trupps für die zwei Marschtage bis Goleah sicherzustellen. Dazu stand ihnen nur das Fleisch der Antilope zur Verfügung, von dem doch erst ein Teil aufgezehrt war. Wie sollten sie aber auf dem Wege über das Melrhir, wo es an Holz gänzlich fehlte, ein Feuer anzünden? Hier gab es wenigstens Brennmaterial im Überfluß, da der letzte Gewittersturm, der das Melrhir heimsuchte, den Erdboden mit einer Menge abgebrochener Zweige bestreut hatte.

Der Brigadier und die beiden Spahis gingen deshalb ans Werk. Binnen einer halben Stunde waren viele Stücke des vortrefflichen Fleisches über glühenden Kohlen geröstet. Nach ihrem Erkalten verteilte sie Pistache in sechs Portionen, und jeder nahm die seinige und wickelte sie in frische Blätter.

Nach dem Stande der Sonne über dem Horizonte, die sich inmitten rötlicher, einen warmen Tag versprechender Dunstmassen erhob, mochte es jetzt gegen sieben Uhr sein. Auf dem weiteren Wege fehlte nun dem Kapitän und seinen Gefährten gegen die brennenden Sonnenstrahlen der Schutz der Bäume, dessen sie sich auf dem Henguiz erfreut hatten.

Zu diesem beklagenswerten Umstande gesellte sich noch ein anderer, der ernstere Gefahren barg. Solange die Flüchtlinge sich an dem schattigen Waldsaume hielten, war die Gefahr, bemerkt und infolgedessen verfolgt zu werden, zum großen Teile ausgeschlossen gewesen. Wenn sie nun aber über die offenen Sebchas des Schotts hinzogen ... wer weiß, ob sie da nicht beobachtet wurden. Und wenn eine Schar Tuareg ihren Weg kreuzte, wohin hätten sie flüchten sollen, um ein Zusammentreffen mit ihnen zu vermeiden? Und wenn nun Hadjar an diesem oder dem folgenden Tage gerade mit seiner Reitertruppe auf dem Rückwege nach Zenfig begriffen war, was stand ihnen da bevor?

Zu diesen Gefahren kamen außerdem noch die Schwierigkeiten des Marsches über den beweglichen Grund des Melrhir, dessen gangbare Pfade weder der Ingenieur noch der Kapitän kannte. Wer könnte da nicht die Gefahren ermessen, die ein Marsch von fünfundzwanzig Kilometern zwischen dem Henguiz und dem Werkplatze bei Goleah mit sich führte?

Der Kapitän Hardigan und Herr von Schaller hatten das schon reiflich erwogen und dachten auch noch darüber nach, doch jetzt galt es, auch den schlimmsten Möglichkeiten Trotz zu bieten; waren doch alle zum Äußersten entschlossen, wieder gut bei Kräften und fähig, die größten Anstrengungen zu ertragen.

»Vorwärts!« rief der Kapitän.

»Ja, vorwärts ... wackeres Kriegsvolk!« setzte der Brigadier Pistache hinzu, der es für angezeigt hielt, die übrigen noch besonders anzueifern.

Sechzehntes Kapitel

Das Tell

Ein wenig nach sieben Uhr war es, als der Kapitän Hardigan und seine Gefährten das Henguiz verließen. Die eigentümliche Art des Erdbodens bedingte nun die größte Vorsicht beim weiteren Marsche, denn die salzigen Effloreszenzen der Oberfläche erlaubten kein Urteil darüber, ob er fest genug sei oder ob man bei jedem Schritt Gefahr liefe, in ein Sumpfloch zu versinken.

Nach den Sondierungen des Kapitäns Roudaire und nach denen, die er selbst vorgenommen hatte, wußte der Ingenieur, woran er sich bezüglich der Natur dieses Gebietes, dessen Erdboden der Grund der Sebchas und der Schotts bildete, zu halten hatte.

Oben bedeckt ihn eine salzhaltige Kruste, die noch gewissen, sehr merkbaren Verwerfungen unterliegt. Darunter ist der Sand mit Mergel gemischt und zuweilen halb flüssig, da er oft zwei Drittel Wasser enthält, also jedes festen Zusammenhangs ermangelt. Sehr oft treffen die Sonden erst in großer Tiefe auf einen felsigen Untergrund. Es war also kein Wunder, daß nicht selten Menschen und Pferde in diese schlammige Masse einsanken, als ob ihnen plötzlich der Boden fehlte, ohne daß es möglich war, ihnen Hilfe zu leisten.

Bei dem Weggange vom Henguiz wäre es für die Flüchtlinge sehr wünschenswert gewesen, die Fährte vom Vorüberkommen Hadjars und seiner Tuaregtruppe zu entdekken, die ja über diesen Teil des Schotts geritten waren. Hufeindrücke hätten auf der weißen Kruste noch nicht verschwunden sein können, da es über dem Melrhir seit einigen Tagen nicht geregnet hatte und auch nicht besonders windig gewesen war. In diesem Falle hätten sie nur den Spuren zu folgen brauchen, um sich nicht von den gangbaren Pfaden zu verirren, die den Eingeborenen bis zur Oase von Goleah, dem wahrscheinlichen Ziele des Tuareghäuptlings, genügend bekannt waren. Von Schaller suchte jedoch vergeblich nach einer solchen Fährte, was den Schluß nahelegte, daß die Reiterschar dem Rande des Henguiz nicht bis zu dessen Ende gefolgt war.

Während des Marsches hielten sich der Kapitän und der Ingenieur an der Spitze, und ihnen lief der Hund gleichsam als Plänkler voraus. Ehe sie sich für die oder jene Richtung entschlossen, bemühten sie sich stets, die Natur des Bodens zu bestimmen, was bei dem ausgedehnten salzhaltigen Gebiete eine zeitraubende Prüfung war. Der Marsch ging also nur langsam vonstatten, und als sie die erste Wegstrecke gegen elf Uhr zurückgelegt hatten, waren die Flüchtlinge nur vier bis fünf Kilometer vorwärts gekommen. Um einmal auszuruhen und etwas zu essen, mußte jetzt aber unbedingt haltgemacht werden. Nirgends war eine Oase, ein Gehölz, nicht einmal eine Baumgruppe zu erblicken. Nur eine leichte Bodenwelle unterbrach einige hundert Schritt von ihnen die Eintönigkeit der trostlosen Ebene.

»Wir haben leider keine andere Wahl«, sagte der Kapitän Hardigan.

Alle begaben sich noch nach der niedrigen Düne und setzten sich an der Seite von ihr nieder, wo sie gegen die Sonnenstrahlen einigermaßen geschützt waren. Jeder brachte nun ein Stück Fleisch aus der Tasche, vergeblich suchte der Brigadier aber nach einem »Ras«, aus dem ein wenig Trinkwasser zu schöpfen wäre. Kein Oued schlängelte sich durch diesen Teil des Melrhir, und so konnten alle ihren Durst nur mit einigen am vorigen Lagerplatze gepflückten Datteln stillen.

Gegen halb ein Uhr wurde der Marsch wiederaufgenommen und ging nun ohne größere Anstrengung und Schwierigkeit weiter. Soweit es möglich war, suchte der

Kapitän, der sich nach dem Stande der Sonne richtete, immer genau die Richtung nach Osten einzuhalten. Fast jeden Augenblick sank er aber mit den Füßen in den Sand ein. Die Bodensenke zeigte hier nur einen geringen Fall, und wenn sie einst mit Wasser gefüllt war, mußte das Schott seine größte Tiefe – etwa dreißig Meter unter der Meeresoberfläche – zwischen dem Henguiz und der Kanalmündung haben.

Der Ingenieur hatte eine diesbezügliche Bemerkung gemacht und setzte noch hinzu:

»Es wundert mich gar nicht, daß der Boden an dieser Seite noch beweglicher ist als anderswo. In der Regenzeit nehmen diese tiefen Stellen alles Wasser aus dem Melrhir auf, und sie können deshalb nie ordentlich fest werden.«

»Für uns ist es nur schlimm, daß wir sie nicht vermeiden können«, antwortete der Kapitän. »Doch wenn wir uns weiter nordwärts wendeten oder weiter nach Süden ohne die sichere Aussicht gingen, dort einen besseren Weg zu finden, so wäre das nur Zeitvergeudung, und wir haben keinen Tag zu verlieren. Die jetzt eingehaltene Richtung weist nach dem nächsten Punkte, den wir zu erreichen trachten müssen; es ist ratsamer, sie nicht zu verändern.«

»Gewiß nicht«, erklärte von Schaller, »und um so weniger, als Hadjar und seine Bande, wenn sie sich nach dem Kilometerstein dreihundertsiebenundvierzig begaben, diesem Weg nicht gefolgt sind.«

In der Tat war hier keine Spur von dem Vorüberkommen der Reiter zu entdecken.

Doch welch mühsamer Marsch, und wie langsam ging er vonstatten! Wie schwierig war es, sich auf gangbarem Wege zu erhalten! Der vorauslaufende Coupe-à-Cœur kehrte allemal von selbst um, wenn er die weiße Kruste nachgeben fühlte. Dann hieß es anhalten, das Terrain untersuchen, nach links oder rechts, manchmal um fünfzig Meter abweichen, und damit entstanden natürlich viele ärgerliche Umwege. Unter diesen mißlichen Umständen betrug die zweite Etappe denn auch nur anderthalb Lieue. Am Abend mußte die tief erschöpfte Truppe haltmachen, und wenn sie sich dazu auch nicht unbedingt gezwungen sah, wie wäre es möglich gewesen, den Marsch in finsterer Nacht fortzusetzen?

Die fünfte Nachmittagsstunde war herangekommen. Der Kapitän Hardigan sah, daß sich seine Gefährten nicht mehr weiter fortschleppen konnten. Die eben erreichte Stelle eignete sich zu einem Lagerplatze für die Nacht freilich nicht. Ringsum die flache Ebene. Kein Erdhaufen, sich ein wenig anlehnen zu können. Kein Ras, daraus etwas trinkbares Wasser zu schöpfen. Nicht einmal ein Bündel Driß in diesen Bodensenken, diesen »Hoffra«, die nur Salzkristalle trugen. Einzelne Vögel zogen schnellen Flugs über die todesöde Gegend; sie strebten jedenfalls der nächsten, von hier gewiß mehrere Lieues entfernten Oase zu, die zu erreichen den Flüchtlingen unmöglich gewesen wäre.

Da trat plötzlich der Brigadier an den Offizier heran und sagte:

»Herr Kapitän, mit aller Achtung vor Ihren Bestimmungen, ich meine aber doch, wir könnten etwas Besseres tun, als an dieser Stelle zu übernachten, die vielleicht sogar die Hunde von Tuareg verschmähen würden.«

»Nun, was denn anderes, Brigadier?«

»Sehen Sie einmal dorthin ... ich glaube mich nicht zu täuschen. Sieht es nicht aus wie eine Düne mit einigen Bäumen darauf, was sich da draußen erhebt?«

Die Hand nach Nordosten ausgestreckt, wies Pistache nach einem höchstens drei Kilometer entfernten Punkte des Schotts.

Alle sahen in dieser Richtung hin. Der Brigadier täuschte sich nicht. Da draußen erhob sich einer jener kleinen Hügel mit einzelnen Bäumen, ein »Tell« mit vier oder fünf hochstämmigen Palmen ... in der Gegend hier ein unerwarteter Anblick. Konnten der Kapitän Hardigan und seine Gefährten diesen Hügel noch erreichen, so bot sich ihnen dort jedenfalls ein bequemerer Lagerplatz für die Nacht.

»Ja, dorthin müssen wir gehen ... um jeden Preis!« erklärte der Offizier.

»Um so mehr«, setzte von Schaller hinzu, »als wir damit nicht weit von unserem Wege abkommen.«

»Und wer weiß überdies«, sagte der Brigadier, »ob von jener Stelle aus der Boden des Schotts für unsere geplagten ›Untertanen‹ (Füße) nicht besser ist.«

»Also auf, liebe Leute, auf zu einer letzten Anstrengung!« rief Kapitän Hardigan.

Alle folgten seiner Aufforderung.

Wenn der Erdboden jenseits des Tell, wie Pistache hoffnungsfroh vermutete, mehr anstieg, wenn die Flüchtlinge da einen festen Untergrund finden sollten, so traf das wenigstens für die letzte Stunde des heutigen Marsches nicht zu.

»Bis dorthin komme ich in meinem ganzen Leben nicht«, jammerte François.

»O doch . . . wenn ich euch führe!« antwortete der gefällige Brigadier.

Kaum waren zwei Kilometer zurückgelegt, als die Sonne sich schon zum Verschwinden anschickte. Der im ersten Viertel stehende Mond mußte ihr bald nachfolgen und sich hinter dem Horizonte verbergen. An die unter dieser Breite schon recht kurze Dämmerung schloß sich dann eine tiefe Finsternis an. Hier galt es also, die letzten, einigermaßen hellen Minuten zu benutzen, das Tell zu erreichen.

Der Kapitän Hardigan, Herr von Schaller, der Brigadier, François und die beiden Spahis marschierten gemessenen Schrittes dahin. Der Boden wurde immer schlechter. Seine Kruste brach zuweilen unter dem Fuße, und dann glänzte der Sand herauf, aus dem das darin enthaltene Wasser hervorquoll. Manchmal geriet man bis ans Knie in das halbflüssige Gemisch, und es kostete Mühe, sich daraus wieder zu befreien.

Ja, einmal sank François, der sich zu weit vom Wege entfernt hatte, bis zur Hälfte des Körpers ein, und er wäre in einem dieser Löcher, der schon erwähnten »Augen des Meeres«, gewiß ganz versunken, wenn er nicht unwillkürlich die Arme ausgestreckt hätte.

»Zu Hilfe! Zu Hilfe!« rief er, verzweifelnd um sich schlagend.

»Aushalten! . . . Aushalten!« rief seinerseits Pistache.

Und da der Brigadier etwas voraus war, kehrte er schnell um, dem Versinkenden zu helfen. Alle machten in demselben Augenblicke halt. Dem Brigadier war schon Coupe-à-Cœur vorausgeeilt, der mit einigen mächtigen Sprüngen an der Seite des »Herrn« François war, von dem nur noch der Kopf und die Arme aus der Versenkung herausragten und der sich sofort krampfhaft an den Hals des kräftigen Tieres klammerte.

Endlich kam der wackere Mann, freilich ganz durchnäßt und mit Mergelschlamm bedeckt, wieder aus dem Loche heraus.

Obgleich es jetzt nicht gerade die passende Zeit zum Scherzen war, sagte Pistache doch zu ihm:

»Oh, Sie brauchten sich nicht zu ängstigen, Herr François, und wenn Coupe-à-Cœur mir nicht zuvorgekommen wäre, hätte ich Sie an nichts anderem als an Ihrem Barte herausgezogen.«

Wie der Marsch oder, richtiger, die Rutschpartie noch eine Stunde lang auf dieser Outta weiterging, darüber konnten die Flüchtlinge sich selbst kaum Rechenschaft geben. Sie konnten kaum einen Schritt tun ohne die Gefahr, bis zum halben Leibe einzusinken. So krochen sie, einer dicht neben dem anderen, mehr auf dem Sande hin, um einander im Notfalle unterstützen zu können. Gerade in diesem Teile der Niederung fiel der Erdboden immer mehr ab; er bildete gleichsam ein großes Becken, worin sich das Wasser der Ras sammelte, die von dem hydrographischen Netze des Schotts gespeist wurden.

Hier winkte nur eine einzige Aussicht auf Rettung: Das vom Brigadier Pistache entdeckte Tell mußte auf jeden Fall erreicht werden. Dort war der Erdboden unzweifelhaft fester bis hinauf zu den Bäumen, die den Rücken der Erhöhung krönten, und damit war den Wanderern jede gewünschte Sicherheit für die Nacht gewährleistet.

In der Dunkelheit war es nun sehr schwierig, den Weg

richtig einzuhalten, denn das Tell konnte man überhaupt kaum noch sehen; niemand wußte anzugeben, ob sie sich mehr nach rechts oder nach links wenden sollten.

Jetzt wanderten der Kapitän Hardigan und seine Gefährten auf gut Glück hin weiter, und nur der Zufall konnte sie auf dem richtigen Wege halten.

Endlich schlug Coupe-à-Cœur, ihr eigentlicher Führer, laut an. Es schien danach, als befände sich der Hund von der kleinen Truppe einige hundert Schritte links und auf einer Anhöhe.

»Da drüben liegt ja der Hügel«, sagte der Brigadier.

»Jawohl«, setzte von Schaller hinzu, »und wir hatten uns davon schon entfernt.«

Daß der Hund das Tell gefunden hatte und bis zu den Bäumen hinaufgelaufen war, unterlag keinem Zweifel, und sein wiederholtes Bellen bedeutete sicherlich die Einladung, zu ihm zu kommen.

Das geschah denn auch, doch mit welcher Anstrengung und unter welchen Gefahren! Dort stieg der Erdboden allmählich an und wurde gleichzeitig fester. Darauf standen einige Bündel Driß, an denen man sich anhalten konnte, und so kamen denn alle – Pistache hatte »Herrn« François halb mit hinaufgeschleppt – auf dem Tell an.

»Na . . . endlich wären wir ja da!« rief der Brigadier und suchte Coupe-à-Cœur zu beruhigen, der übermütig neben ihm umhersprang.

Es war jetzt fast acht Uhr. Die Dunkelheit verhinderte, etwas von der Umgebung zu erkennen, und so blieb nichts anderes übrig, als sich am Fuße der Bäume auszustrecken und einige Stunden der Ruhe zu pflegen. Der Brigadier, François und die beiden Spahis schliefen wohl bald ein, vergeblich suchten aber Herr von Schaller und der Kapitän Hardigan den doch so nötigen Schlummer zu finden. Die Sorge, die Unruhe hielt beide wach. Befanden sie sich denn nicht in der Lage von Schiffbrüchigen, die auf eine unbekannte Insel verschlagen waren, ohne zu wissen, ob sie davon jemals wieder wegkämen? Fanden sie nun am Fuße des Tell besser gangbare Wege? Oder sollten sie, wenn es wieder Tag wurde, sich wie vorher über einen beweglichen Boden hinauswagen? Ja, wer konnte wissen, ob sich der Grund des Schotts in der Richtung nach Goleah nicht noch mehr senkte?

»Wie weit, meinen Sie, mag es bis Goleah noch sein?« fragte Kapitän Hardigan den Ingenieur.

»Etwa zwölf bis fünfzehn Kilometer«, antwortete von Schaller.

»So hätten wir also die größere Hälfte des Weges hinter uns?«

»Das glaube ich!«

Wie langsam schlichen aber die Stunden der Nacht vom 26. zum 27. April dahin. Der Ingenieur und der Offizier beneideten wirklich ihre Gefährten, die infolge der Erschöpfung in einem so festen Schlafe lagen, daß kein Donnerschlag sie daraus erweckt hätte. Trotz eines merkbaren elektrischen Zustandes der Atmosphäre kam es doch zu keinem Gewitterausbruch, dagegen ließ sich, als der Wind völlig nachgelassen hatte, ein unbestimmtes Geräusch vernehmen, das die sonst herrschende Stille unterbrach.

Kurz nach Mitternacht war es, als dieses Geräusch, das zuweilen mehr anschwoll, hörbar wurde.

»Was geht da vor?« fragte der Kapitän Hardigan, indem er sich neben dem Fuße des Baumes aufrichtete, an den er sich vorher gelehnt hatte.

»Ich weiß es auch nicht«, antwortete der Ingenieur. »Sollte in der Ferne ein Gewitter toben? . . . Nein, es erscheint mehr wie ein unterirdisches Rollen, das bis zu uns her reicht.«

Das erschien ja nicht so wunderbar. Wir hatten schon früher erwähnt, daß Roudaire, als er mit Nivellierarbeiten beschäftigt war, erkannte hatte, daß der Erdboden des Djerid zuweilen recht umfänglichen Schwankungen unterworfen war, die ihn bei seiner Arbeit nicht wenig störten. Die Schwankungen und Erschütterungen rührten zweifellos von seismischen Vorgängen her, die sich in den tiefen Erdschichten abspielten. Da lag wohl die Frage nahe, ob eine Störung dieser Art nicht auch den so wenig beständigen

Boden dieser Hoffra, einer der größten und tiefsten des Melrhir, treffen könnte.

Der Brigadier, François und die beiden Spahis waren von dem unterirdischen, mehr und mehr zunehmenden Geräusch erwacht.

In diesem Augenblicke zeigte Coupe-à-Cœur plötzlich eine ganz besondere Unruhe. Wiederholt lief er bis zum Fuße des Tell hinunter, und als er das letzte Mal wieder heraufkam, war er so naß, als ob er aus tiefem Wasser käme.

»Ja . . . Wasser . . . Wasser!« rief der Brigadier. »Richtiges Seewasser möchte man fast sagen! . . . Nein, diesmal ist es kein Blut!«

Die letzten Worte bezogen sich auf das, was in der vergangenen Nacht beim Lagerplatze am Ende des Henguiz vorgefallen war, als der Hund, das Fell getränkt mit dem Blute der von den Raubtieren getöteten Antilope, erschien.

Rings um diesen Hügel befand sich jetzt also eine Wasseransammlung, tief genug, daß der Hund sich darin ganz eintauchen konnte. Und als der Kapitän Hardigan und seine Begleiter hierhergekommen waren, hatten sie sich doch über eine halbflüssige Mergellage durcharbeiten, nicht aber wirkliches Wasser durchwaten müssen.

Hatte sich hier also vielleicht der Erdboden weitergesenkt, damit aber das Wasser aus seinen unteren Schichten austreten lassen und dadurch das Tell zu einer Insel verwandelt?

Mit welcher Ungeduld, welcher Besorgnis erwarteten die Flüchtlinge nun das Grauen des Tages! An Schlaf war natürlich nicht mehr zu denken. Die unterirdischen Erschütterungen nahmen obendrein noch mehr zu. Es gewann den Anschein, als ob hier plutonische und neptunische Naturkräfte miteinander unter dem Schott im Kampfe lägen und dessen Boden mehr und mehr veränderten. Zuweilen erfolgten so heftige Stöße, daß die Bäume sich wie bei starkem Sturm bogen und entwurzelt zu werden drohten.

Der Brigadier, der sich einmal nach dem Fuße des Tell

hinunterbegeben hatte, kam von da zurück mit der Meldung, daß dessen unterster Teil schon überschwemmt sei und das Wasser dort eine Tiefe von zwei bis drei Fuß habe.

Woher kam dieses Wasser? War es infolge der Veränderungen des Erdbodens durch die Mergelschicht darin nach der Oberfläche des Schotts heraufgequollen, und war es außerdem nicht möglich, daß diese Oberfläche sich unter der Einwirkung des außergewöhnlichen Naturereignisses noch weiter und vielleicht tief unter das Niveau des Mittelländischen Meeres gesenkt hätte?

Diese Frage warf Herr von Schaller auf; wenn erst die Sonne den Horizont heraufstieg, würde es vielleicht möglich sein, darauf Antwort zu geben.

Bis zum ersten Tagesscheine hörte das scheinbar von Osten herkommende Getöse keinen Augenblick auf. In fast regelmäßigen Zwischenräumen wiederholten sich auch so starke Stöße, daß die ganze Masse des Tell davon erzitterte und an seinen Fuß das Wasser so heftig anschlug, wie bei steigender Flut die Brandung an ein Felsenufer prallt.

Als dann gerade alle mit Hilfe des Gehörs zu erkunden suchten, was sie – wenigstens jetzt – nicht sehen konnten, stellte Kapitän Hardigan die Frage:

»Wäre es wohl gar möglich, daß das aus der Tiefe aufgestiegene Wasser gleich das ganze Melrhir überschwemmt hätte?«

»Das ist kaum anzunehmen«, erwiderte von Schaller. »Ich glaube, dafür aber eine annehmbare Erklärung gefunden zu haben . . .«

»Und die lautet?«

»Es wird Wasser aus dem Golf sein, das die Überschwemmung hervorgebracht hat, indem es von Gabes aus über diesen Teil des Djerid hereinströmte.«

»Dann«, rief der Brigadier, »dann können wir uns nur noch auf eine Weise retten: Wir müssen hindurchschwimmen!«

Endlich wurde es allmählich Tag. Der im Osten des Schotts aufdämmernde hellere Schein war aber sehr fahl, es sah aus, als verhüllte ein dichter Dunstschleier den ganzen Horizont.

Alle standen, den Blick nach dieser Seite hinausgerichtet, am Fuße der Bäume und warteten ungeduldig, daß es heller würde, um die Sachlage übersehen zu können . . . leider sollten sie sich aber in ihrer Erwartung getäuscht sehen.

Siebzehntes Kapitel

Schluß

Eine Art Nebel über und rings um die Düne . . . eine so dichte Dunstmasse, daß die ersten Strahlen der Sonne sie nicht aufzulösen vermochten. Man konnte kaum vier Schritte weit sehen, und die Äste der Bäume verschwanden gänzlich in dem feuchten Dunste.

»Entschieden hat hier der Teufel die Hand im Spiele!« rief der Brigadier.

»Das möchte ich wahrlich auch glauben!« antwortete François.

Immerhin konnte man hoffen, daß die Sonne nach einigen Stunden, wenn sie am Himmel höher stand, Kraft genug haben würde, das Nebelmeer aufzulösen, so daß dann das Melrhir auf weite Strecken zu übersehen wäre.

Vorläufig hieß es aber, sich in Geduld zu fassen, und obgleich es dringend geboten erschien, mit dem Proviant, der ja nicht mehr erneuert werden konnte, recht sparsam umzugehen, mußte jetzt ein Teil davon verzehrt werden, wobei dann nur ein Rest für zwei Tage übrigblieb. Ihren Durst stillten die Flüchtlinge wohl oder übel mit dem Brackwasser am Fuße des Tell.

So verflossen drei Stunden unter diesen Verhältnissen. Die Geräusche waren nach und nach verstummt. Jetzt sprang auch ein ziemlich kräftiger Wind auf, der die Zweige der Bäume schüttelte, und es war nicht länger zu bezweifeln, daß der Nebel unter Mithilfe der Sonne in kurzer Zeit zerstreut sein würde.

Endlich wurde es in der Umgebung des Tell wirklich heller. Die Bäume zeigten das Skelett ihres Astwerkes ... und Skelett ist die treffende Bezeichnung, denn hier standen nur abgestorbene Bäume ohne Laub und ohne Früchte. Nun verschwand auch der Nebel durch einen stärkeren Windstoß, der ihn nach Westen trieb.

Das Melrhir zeigte sich plötzlich in weiter Ausdehnung.

Infolge der Senkung des Bodens dieser Hoffra war es zum Teil überschwemmt, und ein flüssiger, etwa fünfzig Meter breiter Gürtel umschloß den ganzen Tell. Weiter draußen flimmerten auf dem da und dort höher liegenden Boden die kristallenen Effloreszenzen, und in den Niederungen spiegelte das Wasser zwischen langen, sandigen und trocken liegenden Flächen die glänzenden Sonnenstrahlen wider.

Der Kapitän Hardigan und der Ingenieur sandten die Blicke prüfend nach allen Punkten des Horizontes hinaus.

»Das liegt doch klar zutage«, sagte dann von Schaller, »daß sich hier ein heftiger seismischer Vorgang abgespielt hat. Der Boden des Schotts hat sich offenbar noch weiter gesenkt, und nun ist das Grundwasser über ihn ausgetreten.«

»Dann müssen wir also aufbrechen, bevor der Weg uns gänzlich abgeschnitten wird«, antwortete der Kapitän. »Aufbrechen ... und das augenblicklich!«

Alle stiegen sofort hinunter, wurden da aber durch das entsetzliche Schauspiel, das sich ihren Augen bot, auf der Stelle festgebannt.

Etwa eine halbe Lieue im Norden und von Nordosten her tauchte in voller Flucht eine Herde Tiere auf. Reichlich vierhundert Raubtiere und Wiederkäuer, Löwen, Gazellen, Antilopen, wilde Schafe und Büffel, suchten sich dem Anscheine nach im Westen des Melrhir zu retten. Alle mußten von gleichmäßigem Schrecken erfüllt sein, der die Wildheit der einen ebenso lähmte, wie er die Scheu und Furchtsamkeit der anderen unterdrückte, denn alle strebten in dieser tollen Verwirrung nur danach, sich der Gefahr zu entziehen, die diese allgemeine Flucht der Vierfüßler des Djerid veranlaßt hatte.

»Was, zum Kuckuck, geht denn überhaupt da draußen vor?« rief der Brigadier Pistache wiederholt.

»Ja . . . was kann da geschehen sein?« fragte Kapitän Hardigan.

Der Ingenieur, an den er sich mit diesen Worten wandte, gab darauf keine Antwort. Da rief einer der Spahis:

»Sollten die Tiere auf uns zugestürmt kommen?«

»Und wohin könnten wir dann fliehen?« setzte der andere hinzu.

Jetzt war die Herde kaum noch einen Kilometer entfernt und näherte sich mit der Schnelligkeit eines Blitzzuges immer mehr. Es schien aber doch nicht so, als ob die Tiere bei ihrer rasenden Flucht die sechs Männer bemerkt hätten, die auf dem Tell Zuflucht gesucht hatten. Alle schwenkten jetzt nämlich gleichzeitig nach links hin ab und verschwanden allmählich in einer Staubwolke.

Auf Anordnung des Kapitäns Hardigan hatten sich übrigens alle, um womöglich nicht bemerkt zu werden, am Fuße der Bäume schon vorher ausgestreckt niedergelegt. Dabei sahen sie auch in der Ferne ganze Schwärme Flamingos, die ebenfalls entflohen, und noch Tausende anderer Vögel, die kräftigen Flügelschlags den Ufern des Melrhir zustrebten.

»Ja, was ist denn da los?« fragte der Brigadier Pistache immer wieder.

Mittlerweile war es vier Uhr nachmittags geworden, und jetzt sollte die Veranlassung zu dieser auffallenden Flucht der Tiere klarwerden.

Von Osten her begannen sich Wassermassen über das Schott hin zu wälzen, und bald war die sandige Ebene gänzlich, wenn auch nur seicht, überschwemmt. Allmählich verschwanden die Salzausschwitzungen, so weit der Blick reichte, und wie von einem großen Seespiegel wurden die Strahlen der Sonne zurückgeworfen.

»Sollten die Gewässer des Golfs über das Melrhir eingedrungen sein?« sagte Kapitän Hardigan.

»Das möchte ich fast glauben«, antwortete der Ingenieur. »Die unterirdischen Geräusche, die wir gehört haben, rührten unzweifelhaft von einem Erdbeben her, das im Erdboden beträchtliche Störungen zur Folge gehabt hat. Dadurch mag sich der Boden des Melrhir und vielleicht der ganze östliche Teil des Djerid gesenkt haben, und dann wird das Meer nach Durchbrechung des noch übrigen Küstenwalls von Gabes über das Land bis zum Melrhir hereingeflutet sein.«

Diese Erklärung traf jedenfalls das Richtige. Man stand hier einer seismischen Erscheinung gegenüber, deren Umfang noch nicht zu erkennen war. Infolge der dadurch entstandenen Störungen und Veränderungen war es recht gut möglich, daß das Saharameer sich ohne weiteres Zutun jetzt von selbst und in weit größerer Ausdehnung gebildet hatte, als es der Kapitän Roudaire einst zu träumen wagte.

Jetzt erhob sich plötzlich, vorläufig in größerer Entfernung, ein neues Geräusch, das sich aber nicht durch den Erdboden, sondern durch die Luft mit zunehmender Stärke fortpflanzte.

Im Nordosten stieg eine mächtige Staubwolke auf, und bald tauchte daraus eine Reiterschar hervor, die ebenso wie die Tiere in wilder Flucht einherjagte.

»Hadjar!« rief der Kapitän Hardigan.

Ja . . . es war der Tuareghäuptling, und wenn seine Begleiter und er mit verhängtem Zügel daherrasten, geschah es, weil sie den Wirbeln einer hinter ihnen heranbrausenden, ungeheuren Flutwelle zu entweichen suchten, einem Wasserschwall, der über die ganze Breite des Schotts reichte.

Zwei Stunden waren seit dem Vorüberstürmen der Tiere verflossen, und die Sonne neigte sich schon dem Untergange zu. Inmitten der wachsenden Überschwemmung bot sich das Tell – ein Eiland in dem neuen Meere – der Bande Hadjars offenbar als einzige Zufluchtsstätte dar.

Jedenfalls hatten Hadjar und die Tuareg die Bodenerhebung, von der sie nur noch einen Kilometer entfernt waren, bemerkt und stürmten jetzt in gestrecktem Galopp darauf zu. Wenn sie diese aber noch vor der gurgelnden Flutwelle hinter ihnen erreichten, was würde das Schicksal der Flüchtlinge sein, die sich seit gestern unter den Bäumen des Hügels geborgen hatten?

Der flüssige Berg, eine wirkliche Sturmflutwoge oder eine Reihe schäumender Wasserschwalle von unwiderstehlicher Gewalt, lief aber doch noch schneller, so schnell, daß ihm auch die flüchtigen Pferde nicht vorauskommen konnten.

Dem Kapitän und seinen Gefährten bot sich jetzt ein entsetzliches Schauspiel: An die hundert Männer, die von dem Schaume der riesigen Flutwelle ereilt wurden, so daß Roß und Reiter in wirrem Durcheinander bald verschwanden, und beim letzten Dämmerscheine sah man nur noch, wie die vielen Leichen von der Wasserflut nach dem Westen des Melrhir getragen wurden.

Und als heute die Sonne ihren Tageslauf vollendete, da versank sie unter einem weit entfernten Meereshorizonte.

Welch furchtbare Nacht für die Flüchtlinge! Waren sie auch einem Überfalle durch die Raubtiere und dann einem Zusammentreffen mit den Tuareg glücklich entgangen, so konnten sie doch befürchten, daß das Wasser auch noch den höchsten Punkt ihres Zufluchtsortes erreichen möchte.

Dennoch war es unmöglich, diesen zu verlassen, und mit Schrecken hörten sie in der tiefen Finsternis das Wasser immer höher steigen, das brandend an den kleinen Hügel schlug.

Wer könnte sie sich ganz ausmalen, die furchtbaren Stunden dieser Nacht, wo das Herandonnern der vom scharfen Ostwind getriebenen Wogen keinen Augenblick verstummte! Und dazu das Gekreisch zahlloser Seevögel, die jetzt über der Fläche des Melrhir umherflatterten!

Endlich wurde es doch wieder Tag. Die Flut hatte den Gipfel der Zufluchtsstätte nicht erreicht, und sie schien, während das Schott bis zum Überströmen sie gefüllt hatte, auf dem höchsten Stand angekommen zu sein.

Doch jetzt war nichts zu erblicken, was über die flüssige Ebene emporgeragt hätte.

Die Lage der Flüchtlinge erschien verzweifelt. An Nahrungsmitteln besaßen sie nichts mehr, als was vielleicht für diesen Tag genügte, und doch hatten sie keine Möglichkeit, sich auf dem unfruchtbaren Eilande neue zu verschaffen. Fliehen ... auf welche Weise? ... Sollten sie aus den Bäumen ein Floß herstellen und sich darauf einschiffen? ... Ja, wie aber die Bäume fällen? ... Und wie sollten sie überdies ein solches Floß steuern, ohne daß es bei dem heftigen Winde von den Strömungen, gegen die nicht aufzukommen war, irgendwo hinaus auf das Melrhir verschlagen würde?

»Es wird sehr schwierig sein, uns aus dieser Lage zu retten«, sagte der Kapitän Hardigan, nachdem er die Blicke hatte über das ganze Schott hin schweifen lassen.

»Oh, Herr Kapitän«, antwortete der Brigadier Pistache, »wenn wir aber Hilfe bekämen? ... Man weiß doch niemals ...«

Der Tag verging ohne eine Änderung der Sachlage. Das Melrhir war zu einem See geworden und das Rharsa jedenfalls auch. Und wie weit mochte sich wohl die Überschwemmung erstrecken, wenn etwa die Böschungen des Kanals in ihrer ganzen Länge zerstört worden waren?

Nefta und andere Flecken konnten ja der Vernichtung anheimgefallen sein, entweder durch das Erdbeben oder durch die Flutwelle, die diesem folgte. Ja, die Verwüstung konnte sich vielleicht gar über das ganze Gebiet des Djerid bis zum Golfe von Gabes erstreckt haben.

Der Abend kam heran, und nachdem sie sich gegen Mittag noch einmal gesättigt hatten, war dem Kapitän Hardigan und seinen Gefährten nichts mehr zu essen übriggeblieben. Schon beim Betreten des Tell hatten sie ja gesehen, daß keine Frucht an den Zweigen der Bäume mit ihrem abgestorbenen Holze hing. Auch kein Vogel war zu erspähen, nicht einmal einer jener Habibis, die in der Ferne zahlreich vorüberzogen, rastete auf dem trostlosen Eilande; keiner der vielen Stare, mit dem sich ein vom

Hunger gequälter Magen begnügt hätte. Tummelten sich auch einzelne Fische in dem neuen Gewässer, so bemühte sich der Brigadier Pistache doch vergeblich, einen davon zu fangen. Und wie sollten die Flüchtlinge endlich ihren Durst stillen, da die sie umgebende Wassermasse jetzt stark salzhaltig war?

Da – gegen halb acht Uhr und die letzten Sonnenstrahlen wollten soeben verlöschen – rief François, der nach Nordosten hinausblickte, mit einer Stimme, der übrigens keine besondere Erregung anzumerken war:

»Ein Rauch . . . !«

»Ein Rauch?« wiederholte der Brigadier Pistache.

»Ja . . . eine Rauchsäule«, versicherte François.

Aller Augen wandten sich in der angedeuteten Richtung hin.

Richtig . . . da draußen schwebte eine Rauchsäule, die nach dem Tell zugetrieben wurde und schon ganz deutlich sichtbar war.

Die Flüchtlinge standen wortlos an die Stelle gebannt, erfüllt von der Furcht, daß der Rauch wieder verschwinden und das Schiff, aus dem er aufwirbelte, weiter hinaus steuern und sich von dem Tell entfernen könnte.

Die kurz vorher abgegebene Erklärung des Ingenieurs erschien hiermit also bestätigt . . . seine Ahnung hatte sich erfüllt.

In der Nacht vom 26. zum 27. war das Wasser des Golfs über den ganzen östlichen Teil des Djerid hereingebrochen. Jetzt bestand also eine Verbindung zwischen der Kleinen Syrte und dem Melrhir, eine Verbindung, die sogar ausreichte, daß ein Schiff sie benutzen konnte, jedenfalls auf der Linie des Kanals, der Meeresstraße durch die Gebiete der Sebchas und der Schotts.

Fünfundzwanzig Minuten nach dem ersten Bemerken des Schiffes tauchte sein Schornstein am Horizonte auf, dann zeigte sich auch sein Rumpf . . . der Rumpf des ersten Fahrzeuges, das die Gewässer des neuen Sees durchkreuzte.

»Schnell, Signale! . . . Wir wollen ihm Signale geben!«

rief einer der Spahis.

Doch wie hätte der Kapitän Hardigan die Anwesenheit der Flüchtlinge auf dem beschränkten Gipfel des Eilandes zu erkennen geben sollen? War der kleine Erdhaufen überhaupt hoch genug, daß die Mannschaft jenes Schiffes ihn sehen konnte? Und obendrein befand sich dieses jetzt in einer Entfernung von zwei reichlichen Lieues im Nordosten.

Schnell folgte die Nacht der kurzen Dämmerung, und in der Dunkelheit war der Rauch bald nicht mehr sichtbar.

Der Spahi aber, der ganz außer sich war, rief in voller Verzweiflung:

»Wir sind verloren!«

»Nein, gerettet ... im Gegenteil: gerettet«, antwortete der Kapitän Hardigan. »Unsere Signale, die, solange es hell war, nicht hätten bemerkt werden können, werden in der Nacht deutlich sichtbar sein.«

»Feuer an die Bäume! Zündet die Bäume an«, setzte er hinzu.

»Ja, ja, Herr Kapitän«, schrie der Brigadier Pistache zustimmend, »Feuer an die Bäume ... brennen werden sie wie Streichhölzchen!«

Sofort wurde Feuer angeschlagen und ein Haufe abgefallener Zweige am Fuße der Bäume aufgeschichtet. Bald züngelten die Flammen hinauf, erreichten die oberen Äste und verbreiteten einen blendenden Schein in der vorher finsteren Umgebung des Eilands.

»Wenn sie nun unser Freudenfeuer nicht sehen«, rief Pistache, »dann sind an Bord jenes Schiffes alle mit Blindheit geschlagen!«

Der helle Brand der Baumgruppe hielt jedoch nicht länger als eine Stunde an. Das dürre Holz wurde bald verzehrt, und als die letzten Flammen erloschen, wußte man noch nicht, ob sich das Schiff dem Tell genähert hatte, denn es hatte das Signal von der Insel mit keinem Kanonenschuß beantwortet.

Rings um das Eiland herrschte wieder tiefe Finsternis. Die Nacht verstrich, doch kein Pfeifen von Dampf, kein gurgelndes Geräusch von einer Schraube oder einem Schaufelrade schlug den Flüchtlingen ans Ohr.

»Es ist da . . . ist da!« rief Pistache beim ersten Morgengrauen, und Coupe-à-Cœur bellte dazu aus Leibeskräften.

Der Brigadier täuschte sich nicht.

Zwei Seemeilen draußen ankerte ein kleines Fahrzeug, an dessen Gaffelbaume die französische Flagge im Winde flatterte. Als die Flammen das unbekannte Eiland beleuchteten, hatte dessen Kapitän seinen Kurs geändert und war nach Südwesten gesteuert. Da das Eiland aber nach dem Erlöschen der Flammen unsichtbar war, hatte er aus Vorsicht den Anker fallen lassen und die Nacht über stillgelegen.

Der Kapitän Hardigan und seine Gefährten riefen nun, so laut sie konnten, und bald antworteten darauf andere Stimmen, unter denen sie aus einem sich nähernden Boote die des Leutnants Vilette und des Wachtmeisters Nicol erkannten.

Das Fahrzeug war der Aviso »Benassir« von Tunis, ein Dampfer von geringem Tonnengehalt, der vor sechs Tagen in Gabes eingetroffen war und sich als erster furchtlos auf das neuentstandene Meer gewagt hatte.

Wenige Minuten später legte das Boot am Fuße des Tell an, das den Flüchtlingen zum Retter geworden war, und der Kapitän Hardigan preßte den Leutnant Vilette in die Arme und der Wachtmeister den Brigadier Pistache in die seinigen, während Coupe-à-Cœur freudig an ihm in die Höhe sprang. Nicol hatte freilich große Mühe, in dem vor ihm stehenden Mann mit Backen- und Schnurrbart »Herrn« François wiederzuerkennen, und dessen erste Sorge war es gewiß, sich zu rasieren, sobald er den »Benassir« betreten hatte.

In den letzten achtundvierzig Stunden hatte sich aber folgendes ereignet:

Durch ein Erdbeben war das ganze östliche Gebiet des Djerid zwischen dem Golf und dem Melrhir erschüttert und verändert worden. Nach dem Durchbruch der Küstenschwelle von Gabes und der über zweihundert Kilometer weit reichenden Senkung des Erdbodens hatte sich das Wasser der Kleinen Syrte durch den Kanal hereingestürzt, der den Schwall aber nicht allein aufzunehmen vermochte.

So hatte sich die Überflutung über das Gebiet der Sebchas und der Schotts verbreitet und nicht allein das Rharsa gänzlich angefüllt, sondern neben diesem auch noch die ausgedehnte Niederung des Fejey-Tris. Glücklicherweise waren die Ortschaften La Hamma, Nefta, Tozeur und andere, dank ihrer etwas höheren Lage, nicht davon betroffen worden, sie konnten also auf der zukünftigen Landkarte als Seehäfen verzeichnet stehen.

Was das Melrhir anging, war das Henguiz in diesem zu einer großen Zentralinsel geworden; doch wenn auch Zenfig verschont geblieben war, so hatten doch der Häuptling Hadjar und seine Räuberhorde, von der Flutwelle überrascht, bis zum letzten Mann den Untergang gefunden.

Der Leutnant Vilette hatte sich natürlich vergebens bemüht, den Kapitän Hardigan und dessen Begleiter wiederzufinden. Alle Nachsuchungen waren erfolglos geblieben. Nachdem er die nächste Umgebung des Melrhir zur Seite des Werkplatzes beim Kilometerstein 347 abgesucht hatte – wo übrigens die erwartete Arbeiterschar nicht eingetroffen war, da Pointar auf eine ihm von Biskra zugesagte Bedeckungsmannschaft gewartet hatte –, war der Leutnant schleunigst nach Nefta aufgebrochen, um eine Expedition zustande zu bringen, mit der er gegen die verschiedenen Tuaregstämme zu ziehen gedachte.

Hier hatte er aber die Führer und die beiden Spahis angetroffen, die durch einen glücklichen Zufall dem Schicksale ihrer Vorgesetzten entronnen waren.

Er befand sich in dieser Stadt zur Zeit des Erdbebens und war immer noch da, als der Befehlshaber des »Benassir«, der von Gabes abgefahren war, sobald die Überschwemmung das ermöglichte, hier eintraf, um den Stand der Dinge auf dem Rharsa und dem Melrhir zu besichtigen.

Der Kommandant des Avisos erhielt sofort den Besuch des Leutnants und bot diesem, als er über die Sachlage unterrichtet war, an, mit dem Wachtmeister bei ihm an Bord zu bleiben. Vor allem galt es ja jetzt, nach dem Kapitän Hardigan, dem Ingenieur von Schaller und nach deren Gefährten zu suchen.

Der unter Volldampf fahrende »Benassir« steuerte deshalb nach Durchkreuzung des Rharsa auf die Gewässer des Melrhir ein, um die Oasen an seinen Ufern und die der Farfaria, die von der Überschwemmung nicht betroffen sein konnten, eingehend abzusuchen.

In der zweiten Nacht der Fahrt hatte der Kommandant, aufmerksam gemacht durch den Schein der Flammen, den Kurs in der Richtung auf das Tell zu genommen, auf dem noch unbekannten Meere und mit Rücksicht auf seine zahlreiche Mannschaft hatte er aber, trotz des Drängens Vilettes, davon abgesehen, vor Anbruch des folgenden Tages mit dem Eiland in nähere Verbindung zu treten, und jetzt befanden sich nun die Flüchtlinge, alle heil und gesund, auf seinem Schiffe.

Sobald der Aviso seine neuen Passagiere aufgenommen hatte, schlug er den Weg nach Tozeur ein, wo der Kommandant die Geretteten ans Land setzen und den vorgesetzten Behörden schnellstens von dem Vorgefallenen Mitteilung machen wollte, ehe er seine Fahrt zur Besichtigung des Melrhir bis an dessen äußerste Grenzen fortsetzte.

Als Herr von Schaller nebst seinen Begleitern in Tozeur das Land betrat, fand der Kapitän Hardigan auch seine hierher abgesendeten Leute wieder, und man kann sich wohl vorstellen, mit welch freudiger Genugtuung sich alle hier begrüßten.

Sogar die unauffindbare Arbeiterrotte von Biskra war hier durch eine von Tunis eingetroffene Depesche vertreten, in der Pointar, der mit seinen Leuten hatte bis Biskra zurückweichen müssen, um neue Instruktionen ersuchte.

Bei dieser Gelegenheit sah endlich auch Va d'l'avant, »der alte Bruder«, Coupe-à-Cœur wieder, und es läßt sich gar nicht beschreiben, welche Befriedigung die treuen Tiere darüber zeigten.

Und alles das vollzog sich inmitten einer Volksmenge,

die mit ihrer Begeisterung zwar nicht zurückhielt, in der jedoch noch immer die Erregung nachzitterte über die Vorgänge, die mit dem schrecklichen Naturereignisse verknüpft waren, während sie sich um die ersten Erforscher des neuen Meeres drängte.

Plötzlich sah sich da der Ingenieur einem Unbekannten gegenüber, der sich mit den Ellbogen einen Weg durch die Volksmasse gebahnt hatte. Der Mann begrüßte ihn erst mit einer tiefen Verbeugung und sagte dann mit auffallend fremdem Akzent:

»Ich habe wohl die Ehre, Herrn von Schaller vor mir zu sehen?«

»Das stimmt«, antwortete der Ingenieur trocken.

»Nun, Herr Ingenieur, ich habe die Ehre, Ihnen mitzuteilen, daß ich aufgrund einer gerichtlichen und notariell bestätigten Vollmacht, versehen mit der Beglaubigung des Herrn Präsidenten des Gerichtshofes erster Instanz, betreffend die Angelegenheit der französisch-tunesischen Gesellschaft, visiert durch Exequatur des französischen Generalresidenten von Tunis – an deren Rande sich folgende Bemerkung findet: ›Registriert Folio 200‹, auf der Rückseite: ›Abteilung 12, Kosten 3 Frcs. 75 bezahlt‹ –, Unterschrift unleserlich, daß ich der Mandatar der Liquidatoren der genannten Gesellschaft und mit den weitgehendsten Befugnissen ausgestattet bin, in der Sache zu verhandeln und gegebenenfalls einen Vergleich abzuschließen. Genannte Vollmachten ebenfalls gerichtlich bestätigt. Sie werden sich nicht verwundern, mein Herr Ingenieur, daß ich, auf diese Befugnis gestützt, im Namen der Gesellschaft von Ihnen Abrechnung verlange über die von jener unternommenen Arbeiten, die Sie sich weiterzuführen verpflichtet hatten.«

Infolge der überquellenden Freude, die ihn mehr und mehr erfüllte, seit er seine Gefährten wiedergefunden hatte und sein Werk auf eine so unerwartete Weise vollendet sah, verwandelte sich der sonst so kühle, so methodische Mann, der sich auch in den verzweifeltsten Fällen so vollkommen zu beherrschen wußte, für einen Augenblick wieder in den Spaßvogel von früher, und spöttischen Tones wandte er sich an sein so sorgsam bevollmächtigtes Gegenüber mit den Worten:

»Herr Mandatar mit den so weitreichenden Vollmachten, ein freundschaftlicher Rat: Nehmen Sie lieber Aktien des neuen Saharameeres!«

Unter lauten Hurrarufen und wohlgemeinten Glückwünschen setzte er seinen Weg fort und machte sich sofort daran, Anschläge zu den neuen Arbeiten aufzustellen, die sein Werk vervollständigen sollten und die er dem Berichte beizufügen gedachte, den er noch am heutigen Tage an die Verwalter der Gesellschaft absenden wollte.

COLLECTION JULES VERNE

1. Von der Erde zum Mond
   Direkte Fahrt in 97 Stunden 20 Minuten
2. Reise um den Mond
3. Reise um die Erde in 80 Tagen
4. Reise zum Mittelpunkt der Erde
5. Fünf Wochen im Ballon
6./7. Zwanzigtausend Meilen unter dem Meer
8. Abenteuer von drei Russen und drei Engländern in Süd-Afrika
9./10. Abenteuer des Kapitän Hatteras
11./12./13. Die Kinder des Kapitän Grant
14./15./16. Die geheimnisvolle Insel
17./18. Das Land der Pelze
19. Eine schwimmende Stadt
   Die Blockadebrecher
20. Eine Idee des Doktor Ox
   Meister Zacharius
   Ein Drama in den Lüften
   Eine Überwinterung im Eis
   Eine Mont-Blanc-Besteigung
21. Der Chancellor
   Tagebuch des Passagier J. R. Kazallon
22./23. Der Kurier des Zaren
   Michael Strogoff
24. Schwarz Indien
25./26. Reise durch die Sonnenwelt
27./28. Ein Kapitän von 15 Jahren
29./30./31. Die Entdeckung der Erde
32. Die fünfhundert Millionen der Begum
33. Die Leiden eines Chinesen in China
34./35. Die großen Seefahrer des 18. Jahrhunderts
36./37. Das Dampfhaus

38./39. Der Triumph des 19. Jahrhunderts
40./41. Die Jangada
42. Die Schule der Robinsons
43. Der grüne Strahl
44./45. Keraban der Starrkopf
46. Der Südstern oder das Land der Diamanten
47. Der Archipel in Flammen
48./49./50. Mathias Sandorf
51. Robur der Sieger
52. Ein Lotterie-Los
53./54. Nord gegen Süd
55./56. Zwei Jahre Ferien
57. Kein Durcheinander
58./59. Die Familie ohne Namen
60./61 Mistreß Branican
62. Das Karpatenschloß
63. Claudius Bombarnac
Notizbuch eines Reporters
64./65. Der Findling
66./67. Meister Antisers wunderbare Abenteuer
68./69. Die Propeller-Insel
70. Vor der Flagge des Vaterlandes
71. Clovis Dardentor
72./73. Die Eissphinx
74./75. Der stolze Orinoco
76./77. Das Testament eines Exzentrischen
78./79. Das zweite Vaterland
80. Das Dorf in den Lüften
81. Die Historien von Jean-Marie Cabidoulin
82./83. Die Gebrüder Kip
84./85. Reisestipendien
86. Ein Drama in Livland
87. Der Herr der Welt
88. Der Einbruch des Meeres
89. Der Leuchtturm am Ende der Welt
90./91. Der Goldvulkan
92./93. Reisebüro Thompson & Co.
94. Die Jagd nach dem Meteor
95. Der Pilot von der Donau
96./97. Die Schiffbrüchigen der Jonathan
98. Wilhelm Storitz' Geheimnis
99./100. Cäsar Cascabel